ホーソーンと孤児の時代

アメリカン・ルネサンスの精神史をめぐって

成田雅彦［著］

ミネルヴァ書房

ホーソーンと孤児の時代——アメリカン・ルネサンスの精神史をめぐって　目次

序章

ホーソーンと孤児の精神史

1　父なし子の文学

アメリカン・ルネサンスと呼ばれる十九世紀半ばの文学隆盛期を支えた作家たちが、おしなべて幼い頃父親を失ったいわば「孤児」的人物であったことは興味深い事実である。ホーソーン（Nathaniel Hawthorne 一八〇四－六四）は四歳に満たずして船長であった父を南米スリナムで失い、メルヴィル（Herman Melville 一八一九－九一）は十三歳の時父が事業に失敗して発狂し、多額の借財を残して死んでいる。ユニテリアン派の牧師であった父をエマソン（Ralph Waldo Emerson 一八〇三－八二）が失ったのは八歳の時、ポー（Edgar Allan Poe 一八〇九－四九）に至っては、ボストンで生まれて二年後、旅役者の両親を失って文字通りの孤児になっている。この「孤児」たちが長じてアメリカ文学の開花期を彩るようになったのは、単なる偶然であろうか、それとも十九世紀のアメリカには、彼ら「孤児」こそが時代精神を表現する最適任者たりえた事情があったのであろうか。

むろん、同じく父なし子とはいっても、この作家たちの文学表現はそれぞれ独特の個性に彩られており、時には正反対と言ってもいいほど対照的である。父親がその文学上の主要テーマだったわけでもない。彼らを「孤児的」作家と一括りにするのは、あるいは乱暴に過ぎるかもしれない。しかし、この作家たちの基調には、いわば孤児のまなざしというものが共通して感じられる。世界と家庭の中間にあって、自らを庇護しつつ社会参加へと導いてくれる存在である父親を欠いているということ——と言えば月並みだが、そのことによって引き起こされた精神的基盤の不確かさが彼らの出発点であり、各々の想像力をかなりの程度規定しているように見えるのである。一般論として、人が自己を確立する過程で父性的権威と対峙し、あるいは同化することが必要であることはいうまでもない。血を分けた男親を相手にそれを行い得なかった彼らにとっては、自らの存在の基盤の中にそれゆえの欠落を抱える思いがあったに違いない。だが、彼らの文学が、孤児のまなざしによって特徴付けられているのは、おそらくそのためだけではない。それは、もっと彼らの生きた時代や精神的風土と密接に関連している。この作家たちは、個々の失われた父親の残した空虚を埋めようとする過程で、それよりも遥かに大きな、いわば精神世界に君臨する父親の影を追いかけるという運命を背負うことになったのである。

父親とは、個人の肉親というだけでなく、様々な文化的な含みを持つ言葉である。人には様々な父がいるのだ。なかでも文化の精神的支柱を父親という権威によって捉える姿勢は、特に「父なる神」を中心とするキリスト教社会にはなじみ深いイメージである。また、アメリカに限っていえば、例えば、かつての宗主国イギリスが文化的父親として捉えられたことがあったし、また革命期の「建国の父たち」というものがいて、その後連綿と続く根本的価値観を形成したこともよく知られている。そして、例えば、ラカンが指摘したように、人が言語を獲得することが「父の名（the name of the father）」という法を受け入れることと同義であるとすれば（Lee 六四 - 六五）、作家である彼らにとっては、父親は二重、三重にその存在を取り囲み、規定してくる力であった。こうした一般論以上に、アメリカの作家たちにとって、さらに特異な意味で父親が大きな位置を占めていたことも想起されてよい。何故なら、アメリカとは、上記のような象徴としての父性的権威をヨーロッパ近代から引き受けつつ、自立の過程でそれを抹殺し、なおかつ新たに再生しようとした文化に他ならず、作家たちこそその殺戮者であり創造者でもあったからである。

D・H・ロレンスが『アメリカ古典文学研究』（一九二三）で述べた、あの荒々しくも正鵠を射た言葉が思い出される。アメリカ作家の中には、二重の衝動がある。それは、「白人の魂、白人の意識全体」（九〇）、つまり古い意識を解体せんとする衝動であり、今一つは、「その下に新しい意識を創造する」（七〇）衝動である。そして、それが、アメリカ作家の運命なのだ、と言うのである。ロレンスのいう古い「白人の魂」とはヨーロッパから引き継いだ意識に他ならないわけだが、それを破壊できたとして、それに代わりうる「新しい意識」とは何であったろう。アメリカの「白人」たちは、理性に基礎を置いた国づくりに励むと同時に、様々な他者と対峙しなければならなかった。インディアンを撲滅し、アフリカの黒人奴隷を支配し、その他の有色人種たち、少数派、あるいは同じ白人の社会的弱者や女性たちを抑圧しつつ国家を築いてきたのである。問題はそこにある。彼らが新しい意識を創り出そうという時に、そうした無意識の下に封印してきた声ならぬ声は、他ならぬアメリカの「白人」たちの創り出そうとした新たな意識の中に侵入せずにはいなかったからである。新たな父の意識の構築には、そうした側面が確実に存在したであろう。新しい父親は完全に「白い」そして全面的に「男性」ではありえなかった。したがって、その意識を形成することは、生半可な作業ではない絶えざる闘争の中の営為であった。それは、現在に至ってもなお継続されている作業であるとも言えるだろう。独立革命以来、ピューリタン的伝統に立った人々は、古い意識を引きずりつつも、こうした「他者」との闘争の中で新しい意識と社会を建設しようとしてきたのである。

十九世紀、もともと荒野に切り拓かれた現実世界は確実に形を成していった。社会の目に見える具体的成果、あるいは物象的な達成は急速になされ、そこに国ができていくのを見て満足を感じることは容易だったろう。しかし、精神の、そして人々の魂の生活という観点から見れば、古い意識を解体せんとした営為の中に浮かび上がった空虚の闇は思いのほか大きかったのである。ピューリタニズムが支配力を持っていた時代は、まだよかった。この宗教に関しては様々な毀誉褒貶があるが、それが効力を持っている限りはかろうじてその空虚の深みを覆い隠すことができたのだ。その精神的枠組みがしっかりとしていた十七世紀や十八世紀初期までの間は、様々な問題を引き起こしつつも人々の魂の生活にある安定を提供することはできたのである。だが、十九世紀という時代にあって、アメリカン・ルネサンスの作家たちの生きた社会には、もはや、そうした堅固な精神的枠組みは存在しなかった。世俗化の急速な進展とともに「白人」の意識は、その宗教に象徴されるように、内部からゆらぎ始め、他方、上記のような「他者」との闘争によっても足下を侵食されつつあったのである。

繰り返すが、社会はどんどん成長を遂げていた。そして、政治的あるいは経済的欲望を実現すべく社会を突き動かす男性的な力学もはっきりと存在していた。あるいは、それもまた「父親的」とも呼びうる社会的牽引力、あるいは形成力であったかもしれない。具体的には、国を引っ張り、資本主義を成長させ、西部に領土を拡大していった力である。それは、一八〇三年、ジェファーソンのルイジアナ買収に象徴されるように、拡大していく未知の領土を合理的な意識の下に屈服させようとした啓蒙主義的精神であり、機械的に世界を「進歩」させて行く冷徹な理性の力でもあった。もちろん、それは、科学技術や文明の発展には大いに必要とされるものではあったろう。しかし、その力の進路には、インディアンや黒人奴隷の犠牲が累々と横たわっていただけではない。社会を支配し統率するはずの「白人」の魂や感情の生活もまた、その深部においては深く傷つき、その圧力のもとで息も絶え絶えになっていたのである。この時代の代表たるエマソンは、その現実的力の背後にあるものを「悟性（understanding）」という名で呼んだ。エマソンは、それを前世紀から受け継いだ遺産であると認めつつも、その硬直化した世界認識を批判した。そして、それを乗り越えるために大文字の「理性」あるいは「直観」という概念を武器にして新しい精神の地平を開こうとしたのである。もっともそれは普通の意味での「理性」とはむしろ正反対のものであった。人間の内面的生活、魂の奥底からの欲求、あるいは社会的に虐げられた者の声、そうしたものを救い出してくれる精神的体系の基盤となる概念がエマソン流の「理性」であり、その延長線上にあるのがこの哲学者の超絶主義というものであった。

2　アメリカン・ルネサンスと父性の問題

ホーソーンの孤児意識と父親探求の意識もこのことと密接に関係している。この作家もまたこうして社会を強力に形成していく世俗的かつ合理的精神を頼るべき「父親」的権威として受け入れることはできなかった。エマソン同様、この作家にとっても、そうした圧倒的な力で現実を作り上げていく合理的精神の下に抑え込まれた個人の内面の声や、社会的そして歴史的に抑圧されてきたものの声を解放し、社会的言説の中に救い上げてくれる存在こそ本当の父性的権威でなければならなかったのである。もっとも、「白人」中心主義的な性格の強いこの作家は、有色人種や社会的少数派の声に対する積極的関与を行わなかった。と言うよりも、十七世紀のニューイングランド史の汚点といってよいクエーカーの迫害や魔女狩りに加担した先祖を持ち、その罪を深く意識していたこの作家にとって、そこに迫害されてきた者たちの声に耳を傾けるだけで充分であったと言った方がいいかもしれない。ホーソーンは、新しい父親像を求めて自分自身の水脈を掘り下げて行ったまでのことである。ただ、そこで行き着いたものが、結局は、黒人奴隷やインディアンたちの提起した問題と実は大いに重なり合うものを含んでいたことは、注意しておかなければならないだろう。

父親とは、肉体を持って実在する存在である必要はない。それは、広大な抽象的フィクションとして存在しなければならない場合もある。しかし、その権威が存在するお陰で精神世界にある秩序が打ち立てられ、人々が自己の魂のありか、存在の基盤を確信できる体系――そういった安定を与えてくれるものでなくてはならない。十九世紀アメリカという文脈からは甚だ逸脱するが、グノーシスの宗教を中心に古代宗教の起源を論じた大田俊寛によれば、古代の宗教そのものが、崩壊の危機に瀕した世界を支えるべく新たな父親を創造しようとした試みに他ならなかったという(四六)。父という「フィクションを創設することによって、人間社会を統率する」――そこに父の意味が求められたと言うのである(四一)。いわば、父親というフィクショナルな精神的支柱は、西洋文明の始原から、それが精神的危機に瀕するたびに重要な意味を占めてきたわけである。十九世紀アメリカの父親の意味を考えるに当たっても、その基本は変わらない。アメリカン・ルネサンスの作家たちにとっても、そうした父親の統率する精神的宇宙の存在は、自分たちの生きる行為に意味を与えてくれる体系として重要な問題だったのである。しかし、それはまた個人の内面の生活を救いだし、外側の社会的言説との間に橋渡しをする精神的価値観、あるいは調整弁であるだけでは足りない。この時代の作家たちにとっては、そうした父親は、人間の魂に現実の世界の中での充足を与えるだけではなく、それを超越的な世界へと繋ぎとめてくれるものでなければならなかった。それは、現代の我々にはなかなか想像できない、この時代のアメリカ人たちの本能的欲求であった。彼らはやはり神という父を求めていたとも言えるだろう。

アメリカン・ルネサンスの後に来る時代——南北戦争後の時代——と比べてみると、この時代の文学にとって、特にこうした超越的な意味合いを含んだ精神的支柱としての父性的権威の存在がいかに大きかったかが分かる。大雑把な言い方をしてしまえば、彼らの文学にとっては、神という父親を頂点に置いて、その下に人間を規定する垂直的な世界像がどうしても必要だったのである。例えば、F・O・マシーセンが指摘したように、ホーソーンの伝統を引き継いだヘンリー・ジェイムズ（Henry James 一八四三－一九一六）は、こうした神学的枠組みを必要とせずに作品を書き続けることができた（三六五）。それは、リアリズムの時代であり、大衆的な社会の成熟とともに「事物」がはっきりと自らを主張し始めた時代であった。そこでは絵画的方法が大きな意味を持ち、それによって厚みのある世界と人物を描く方法が幅を利かせた時代だからである。垂直的な権威に頼らない水平的な世界の到来と言ってもいいかもしれない。しかし、ホーソーンはそうではなかった。この作家が、南北戦争勃発後、作品を書けなくなっていったことは度々指摘されるところであるが、これはそうした垂直的な権威に対する思い入れとおそらく無関係ではない。ヨーロッパにリバプール領事として滞在した後、晩年アメリカに帰った後のホーソーンは、コンコードの「ウェイサイド（路傍）」と名づけた住居に戻り、そこにもともとあった二階のさらに上に奇妙な書斎を増築して、まるで、一人、地上と天上の間に宙吊りになるような空間に身を潜めてロマンスを書き続けたのである。これは、実に象徴的な事実と言わなければならないだろう。この作家にとっては、そうした垂直的な体系軸の中に自らを規定することがどうしても必要だったのである。人間の感受性を作り上げる精神世界というものは、社会が目に見える進歩を遂たり、世界に変革が起こっていても、頭で理解して簡単に切り落とせるものではない。アメリカン・ルネサンスの作家たちにとっては、彼らを天上にも繋ぎとめてくれる父親的権威を探求することを避けて通ることはできなかったのである。

この作家たちは、十九世紀アメリカの精神世界においてもまた自分たちが「孤児」であることを見抜いたのである。個人的に父親を欠いているということは、その面からいえばきっかけに過ぎない。それは、より重要な時代精神への洞察力を提供した条件だったからである。父親を欠いた世界――そこでは、茫漠とした不安感、自分の足下がいつ崩壊してもおかしくないという危機感、そういったものが彼らの生きた時代の基盤を構成していた。父なし子として育った彼らは、その不安を身にしみてよく知っていた。そうした既知の精神風景を彼らは時代の中にも読み込んでいったと言ってもよい。上にあげた作家たちの中で、楽観的世界観を持っていたとされるエマソンにしても事情は変わらない。この詩人哲学者がものした膨大な日記のうち、二十歳前後の記述を見てみるとよい。例えば、自分の知性もこころも空虚そのものだと言った一八二三年五月一三日の日記である（Perry 一〇）。そこにあるのは、自信に溢れた肯定的精神どころか、自己不信と不安に彩られた魂の記録であり、とても後年の「自己信頼」の哲学者の面影はない。従うべき強い精神的導き手を欠いた不安と直面することこそ若きエマソンの出発点であったのである。

父親の不在というものがこの作家たちの文学全てを特徴付けているというつもりはない。そもそも生物学的な父親がいないということ、そのものが作家の核を決定するなどということがあろうはずもない。しかし、やはり、父親の不在という事実は、この時代の文学を読み解くうえで大きな鍵になるように思われる。重要なのは、その象徴的意味である。考えてみると、十九世紀のアメリカ文学とは、その始まりから、なんと父なし子、そして孤児の占める割合の高い文学空間であろうか。ほんのわずかの例を見るだけでも、チャールズ・ブロックデン・ブラウンが、不可思議な死をとげる狂信的な父親の息子の物語を『ウィーランド』（*Wieland* 一七九八）で描いて見せたことを皮切りに、驚くべき売れ行きを示したスーザン・ワーナーの『広い、広い世界』（*The Wide, Wide World* 一八五〇）では、無慈悲な世界へと投げ込まれる孤児エレンの運命が描かれた。ホレーショ・アルジャーの『ぼろ着のディック』（*Ragged Dick* 一八六七）が、ニューヨークで苦難の生活を送る孤児の物語を描けば、オールコットの『若草物語』（*Little Women* 一八六八）においては、主人公の四姉妹は孤児ではないものの、その父親は南北戦争の従軍牧師となって彼女たちの家庭から消えているのである。我々はこのリストに、とんでもない父親を「亡き者にして」逃亡する孤児のごときハック・フィン、それに父母の死後、大西洋を越えてヨーロッパに新天地を求めるイザベラ・アーチャーなども付け加えることができるかもしれない。

アメリカン・ルネサンスの作家たちの作品もまた、文字通りの孤児物語ではないにせよ、父のない不安にとらわれた孤独な精神が恐々世界を覗いた記録であり、あるいは、その背中合わせと言ってもいいのだが、父がいないことの自由に身をゆだねた解放の表現でもあったりするのである。個人的な意味でも、その時代的背景の点からいっても、父親の死という事態によって、いわば世界との断絶を経験した彼らは、自ら紡ぎだす言葉によってその修復を果たそうとしたのだと言ってもいいかもしれない。そうした孤独な営為が十九世紀アメリカという社会の抱えた精神に深く触れたのである。孤児のまなざしというものが特権的な洞察力を有したというのは、そういうことである。言語による父性の修復という言い方をはからずもしたが、もちろん、言語と無関係に存在する父性というものは存在しない。逆に、新しい言語の創造だけが、新しい父性を作り出すことができるのである。十九世紀初期の欧米社会は、言語の表現する意味に対する関心が高まり様々な研究が現れた。しかし、ことアメリカに関してははっきりした特徴があった。それは、フィリップ・ギュラの指摘するように、アメリカの言語研究の活性化は神学の一分派として現れてくるということである（Gura 一九）。ギュラはとりわけ聖書解釈の活性化に言及しているのであるが、アメリカ人たちは聖書の言葉の再解釈を通じて、神を再発見しようとしたのである。ここにも神という父親が見失われ、それを再生させようとする試みの痕跡が見出せる。アメリカン・ルネサンスの作家たちの営みもこの趨勢と正確に歩調が一致しているのである。アメリカは危機にあった。精神の内実が内側から崩壊する予兆をこの時代の人々は感じていたのである。

3 楽観的時代と精神の影

こういう見方には、反論があるかもしれない。十九世紀前半のアメリカとは、何よりも希望に満ちた時代ではなかったか。独立革命から数十年を経た時代、それは、前にも述べたように、アメリカが西部に向かって拡張していく時代であり、社会的には「改革の時代」であり、個人の可能性の讃えられた時代であった。物象面だけではない。ある面からいえば、文化的・精神的にも楽天的な時代であった。人々は、新たな活力に満ちた国家の息吹を肌で感じ、内面的にも自分たちの能力に自信を持ち始めた時代だったというのが、おおよその見方だったからである。十九世紀初頭のニューイングランドを見ても、それは当てはまる。成熟した文学こそ生まれるのにはまだ間があったものの、人々は楽観的な気風に満ち溢れていたことが多くの批評家によって指摘されている。ヴァン・ワイク・ブルックスは、いまや古典ともいうべきその名著『ニューイングランド文学の開花』（一九三六）を、ボストンの画家、ギルバート・スチュアートを描くことから始めている。アメリカ出身ながら、ヨーロッパでひとかどの画家として人気を博し、いまや美術界のひとつの権威として故郷に錦を飾ったこの人物の中に、ブルックスはいわば経済的、商業的のみならず、ヨーロッパ的基準をものともしない独立した精神と自信、そして、それと同時に、若々しいエネルギーに溢れ、自らの表現を求めてはちきれんばかりの生命を充溢させた精神を見て取ったのである。文学は、その手本に倣いながらやがて豊かな土壌に花開くことになる。

例えば、ヘンリー・ワズワース・ロングフェロー（Henry Wadsworth Longfellow 一八〇七－八二）の詩作品を、こうした時代との連続性の中に見ることは容易であろう。発展していくアメリカの人々の息吹を、メロディ豊かな生活の歌、アメリカの神話に仕上げたと言ってもいいこの詩人は、明らかにこうした楽観的時代精神の申し子であった。もっとも、後年、妻を失ってのちダンテの『神曲』翻訳に没頭していった「暗い」詩人の面影も無視できないが、ここでは問わない。ついでにいえば、この詩人は裕福で愛情豊かな父親の絶えざる支援のもとに成長を遂げた文人であったことは、どこかで思い出してもよいかもしれない。一八二五年、メイン州のボードン大学卒業にあたり、卒業生の演説を行ったロングフェローの演題は「我らが母国の作家たち」であり（Higginson 二三）、この学生詩人は、新しい国家には新たな独自の文学表現が必要であることを説き、自らもやがてその一翼を担うことを思い描いていたのである。この大学の理事でもあったその父親は、我が子の卒業式での晴れ姿を満足しながら眺めていたことであろう。

しかし、まさにその卒業式に出席していたはずの、もう一人の未来の文人の胸中には、あるいは別の風景が描かれていたかもしれない。授業に出席しないことを理由に、この卒業式で演説を行う権利を剝奪されたこの人物は、生来の内気さもあってそれをまさに僥倖とさえ見なして気にすることもなかったようであるが（Wineapple 五四）、同学年のこの新進詩人の華々しい演説を聞きながら、自分の中にもまた、そうした新しい文学表現に対する激しい野心が潜んでいることをはっきりと意識していたに違いない。ホーソーンは、ロングフェローと同期生であり、卒業後は、生涯に渡って交流を持つことになった。ただ、その文学は、この詩人と同様、ニューイングランドの地方色を濃厚に持つという共通項こそあったものの、まったく異なる世界を見つめていたことも否定することはできない。ホーソーンの文学を理解するためには、楽観的な気風に彩られた十九世紀初期のアメリカを思い描いているだけでは足りない。その明るく単純な世界像の背後には、暗い闇に覆われたもう一つの世界が存在していたのである。成長の気風に溢れ、発展していく世界どころか、その精神の核心部において、どうしようもない空虚さを抱えた世界――それが、ホーソーンには見えていたのだ。

それは、領土の拡張、商業や経済の発達、社会の発展、若き国家の人民の希望に満ちた時代という表層とは裏腹に、方向を失い、行き場を失った孤独な魂の世界である。なるほど物質に基礎を置いた、目に見える、計測可能な側面からは、世界はどんどん進歩していくように見えたであろう。そして精神的な楽天主義というものもこの時代の特徴だったではあろう。しかし、この時代は、同時に、第二次大覚醒運動の時代であったことを我々は忘れてはならないだろう。一七四〇年代のジョナサン・エドワーズの時代と同じように、十九世紀初頭のアメリカもまた大きな社会変動にともなう不安が人々を捉えた時代であり、それゆえに大きな宗教的な熱狂に覆われた時代であった。急速に「進歩し」世俗化していく社会は、旧来の価値観や世界観が崩壊していく時代でもあったのである。具体的には、アメリカをその始原から規定し続けてきたピューリタニズムが、急速に退潮していった。一八〇五年、ハーヴァード大学神学部のホリス教授職がユニテリアンに握られ、伝統的カルヴィニストが追われたことに代表されるように、旧来の信仰は、過去の遺物として葬り去られようとしていたのである。そこに目をつけたように幾多の新宗教が勃興してくるが、それは、表面的な宗教の活況とは裏腹に、いわば神という父親を見失い、人々が精神的孤児と化した時代でもあったのである。十九世紀アメリカが、孤児の世界たるゆえんである。

4　ホーソーン、メルヴィル、父性の探求

本書では、ホーソーンの文学をこの影の精神世界との関連の中で読みなおしてみたい。ホーソーンが、父なし子として育ったことから、その作品中の孤児的人物たちを作家の個人史と絡めて論じた批評は多い。しかし、ホーソーンの孤児意識を時代の問題として論じた例はあっただろうか。そもそも、この時代を孤児の時代と規定する見方そのものが、なじみ深いものではないのである。それに、もう一つ付け加えておけば、ホーソーンの作品には父親がいないどころではない。実は、おびただしい数の父親的人物が登場するのである。『緋文字』（*The Scarlet Letter* 一八五〇）のピューリタン社会が父性的権力者に支配された社会であることをはじめとして、我々は、『七破風の屋敷』（*The House of the Seven Gables* 一八五一）のピンチョン家の先祖たち、短編では、「ラパチーニの娘」（一八四四）の狂った科学者としか思えない父親、「ロジャー・マルヴィンの埋葬」（一八三二）のマルヴィン、それに、「若いグッドマン・ブラウン」（一八三五）でブラウンを森の奥深くへと導く「父親に似た」悪魔など、たくさんの父親的人物を数えることができる。また、実生活を考えてみても、父が死んだあと母親の実家のマニング家に移ったホーソーンは、その父代わりとなるロバート・マニングをはじめとする多くの叔父たちに囲まれていたのである。そして、表層的な意味では、ホーソーンはこうした父親的人物を求めているどころか、まったく逆に、そうした人物たちから『七破風の屋敷』のクリフォードさながら逃走しようとする性向を持っていたのである。したがって、ニーナ・ベイムのような批評家は、ホーソーンが自分の亡くなった父を恋い慕った形跡は認められないとし、むしろ、ホーソーンが求めたのは母親であったと断言するのである（Baym, "Mother" 十一－十

二)。

だが、繰り返すが、父親とは、ただ日々の生活を保障してくれる経済的保護者としての男性というだけではない。ホーソーンの魂の中には、やはり、父親を求める孤児がいるのだ。マニング家で父代わりとなる叔父たちに囲まれていようと、作品で、むしろ忌避すべき父親的人物が多数描かれていようと、それは変わらない。ホーソーンがじかに接し、また描いた「父親」たちは、自分の存在の根を規定する安定を与えてくれる父親ではなかっただけである。この「父親たち」の依拠する言語体系（ラカンのいう「象徴界」）の中に、この作家は居場所を見いだせなかったと言ってもいいかもしれない。その父親たちは、多分に現実の世界を支配する男性権力をなぞる言葉によって生きているからである。とすれば、作家たる者の宿命として自らが独自の新たな言語表現を創造するしかない。ホーソーンの作品に新たな父親の誕生する可能性があるとすれば、それは、この言語の刷新という行為に即して行われざるを得ないのである。新しい父親とは、あるいは新しい意識とは、新たな言語とともにあるからだ。当然のことながら、ホーソーンが作品中で繰り返し描いた父親的な人物は、その行為を阻む者でもある。子孫が作家などという無意味な存在になり果てたことを嘆く『緋文字』の序文に出てくるピューリタンの先祖などは、その典型であろう。

しかし、同時に、ホーソーンの作品には、それとは別の慈父的父親像が時に影のように現れるのだ。例えば、後に論じるように、「僕の親戚、モリヌー少佐」の主人公ロビンが田舎に残してきた牧師の父親、あるいは物語最後にこの青年に寄り添う紳士、また、「白髪の戦士」の亡霊のように現れる老戦士、そして、「雪人形」の中で子供たちを悲しませる即物的で世俗的な父親とは違う、やがてその家を訪れることになっている「おじいさん」などが思い出される。そういう人物は、深い意味を持った「父性」としてこれまでほとんど注目されることがなかったが、ホーソーンの理想を託された父親的人物を暗示する存在なのである。マニング叔父のような「父親」ではなく、本当に血のつながった父親がいたらどうだったか――もしかすると、彼らはそうしたホーソーンの夢想の所産だったかもしれない。ただ、そうした人物は、現実の中にしっかりと根を張った肉体を持った人物としてではなく、空想の中に現れる幻影のような極めて不確かな人物としてしか現れることができなかった。これは、本当の父親をほとんど知らずに育ったホーソーンの事情を考える時、極めて興味深い事実であると言えるだろう。なんとかして慈父としての父親像を自ら把握し、自身の孤児的意識の中核にある空虚を埋めたい。しかし、ホーソーンは、そういう父親像を追い求めつつも、なかなか具体的な「肉体」を与えることができなかったのである。ただ、その思いの強さは、生半可なものではなかった。この作家の文学的営みの根幹には、そうした新しい父性の創造への希求がまぎれもなく横たわっていたのである。十九世紀以来、ホーソーンが常にアメリカ人を魅了してきた背後には、おそらくこの事実があるに違いない。アメリカの世俗的現実を肯定する自信満々のアメリカ人ではない。足下深く覗き込めば覗き込むほど、その不確かさばかりが感じられ、自らの魂もまた基盤を失ってあてどなく浮遊するしかないことを意識した孤独なアメリカ人こそが、この作家を支えてきたのである。ホーソーンは、彼らとともに空虚の闇を見つめていたからである。

一時期ホーソーンの盟友であったといってよいメルヴィルは、おそらくそのことを最初に見て取った人物であった。ホーソーン文学の中にメルヴィルが「闇の力」を見た時に、そして、同時にホーソーンがシェイクスピアと同じほどに深いと指摘した時に、メルヴィルはホーソーンが自分と同じように、崩壊した精神宇宙の空虚の闇に向き合っている作家だということを直観したのである。例えば、シェイクスピアの『ヘンリー六世』(*Henry VI, Part I* 一五九一)の始めは、闇に覆われた世界への言及から始まる。ヘンリー五世という理想的王が死んだ後の精神の支柱を失った世界を、つまり王という父親の消えた方向なき混沌とした世界を、エリザベス朝の詩人は、その時代の宇宙観に倣って光なき宇宙の闇として描いたのである。メルヴィルがホーソーン文学の中に「闇の力」を見た時、それはカルヴィニズムが腐敗した人間の魂に見た闇と同時に、この空虚の闇が念頭になかったであろうか。もしかすれば、思い込みの激しいメルヴィルのこと、自分自身の強い問題意識を自分が天才とあがめたこの先輩作家のうちに投影したのかもしれない。つまり、メルヴィルは、ホーソーンを語りつつ、自分を語っていたかもしれないのだ。ホーソーンの同時代人として、メルヴィルは自分たちの時代が父親を失った一種の闇の世界、孤児の時代であることを、そして自分たちが孤児に他ならないことを知っていたからである。

メルヴィルは、この孤児意識を自らはっきりと描き出している。かつてリチャード・チェイスが指摘したように、メルヴィルは自らを「孤児」とみなして「父親」を探すことに執着を持ち続けた作家であった（Chase 一二）。例えば『白鯨』（*Moby-Dick,* 一八五二）の中では、イシュメイルの口を借りて次のように言っている。

この人生には、堅実な、後戻りすることのない進歩というものはない。我々は、確固たる段階を踏んで進歩していくということはなく、そして最後には立ち止まる。幼児の無意識の呪縛、少年期の思慮なき信仰、青年期の疑念（よくある運命だ）、懐疑主義、それから不信仰、そしてついには大人になって「もしも」という思考の停止に落ち着く。しかし、一度その過程をやり終えると、我々は再びその過程を繰り返す。そして、幼児から少年、大人、そして「もしも」を永遠に繰り返すのだ。我々がもう錨を上げて出て行かなくてもよい最後の港はどこにあるのだ。最も疲れ果てた者さえもけっしてうんざりしないような世界は、どんな恍惚の霊気の中に浮かんでいるのだ。我々の魂は、結婚することもなかった母親が、死に臨んで産み落とした孤児のようなもの

だ。我々の父親の秘密は、母親の墓の中にあるのだから、我々はそこに出向いてそれを明らかにしなければならぬ。（四〇六）

ここに描かれているのは、大きな喪失感の果ての索漠たる世界観である。人生は無意味な時間の堂々巡り以外の何物でもない――なぜなら人は何も確実な精神基盤を持ちえず、出口のない円環の中をただあてどなく繰り返しさまよい続けるよりほかはないからだ。「人生は阿呆の語る物語だ」といったのはマクベスだが、この虚無的人生観にはそのこだまが聞こえるようだ。もちろん、これは生涯神を希求しつつも、けっして確固たる信仰にいたることのできなかったメルヴィルの苦悩を反映したものであるだろう。しかし何より興味深いのは、メルヴィルがここでこの運命が、父を失った孤児的運命に起因することをはっきりと述べていることである。「我々の魂は、結婚することもなかった母親が、死に臨んで産み落とした孤児のようなものだ。我々の父親の秘密は、母親の墓の中にあるのだから、我々はそこに出向いてそれを明らかにしなければならぬ。」すべての虚無の根はその一点にあるとでも言うかのように、イシュメイルの視点は未知の父親の正体に注がれているのである。

イシュメイルはこう語っているようだ。我々が信仰の確たる基盤を失い、堂々巡りの人生を歩まなければならないのは、自分たちが最後に身を寄せることのできる港、すなわち神という父親を見失った孤児になってしまったためである。魂の平和を得るためには、自らが親の墓場を掘り起こしてでも、その失われた父親の秘密を解き明かさなければならない――と。メルヴィルは、十九世紀に生きる自分たちアメリカ人の根無し草性、孤児的状況を絶えず意識した作家であった。それは、前述したように、十九世紀前半のアメリカが、急速にその過去との絆、連続性を失い、これまで経験したことのない新しい不安な時代に直面していたからである。資本主義的経済の成長、一八三七年の経済不況、移民の増大による多元的民族社会の出現、都市の人口増加、様々な社会改革運動の頓挫、古い共同体の解体、西部への国土の伸張など、その背景は挙げていけばきりがない。しかし、それは基本的にはみな伝統的な価値観が足下から崩壊しつつあるという不安を共通項としているのである。

社会の側でも、ただ現世的な繁栄に浮かれていただけではなかった。人々の生活の中にも静かな孤独感が広がって行っていたのである。それを引き起こした精神の地殻変動、父親の不在を象徴的に人々に知らしめる出来事として、一八四八年のジョン・クエンシー・アダムズの死が挙げられるかもしれない。アダムズは独立革命世代の最後の生き残りであり、いまやその死をもって建国の父たちは完全に消え去ったのである（Carroll 三）。この時代、文字通り父は死んだのである。それまでのアメリカは、彼ら尊敬すべき父たちを仰ぎ見て、その影響力の下に道を歩んできた。その父親たちがもういない。これは、もちろん政治的な意味での父権消失を画する事件であったが、影響は政治に留まらなかった。キャロルが指摘しているように、この頃からアメリカ東部を中心に、心霊術の催しが活況を呈するようになったことは注目すべき事実である。ピューリタニズムの世界観が崩壊した後、既成の宗教に救いを見出せなくなった人々が、例えば、ニューヨーク州でフォックス姉妹の心霊主義に魅了されていくのは、このアダムズの死んだ一八四八年なのである。人々は、アメリカが頼るべき権威としての父親を失った世界にあって、その不安からこの怪しげな擬似宗教的集いの中で死んだ父親たちの霊を呼び戻そうとしたのである。自分たちが、父親を失った孤児であることを、メルヴィルとともに知っていたということを暗示する現象であろう。

5　ホーソーン――新たなる父性の創造

ホーソーンの文学世界は、父親を失った「孤児」的登場人物で満ちている。幼くして父親を失い、その影の下に生きた人間にとって、それは繰り返し問い直さなければならない自己像の投影であったことは間違いない。このことは多くの批評家によって指摘されているとおりである。この作家にとって父親を喪失したことは、まさにこの作家の生涯を決定したと言ってもいいほどの事件であった。例えばアーリッヒが詳細に分析したように、それはこの作家から対人関係を築く能力を奪い取り、果ては自分に対する自信や世界の確実性への信頼を蝕むことにもなったのである（Erlich 一〇五）。前述のように、これまでホーソーンのこの側面は、こうしたフロイト流の精神分析批評に代表されるように、もっぱら、その個人史との関連においてのみ論じられてきた。作家の個人史における父性、あるいは母性との確執、あるいはそれらに対する憧憬という問題は、もちろん重要な問題である。しかし、ホーソーンの文学は、明らかにそうした枠組みを越える射程を有している。そして、もしかすれば、父親を失った、いわば「父なし子の視点」というべきものがホーソーンに与えたものは、メルヴィルの場合よりも大きかったかもしれないのである。

短編作家として出発して『緋文字』に至る数々のアメリカの歴史を素材にした作品を発表した時期、そして自らの生きた同時代のアメリカ社会を舞台に『七破風の屋敷』や『ブライズデイル・ロマンス』（*The Blithedale Romance* 一八五二）を発表した作家として脂の乗り切った時期、そして、完成されたロマンスとしては最終作となる『大理石の牧神』（*The Marble Faun* 一八六〇）でヨーロッパを舞台にしたアメリカ人の魂を描いた時期に至るまで、ホーソーンの描いた珠玉の作品群の核心には、みなこの父なし子の視点の鮮烈な刻印がある。いや、『先祖の足跡』(*The Ancestral Footstep*)や『エサリッジ』(*Etherege*)などイギリスの先祖との繋がりを探ろうとした晩年の未完の作品にいたってもなお、そうした視点はますますこの作家を捉えるようになったと言うべきであろう。父と子というテーマは、この作家に染みついていた。というよりも、ホーソーンは、父と子の関係という視点を通してしか、物語を語ることはできなかったようにさえ見える。『緋文字』を書き始める少し前、「ラパチーニの娘」を書いたあたりから、その作品には激しい情念の化身ともいうべきいわゆる「黒髪の女」(ダーク・レディ)というものが現れてひときわ読者の関心を引き付けることになった。しかし、そうしたファム・ファタール、運命の女と直面してからもなお、この作家は、父親的人物がそのことで自分を処罰するのではないか等、父性的権威の自らに及ぶ影響力が気になって仕方がなかったのである。そうした感受性はこの作家からついに消えることはなかった。

自分に本当の父親がいないという感覚が、様々な問題を引き起こした形跡が初期作品にはある。まずは、不安定な自身と不可解な世界との折り合いをどうつけようかという問題があった。大学を出て母の家に閉じ篭り、作家修行をはじめた青年期の短編作品は、そうしたテーマに深く彩られている。アリソン・イーストンは、その詳細な初期のホーソーン作品の研究において、一八三〇年をはさんだ数年に書かれた「優しい少年」や「若いグッドマン・ブラウン」などのいわゆる「地域的物語群」が、この作家にとっての生涯の中心的課題を設定し(二八)、個人の主体と社会のイデオロギーとの確執が重要な主題となっていることを指摘している(三五)。これはまったく的を射た指摘であるが、さらに付け加えれば、その個人と社会との軋轢を形成したものこそ父親の不在であり、両者の橋渡しをしてくれる存在を奪われていたという事実なのである。それは、もちろんホーソーン個人の問題であったはずだが、作品を書いていく中で、この作家は、自らを取り囲む変容してくアメリカ社会の内にも同様の問題が宿っていることを嗅ぎつけ、その視点を社会的洞察力の武器としても磨いていくのである。

本書、第1章では精神的孤児の時代としての十九世紀アメリカを概観しつつ、ホーソーンの初期の三つの短編がこの状況をいかに反映しているかを示したい。登場人物の個人的な喪失感を描きながら、それが社会や時代精神に対する深い洞察となる様を見ていくことになるだろう。個人の思いが、時代の矛盾と複雑に交錯するところにこそホーソーンの芸術家としての本領があることを示したいと思う。新たな父性的権威を探求する企てにとって、十九世紀のアメリカで作家たること、言葉の問題、また、文学創造の意味を問うこともまたホーソーンの大きな問題であった。中期のロマンスと呼ばれる長編作品に至ってこの傾向はますます強まってくる。とりわけニューイングランドの歴史に取材した初期短編作品の延長上にあり、かつまたその絶頂ともいえる『緋文字』において、このテーマは極めて強くホーソーンの関心を捉えたようだ。その意味では中期のロマンス作品群は「物語創造の物語」あるいは“writings about writing”という側面を持っている。第2章では、「税関」のスケッチが、ホーソーンにとってのロマンスというものがどんな文学ジャンルであるのか、また、ロマンスによってこの作家は何を描こうとしたのかを明らかにしていることを論じる。「父親」という概念は、この作家の本領であるロマンスというものの内実を知る上でも大きな意味を持つことを明らかにしたい。そして、第3章の『緋文字』論においては、ホーソーンが、古い父性的権威の崩壊と新しい父性的権威の誕生を描いていることを論じたい。『緋文字』がいかなる点から見ても、ホーソーン作品最高の傑作であることは言を俟たないが、その大きな理由の一つは新しい父性というものの可能性をここで提示し得たからに他ならない。古い父性的権威の下では人間の魂に対して何が行われ、それを打破した後で立ち現れる新しい父性とは何なのか、それを見てみたい。

第4章は、『七破風の屋敷』を通して、まず、ニューイングランドの歴史の中のいわば伝統的な父性的権力に抑圧されてきた声に耳を傾けることになる。物語の中心を占めるヘプジバやフィービー、またクリフォードといったピンチョン家の登場人物よりも、これまであまり批評的光が当たってこなかった影のごときモールという人物の意味合いを探ってみる。それによってホーソーンの孤児的想像力が、アメリカ社会の無意識的領域に封印されてきた声を救い出そうとしているのに留まらず、その声が広く西欧近代精神史の闇に監禁されてきた声と通底するものであったことを見ていきたい。それを踏まえて後半では、その後の新しい時代にピンチョン家の血を継ぐ精神的孤児たちがいかなる運命を呼び寄せるのかを追ってみたい。

第5章は、十九世紀アメリカの社会主義的実験農場をモデルにした『ブライズデイル・ロマンス』を通じて、ホーソーンの文学創造のさらなる深い意味合いを、社会的言語を統率する父権的権威に挑戦するジュリア・クリステヴァの「セミオティック」という概念を援用することで考察してみたい。文学的言語、あるいは詩的言語というものの始原に降りて行きつつ、我々は単にジャンルとしてのロマンス論という枠組みからは見えてこない、この作家の創造の正体をより深く感得することができるはずである。第6章は、同作品を十九世紀半ばに一世を風靡した心霊主義との関連の中で、さらにもう一度読み直してみたい。その上で、時代を特徴付けた社会改革や擬似科学が、いかに伝統的宗教の基盤が崩壊した精神的孤児たちの不安と密接に結び付いたものであったかを示したい。

第7章は、『大理石の牧神』の中にホーソーンとカトリック信仰との邂逅を追いかける。一八六〇年、リバプールの領事としてヨーロッパで生活することになるホーソーンは、とりわけイタリアに滞在した年月を通してカトリックの信仰と直面することになる。旅行記のような小説と揶揄されたり、イタリア絵画や彫刻との関連の中でのみ論じられがちな『大理石の牧神』ではあるが、この作品はそうしたヨーロッパの宗教との作家の対面の記録といってよいのである。ホーソーンは神を見失った十九世紀アメリカの精神的不安を見ていく中で、プロテスタントの宗教や文化そのものに深い疑念を示すようになっていたことが日記などに散見される。作家が、その反動として強く惹きつけられることになったカトリックとどんな折り合いをつけるのかという問題をこの作品に追いかけてみたい。

以上のように、本書は、ホーソーン文学を、この作家にとって生涯大きな問題であった父性的権威との対峙の仕方を文化的な問題として考えてみようという試みである。何度も繰り返しているように、十九世紀アメリカというのは、いわば父を見失った世界であった。その時代精神に切り込む上で、孤児の視線が大きな意味を持ち、いわば作家の個人史と歴史との間の架け橋となって、我々に新たなホーソーン像を垣間見させてくれるのではないかというのがこの本の期待であり基本的な目論見である。様々なポスト・モダンの文学理論や新歴史主義、ポスト・コロニアリズム、文化研究などの斬新な批評理論が、あらかたホーソーン作品を再検証してしまったように見える現在において、このような古めかしいエディプス・コンプレックスを再び持ち出したかのような視点は、あるいはアナクロニズムという感を免れないかもしれない。もちろん、フレデリック・クルーズを代表とする批評家たちによって、フロイト理論によるホーソーン作品の分析はすでに十分といっていいほどになされてきた。しかし、例えば、後期のフロイトが『モーゼと一神教』でやってみせたように、個人の精神分析と宗教、そして文化批評を重ねる試みは、ホーソーン批評においてやはり最も正統的なアプローチの仕方なのではあるまいか。何故なら、ホーソーンこそ、そうした文化の精神分析的な手法を現代の心理学者たちに先駆けて採用し、物語を紡ぎ出していった作家だったからである。したがって、ホーソーンにとって謎であった父親の意味を、その個人史から救い出し、時代精神の中に改めて位置付けるという本書の試みは、ホーソーン批評をある意味本道に引き戻すことであると信じたい。

本書は、十九世紀アメリカの大問題であった奴隷問題やインディアンの問題などについては、ほとんどまったく言及していない。具体的な社会的事件、政治的イデオロギー、世俗社会の動きと作品との関連も、精神史との関連を除けばほとんど等閑視されている。現代の批評がこうした側面に大きな光を当て、アメリカン・ルネサンスの作家たちを、いわば、具体的な世俗的歴史の中に位置付けようとしていることは周知の事実である。それを筆者は極めて重要なアプローチと見なすものであるが、やはり、文学とは、社会の具体的事件の忠実な描写以上のものであろう。本書は、ホーソーンの文学は、むしろホーソーンの言葉そのもの、あるいは言葉に形を与えている背後の精神の動きに切り込むことでこそ理解しうるという立場からなされた研究である。かつてT・S・エリオット（T. S. Eliot 一八八八－一九六五）は、ホーソーンこそが「リアリスト」であると述べたことがある（Matthiessen, *Achievement* 二四）。この作家がヘンリー・ジェイムズと同じような意味でリアリストであると考える批評家はいないだろうが、エリオットは精神の現実にこそリアリティを認め、そうした「現実」を追求する代表をホーソーンの中に見たのである。本書もまた、この作家が、そうした意味でのリアリストに他ならないという立場に立っている。

かつてディケンズ（Charles Dickens 一八一二－一八七〇）は『二都物語』（*A Tale of Two Cities* 一八五九）の冒頭で、フランス革命の時代的特徴を列挙しつつ、それは実は特別な時代ではなく、自分や読者の生きている十九世紀後半のイギリスという「現代」とまことにそっくりな時代で、ただ「度合いにおいて」異なっているだけだったと述べた。最近、発表された出色のホーソーン論に、ラリー・レイノルズの『悪魔と反逆者』（二〇〇八）があるが、この本の作者もまた、こうした考えを基盤としてホーソーン論を著したように見える。レイノルズにとって、十九世紀の作家ホーソーンは、まさにこの二十一世紀の現実に対する警告者であった。その著書には、ホーソーンの平和主義とその時代の暴力性を語りつつ、湾岸戦争後、戦争によって中東の秩序を変えるべく乗り出していった現代のアメリカ政府の「暴力」を糾弾する姿勢が、はっきりと透けて見えるからである。十九世紀アメリカと現代アメリカを結び付ける見事な本というべきであろう。ホーソーンの生きた「父なき」十九世紀のアメリカは、もちろん現代とは全く異なった世界である。しかし、それにもかかわらず、我々の生きている、この重苦しい、精神的空虚と混迷をいよいよ深めていくかに見える世界もまた、ホーソーンが生きた精神的孤児の世界とやはり基本的には似ているのではないだろうか。ニーチェのツァラトゥストラが十九世紀の終わりに語った「神が死んだ」という言葉は、いまさら持ち出しても陳腐に聞こえるだけかもしれないが、神とは言わないまでも、それに代わる精神的基盤としての父性的権威が見出されたとも聞かず、我々は一人一人がばらばらの根無し草となって、漂流を続ける世界に放り込まれているように見えるからである。父親を求める時代などとっくに終わったという方もおられるかもしれない。しかし、人は本当に父性なくして生きていくことができるものなのだろうか。我々もまた、ホーソーン文学の中に我々の時代をなぞりつつ、新たな時代の、新たな父親のイメージを追いかけていくことになるのかもしれない。

第1章

孤児の風景

——三つの短編小説から——

1 個人主義の影

ホーソーンの生きた十九世紀前半を「孤児の時代」として考える上で、それがいかなる内実を備えた時代であったのかを具体的に検討することからはじめてみたい。もとより、その時代の精神史全体を描くことは小論の及ぶところではないが、それが何故「孤児の時代」と呼びうるのか。この章の前半では、それを明らかにするために大まかなスケッチを描くことにする。鍵になる概念は、アメリカ流個人主義のエトスの勃興である。個人の独立が西洋近代の礎であったことは今更言うまでもないが、アメリカにおける十九世紀前半は、後述するように、さらにそれを先鋭化する形で個人が価値の中心であることがはっきりと謳われた時代であった。個人が、ある種、神格化された時代だったと言ってもよい。もちろんすべての思想には光と影の部分がある。個人主義という思想も、個人の可能性を高らかに謳いあげるという楽観的な側面ばかりではなく、その裏には人々が伝統的な共同体から切り離されて孤立化し、断片化していくという側面を背中合わせに持っていたのである。図式的になることを覚悟の上で、まずは、そうした時代の見取り図のごときものを描いてみたい。

その上で、この章の後半では、その「個人主義の時代」をホーソーンはどう見たのかを考えていくことにする。独立した個人に可能性を見た代表がエマソンであるとすれば、ホーソーンはその影の部分に注目した代表であった。この作家には、人間が個人として独立充足し、完全な存在たりうるとは考えられなかったのである。何故なら人間は目に見えないが緊密な絆によって繋がっているものであり、その絆に支えられることによってこそ人間として存立しうる、というのがその信念だったからである。大学を出てから作家修行と称して十年以上も部屋にこもり、世の中との絆が一つ一つ失われていくのをホーソーンは実感していた。そしてやがては自らの自己さえも侵食され解体していく危惧を味わう。そうした思いの中に暮らしていた作家の卵にとって、個人に徹することは何よりも忌まわしい経験に他ならなかった。したがって、ホーソーンは、個人主義の時代の中に、何よりも古い絆から切り離された孤独な魂と、そしてその孤独を引き起こす原因たる社会の精神的秩序の解体を見たのである。個人主義をたたえる社会の裏にある陰画世界こそが、この作家の棲み家であったと言ってもいいだろう。そのことを「若いグッドマン・ブラウン」("Young Goodman Brown" 一八三五)、「優しい少年」("The Gentle Boy" 一八三二)、そして「僕の親戚、モリヌー少佐」("My Kinsman, Major Molineux" 一八三二)という初期の代表的な三短編を通じて見ていくことにしたい。

これらの短編は、いずれも植民地時代のニューイングランドに取材した、いわば歴史ものである。これらの作品を読むと、我々はいかにホーソーンが十七世紀、十八世紀という過去に魅了され、そこから文学創造のエネルギーを汲み出していったかを見ることができる。そして、作家がまた、この時代の出来事をどう考えていたのかも克明に辿ることができる。しかし、これらの作品は、過去のニューイングランドを映す以上に、十九世紀に生きたホーソーンが抱えていた問題をも明らかにしてくれるのである。それらは歴史物語でありつつ、ホーソーンという作家の精神的自伝であり、とりわけ若い時代の精神的危機を映し出している。さらには、そうした個人的な体験から得られた洞察を武器に社会の深層を照らすことで、この時代のアメリカの精神に深く切り込むことができたのだ。三つの短編は、テーマも背景も異なるものの、ともに「孤児の風景」を描き出しているのである。そのことを見ていくことにしたい。

2　孤児の時代——スケッチ

「改革の時代」といわれる十九世紀のアメリカは、政治、経済、文化、宗教など社会があらゆる面に渡って大きな変動を経験した時代であった（Nye 三二）。一八〇三年、フランスからのルイジアナ買収によって目の前に忽然と現れた広大な領土が活動ののろしでもあったかのように、可能性に満ちた未開の土地と豊富な資源を背景に、生まれたばかりの資本主義の市場経済は大きく成長を遂げていく。運河や鉄道などを整備しつつ人や物資が自由に移動できるようになり、それまでの農業を基盤に据えた経済のみならず様々な産業が発展して国を潤していったのである。あまりにも急激な成長だったこともあり、経済は一八三七年には一時的に不況に陥り、早くもその矛盾を表面化させたりしている。しかし、経済を突き動かす力の進展はとどまるところを知らない。フロンティアは西へ西へと拡大し、新しい土地が開拓されていく。意識面の変化も併走していた。人々の国民意識も高まり、自らがその主権者であるという民主主義意識も高まりを見せていた。十八世紀後半に政治的独立を果たした国家が、大きくその内実を変容させていく時代——新しい大陸に解放された大きな力が、国全体を突き動かしていく時代――人々にはそんな思いがあったであろう。

楽観的時代、あるいは大変革期――こうした時代の精神を一言で要約するとすれば、こう言ってみるより仕方がないのかもしれない。社会の具体的な側面に目を凝らせば、それは一言で形容するにはあまりに多様な相を持っていたからである。もちろん、肯定的なものばかりではない。奴隷制の問題やインディアン諸部族に対する非道、貧しい白人移民の搾取、女性の地位の低さなど、この社会は大きな問題を抱えてもいた。しかし、それでも、人々は国家と自らの力に自信を持ち始めていた。有産の白人男性がこの社会を仕切っていたことは否めない。ただ、それでも個人の意識のレベルに下りていくと、自分たちが様々な社会問題を抱えていることを知りつつも、自らの中に何か新しい力が芽生えるのを人々は感じていた。この時代は、現代まで続くアメリカ個人主義の礎を築いた時代だったのである。国民国家というものも重要な概念であったが、普通の個人というものに新たな意味が見出された。個人を賛美する価値観がこの社会の中に沸々と醸成され、人々はその思想に染められていったのである。

一八三一年にアメリカを訪れたトクヴィル（Alexis de Tocqueville 一八〇五－五九）は、この身分制や階級のない「平等社会」において、個人主義というものが大きく伸長しているという事実に目を見張っている。まずその概念自体を新奇なものと感じたらしい。「個人主義というのは新しい言葉だ。我々の父親たちが知っていたのは、ただ利己主義（selfishness）という言葉だけであった」（Tocqueville 九八）。彼はこう語っている。個人の欲求の追求というのは、古くからのキリスト教道徳に照らしてもまず戒められるものであったことは言うまでもない。したがって、ヨーロッパではどちらかといえば否定的に捉えられがちなものであった。その自己の欲求が、アメリカにおいては新しい肯定的な意味を付与されている――そこに驚きを覚えたのである。トクヴィルは、個人主義という新しい考え方の中に自らも肯定的な意味を見出した。それは、社会の規制から個人を解放する成熟した考え方だとも述べているのである。もっとも、そこは老練のフランス人のこと、個人主義に対しても一方的に賛美するだけではありえず、危惧の念もないではなかった。一見平等社会の徳に見える個人主義も、将来結局は利己主義と同じようなものに堕ちていく可能性があることを、この慧眼の政治思想家は同時に示唆してもいるのである（九八）。

トクヴィルが目にした新しいアメリカ人たちは、やがて時代そのものを「個人」の色に染めてゆく。共同体的な価値観よりも、個人的な利益追求に目が移っていくのである。この時代は、アメリカ精神史の面からも大転換期（Great Transition）と呼ばれるべき激変の時代であったことが近年の歴史家たちによって論じられている（Curry and Valois 二六）。それによれば、十八世紀末から十九世紀はじめにかけてのアメリカでは、大きく分けて二つの倫理的思考が共存していたという。独立革命時代に影響力を持った「古典的共和主義」（classical republicanism）と「近代的自由主義」（modern liberalism）という考え方がそれである。生まれたばかりの若い国家が、自由と平等を柱に国を建設していくには、その成員たる人民が個々の利己心を捨てて国に貢献しなければならないというのが前者の立場である。それに対して、後者は、一にも二にも個人の利益を優先する。公共の幸福は、一人一人が個人の利益を追求することを許される時に実現されるのだから、政府は何よりもまず個人の権利とその経済的利益の追求を保護すべきであると自由主義派の人々は考えるのである。「国民」と「個人」の間で綱引きが行われていたということであろう。そして、一八三〇年代、ジャクソンの時代になると、この自由主義が圧倒的に優勢になってくるという。つまり、個人が国家に身をささげるというよりも、国家というものは個人の幸福を守るためにあるのだという考え方が支配的になっていくのである。

文学者たちもまたこの潮流を敏感に感じ取っていた。例えば、一八二〇年代の時代精神を語るエマソンの言葉に耳を傾けてみよう。

その時代の鍵は、精神が自意識を持ったところにあるように見える。人々は内省的になり、知的になった。それ以前の世代の人々は、輝かしい社会の繁栄こそが人間の至福であるという信念の下に行動し、一様に市民を国家の犠牲として捧げた。近代的精神は、国家が個人のために、すなわち、すべての個人を守り教育するために存在すると信じたのである。こうした考えは、革命や国家的運動の中に大雑把には表明されていたが、哲学者の精神の中でさらにずっと正確なものになった。個人が世界なのである。(Emerson, "Historic Notes" 五)

エマソンは、この時代を解く鍵が個人主義にあることをここで明確に述べている。それは、以前の意識とは全く逆の価値観を基盤にしており、社会や国家よりも、一人一人の個人こそが世界そのものだと見なすのである。「古典的共和主義」から「近代的自由主義」への動きがここでも認識されていると言えるだろう。個人の重要性は独立革命の時代にも漠然とは感じられていたが、いまや「哲学者の精神の中で」はっきりと明確化された。今はそうした時代だ、と言うのである。エマソン自身が個人主義の精神の体現者であったことは言うまでもない。

もちろん、我々はこのコンコードの哲人の個人主義を、当時の世俗に流布した個人尊重の風潮とまったく同一視することはできない。何故なら、エマソンの有名な「自己信頼」は、その根本にはおいては、世俗的な自己を否定する一種の克己に基づいており、その個人主義とは、その卑小な自己の否定の上においてのみ出現するという、いわば逆説的な高次の自己讃美だったからである。それと利己心そのものをよしとして自堕落に堕ちていきかねない世俗の個人尊重とはあまりにも大きな溝があるのだ。しかしながら、エマソンの哲学とこの時代は、明らかに同じ精神の波長に共鳴している。現れ方に大きな差こそあれ、個人主義こそがこの時代の鍵であるというエマソンの総括はやはり正しいのである。

興味深いのは、この個人主義的傾向が、世俗の生活だけでなくやがて人々の魂の生活にも深く浸透していったことである。ジャクソンの時代、政治や経済の重心が国家からそれを構成する個人へと移ったように、信仰の領域においても比重は教会という組織から個人の魂に移っていくのである。十九世紀前半のアメリカ宗教は、プロテスタント・エヴァンジェリカリズム（Protestant evangelicalism）によって特徴付けられるが、それはいわば万人が司祭となるプロテスタント的精神がその絶頂を極めた時代であった。エマソンなどの知識人たちもその例外ではない。超絶主義者たちが自分たちをプロテスタント中のプロテスタントだと言ったのはその面で的を射ているのであり、彼らもまた時代の大きな潮流の中にしっかりと根を下ろしていたことを証明するのである。アメリカの宗教がいかに元来プロテスタント的宗教だったとはいえ、その始まりから、個々の人間と神とが直接向かい合うことを承認していたわけではもちろんない。ピューリタニズムが支配をふるっていた時代は、旧教的な意味での教会の圧力は排されていたとはいえ、神と個人の間はやはり牧師や社会的権力者などの介在が様々な形で存在したのである。我々は、十七世紀のボストンで神の声を直接聞いたとしたアン・ハッチンスンが、ピューリタンの共同体を放逐されたことを思い出せば十分であろう。そうした「個人主義」はけっして容認されるものではなかった。

アメリカは、言うまでもなく近代ヨーロッパ精神の産物である。しかし、実際は、植民地時代から継承した中世的な要素をもまた濃厚に持っていたことを忘れるべきではない。十七世紀のピューリタン詩人アン・ブラットストリート（Anne Bradstreet c. 一六一二－七二）の詩は、はっきりと彼女が「存在の偉大な連鎖」（The Great Chain of Being）の中に住んでいた中世人でもあったことを窺わせるし、十八世紀にかけて詩を書いたエドワード・テイラー（Edward Taylor 一六四二－一七二九）の「瞑想詩」（*Meditations* 一六八二－一七二五）さえも、絶対の神の支配する世界に住む魂の至福をひたすらに讃え歌ったのである。そうした中世的な心性が洗い流され、近代の個人、そして個人の魂に基づいた信仰が生まれてくるには、十八世紀の啓蒙主義と理性尊重を待たなければならなかったのである。近代を決したと言ってもよいその大きな思想の革命があってこそ、プロテスタント中のプロテスタントに徹しうる精神が生まれてくるのである。プロテスタントの信仰は、もちろん十六世紀初期に誕生したものであるが、そうした思想の運動を経た後の十九世紀アメリカの新プロテスタンティズムの時代は、それまでの精神とは大きく異なったものだったのである。独立した近代的個人の魂が宗教の本当の舞台となるのは、この時代であったということを看過すべきではないだろう。

アメリカ精神の重要な源であるピューリタニズムは、近代精神を内に宿したものでありつつも、予定説と人間の本質的堕落の思想を基盤に神中心の世界観を持っていた。神は宇宙の中心にあって絶対の力を持つ「父」であり、原罪に汚れた人間は不完全な、過ちを犯しやすい存在であった。しかし罪深く取るに足らない「子供」である人間たちは、恐ろしくはあるが慈悲に満ちた神の権威の下にある限りは、魂に安定を与えられていたのである。十九世紀人のように個人が神と対等に向かい合うなどという病的な思想は、ピューリタンたちには考えられないことであった。これは、ピューリタニズムの狭量さのみに注目しがちな現代の我々が見落としがちな点である。十八世紀に生きてジョン・ロックなどの啓蒙思想に触れて育ったジョナサン・エドワーズ（Jonathan Edwards 一七〇三－五八）は、その意味で過渡期を生きたピューリタンと言えるだろう。彼の有名な「個人的物語」（"Personal

Narrative" c.一七四〇）を読むと、この厳格なピューリタンでさえ子供時代には神の畏れ多い至高性に反感を持ったと書かれている。しかし、神が恐ろしいまでの力と甘美さで魂を襲う「恩寵」（Grace）の体験を経た後、人間の弱さ、無力さを知り、ただ神という父にすがることに無上の喜びを見出すようになるのである。

人間の神聖さの中で、謙虚であること、失意、精神の貧しさほどすばらしいものはないのであった。そして、私がそれほど熱心に求めるものもなかった。私の心はこれを熱心に求め、まるで塵の中にあるように、神の前に低く身をおくことを求めた。私が無となり、神がすべてとなり、私が小さな幼子のようになるためにであった。（Edwards 八七‐八八）

エドワーズには、人間の謙虚さや打ちひしがれた心、また貧しい精神だけが愛すべきものに感じられた。何故ならそこにこそ神の慈愛は注がれるからである。だから彼は貧しい魂そのものとなって全能の神の前に無のような存在となり、小さな子供のようにひれ伏したいと言うのである。現代の我々には一種マゾヒスティックにさえ見える心性であるが、ここにある「子供」としての安心感を現代の我々は想像してみなければならない。エドワーズは明らかに父を失った孤児ではなかった。その精神世界の中には、身を投げ出してもすがりたい絶対的な父の権威があったのであり、その不動の力に守られた魂の安定があったのである。エドワーズは、十八世紀の人間として合理主義や科学的精神を重んじ、近代の洗礼を受けた人間には違いなかったが、近代人が忘れてしまった「父親」たる神との確固とした結び付きをしっかりと保持しつつ生きていたのだ。

十八世紀の啓蒙主義の洗礼を受けて、人々は理性の力に自信を持ち始める。宗教の面でも魂の救いは神の絶対の支配によるだけではなく、個人の努力や能力も関与し得るのだという自信を深めていく。一七四〇年代を中心とする「大覚醒運動」の熱狂が消えていった十八世紀後半、ニューイングランドの伝統的ピューリタニズムの凋落は急速に進み、ついに大きく三派に分裂する（Ahlstrom 四〇三－一四）。時代の変化に適合しながら宗教の伝統を守っていこうとする旧カルヴィニズム派（Old Calvinism）、救いの教義の中で人間の持つ力の役割を重視するアルミニアン派（Arminianism）、そしてエドワーズ主義とリヴァイバリズムを正当に継承しようとするニュー・ディヴィニティ派（New Divinity）である。十九世紀の宗教に特徴的な人間中心主義を説く時には、ウィリアム・エラリィ・チャニング（William Ellery Channing 一七八〇－一八四二）のユニテリアン思想がよく代表的に論じられるが、そのユニテリアニズムはアルミニアン派から生まれてくる。しかしより重要なのは、この時代、エドワーズ主義を継承しようという最も保守的と考えられるニュー・ディヴィニティ派さえもが、救いにおける個人の役割を強調してくるという点なのである。

このニュー・ディヴィニティ派こそは、十九世紀様々な分派の中で開花するプロテスタント・エヴァンジェリカリズムの礎石となる第二次大覚醒運動の下地を準備した人々であり、十九世紀も半ばを過ぎると急速に力を失うユニテリアニズムなどよりも、よほど十九世紀アメリカの宗教に影響力を持った人々であった。この派の指導者たちには、ジョゼフ・ベラミー（Joseph Bellamy 一七一九－九〇）とかサミュエル・ホプキンズ（Samuel Hopkins 一七二一－一八〇三）といった人々がいる。彼らは、エドワーズ主義者として、人間の完全な堕落と神の絶対性を繰り返し説いたが、彼らといえども人間個人の現世的な権力の伸長を無視できなくなっている。エドワーズの最大の後継者であったホプキンズでさえも、魂の再生を引き起こす神の絶対性を強調しながらも、回心（conversion）には個人の意志の力がかかわることができると言っている。もちろん他の十九世紀プロテスタント諸派はこの傾向が更に強いことはいうまでもない。十九世紀のエヴァンジェリストで最も影響力のあったチャールズ・グランディソン・フィニィ（Charles Grandison Finney 一七九二－一八七五）が一八三五年に書いた「宗教の復興とは何か」（"What a Revival of Religion Is"）では、リヴァイバルはもはや神の奇跡ではなく、人間が自己の努力によって参与し得るという考えが述べられているのだ。信仰のベクトルは、圧倒的な力強さで神から個人の魂の中へ、また神の絶対的力から個々人の意思力へと移っていくのである。

アメリカン・ルネサンスの作家たちが生まれた十九世紀初頭は、このように宗教の焦点が、神の絶対性や教会の権威から個人の魂へと力強く確実に動いていった時代であった。そんな傾向を背景に、第二次大覚醒運動が起こる。一八〇一年イエール大学ではティモシー・ドワイト総長の指導下、学生たちの間で大量の回心者が出現した。また宗教が、バプチスト、メソジスト、ユニバーサリスト、ユニテリアン、パーフェクショニストなど多数の派に分裂して、いわゆるプロテスタント・エヴァンジェリカリズムの華を咲かせる。そこでは、人間の原罪論議は影をひそめ、理性を持つ人間の力と個人の可能性が高らかに謳われたのであった。エマソンの個人主義とあの一八三八年の「神学部講演」（"Divinity School Address"）が現れるのには、こうした背景があったのである。こうした自由主義的宗教は、人々の心を捉えた。それは、人々が世俗の世界で信奉するようになった個人主義の宗教版であった以上当然のことである。しかし、それが本当に人々の救いをもたらす確固たる宗教であったかどうかはまた別の問題である。

実際のところ、個人と世俗の生活を高らかに謳い上げ、一見華やかに見える宗教の活況は、人々の大きな不安と背中合わせのものであった。個人の可能性に全幅の信頼を置くといえば聞こえはいいが、それは教会の安定した宇宙観とピューリタニズムの権威が覆されて、個人の魂の救いにはその当人以外誰も関与できなくなったということも意味したからである。自らが自らの救いに関してある程度の努力ができることを承認された反面、あとは、ひたすら神の応答を孤独に待つしかない精神状況に人々は置かれたのである。メルヴィルが『白鯨』の中でマップル師のチャペルを描いた描写は、その意味で印象的である。そこには、この事実がさりげなく語られているからだ。物語の語り手イシュメイルは、白鯨を追う航海に船出する前に名高いマップル師のチャペルを訪れその中を覗いてみる。内部は完全な沈黙に包まれている。ただ、その静けさは、宗教的に満ち足りた静謐というよりも、むしろ人々の間で心を通い合わせることが難しくなったことによって引き起こされている沈黙なのである。

中に入ってみると、船乗りとその妻たち、そして未亡人たちがまばらに集っている小さな一団がいた。息をひそめたような沈黙が支配していて、時折、嵐の叫びに破られるのみであった。一人一人静かに祈りを捧げている人たちは、わざと互いから離れて座っているように見えた。それはまるで、それぞれの悲しみは孤立しており、人に伝えることはできないかのようであった。(*Moby-Dick* 三九)

ここには、宗教がまったく個人の問題になってしまった時代の信仰というものが象徴的に描かれている。同じチャペルのうちに集いながら、人々は「わざと」お互いを避けている。なぜなら彼らは、互いの胸の中の悲しみは決して理解し合うことができず、一人一人の悲しみは自分一人だけで立ち向かわなければならないことを知っているからである。この場面は、個々人がそれぞれの神と向かい合うプロテスタンティズムの原風景が描かれているようにも見えるが、もっと重要なのは、一人一人切り離された人間たちが魂に抱えた孤独という問題である。信仰がかなりの程度個人的な問題になってしまい、教会が安定して統一の取れた宇宙観、あるいは神の概念を与えられなくなった時、人々は父を見失った孤児のように自らの魂のみを見つめて生きていかなければならなくなったのである。楽観的、自由主義的な個人主義の時代であった十九世紀、その背後にはこうした強烈な孤児意識が存在していたのである。

ホーソーンの文学は、エマソンとは異なり、この個人主義の時代に解き放たれたプロメテウスのごとき希望の光を見るよりも、個人主義の投げかける影とも言えるこの孤児意識と密接に関係しているのである。ホーソーンがピューリタニズムをどう見たかについては諸説のあるところで、古くから多くの批評家によって議論されてきた。しかし、その狭量さに対して批判を投げかけることはあっても、この作家はピューリタニズムが成熟した認識に立った安定した宇宙観を与えてくれ、人々の魂の平和を支えてくれていたことを評価していたようだ。ホーソーンは人間が「自己信頼」だけを基盤に生きられるものとは信じられず、人間には安定した価値体系、また宗教体系が絶対に必要だと考えていた節がある。自らは教会にも行かず、セイラムのハーバート通りの暗い部屋に暮らしながら、十九世紀に華々しく活況を呈したプロテスタント・エヴァンジェリカリズム、また理性的ヒューマニズムを基盤にしたユニテリアニズムなどをじっくりと観察していた様子が日記に見受けられる。

ホーソーンが結婚してコンコードの旧牧師館に住んでいた頃には、そうした当時の宗教に対する見方をさらに明確に述べるようになっている。『アメリカン・ノートブックス』の一八四二年八月十六日の記述を覗いてみよう。

私はリプリー博士の蔵書をずっと手にとって見ていた。……その本の何冊かは昔のニューイングランドの聖職者たちの手になる説教集で、その人たちはその当時は有名であったが、その著作は彼らの時代の牧師たちから直接、あるいは他の誰かの手を経て手に入れた蔵書でなければどこにも見つからないであろう。……リプリー博士が自ら蔵書に追加したものは、さほど興味深い類のものではなかった。『クリスチャン・エグザミナー』とか『リベラル・プリーチャー』の何巻か、現代の説教、ユニテリアン派の牧師たちの論争を呼んだ著作、すべてそうした取るに足らない本である。それらを古い蔵書と比べてみると、現代の冷たく、生命がなく、漠然と自由主義的な牧師たちとピューリタンの時代の狭量ではあるが情熱的な牧師との違いが、はっきりと表れているように思う。概して、私は後者の黒ずくめの服をまとった種族の方が好きだ。(*The American Notebooks* 三三八－三三九)

もともとジョージ・リプリー(George Ripley 一八〇二－一八八〇)の住居であった旧牧師館には、その蔵書が残されていたのであろう。それを見る機会を得たホーソーンは、その中に昔のピューリタンの牧師たちの今はもうめったに目にできない説教集と十九世紀のユニテリアンの雑誌である『クリスチャン・エグザミナー』やユニテリアンの牧師たちの説教が混在しているのを見つける。そうして、現代の宗教は、冷たく生命のないリベラルたちの「取るに足らない」著作しか生み出せないと言っているのである。そうした宗教が人々の魂の欲求を救い上げることができないことを感じていたのであろう。ホーソーンは、それらの自由主義的宗教の牧師たちよりも、ピューリタン時代の狭量ではあるがまじめな説教師の方が好ましいと言っている。そこにこの作家は何を見たのか。昔の宗教には人間の魂に直接触れてくる情熱の言葉があった。神が人間を抱き留めてくれるという安心感があった。エドワーズと同様の宗教観をホーソーンも共有していたのではないだろうか。ここには、そうした安定を提供してくれる宗教が今や消えてしまったという嘆きが感じられるだろう。

後年イタリアに滞在し、様々なカトリックの教会に魅了されていた時にも、ホーソーンは福音主義的信仰復興運動の熱狂に包まれていた祖国アメリカをカトリックの信仰と比べて次のように語っている。カトリックには極めてよく整備された伝統的宗教の機構が整っているのに対して、プロテスタンティズムにはそれがまったく欠落しているゆえに大きな瑕疵を内に抱えているというのである。以下の言葉には、後年のＴ・Ｓ・エリオット（T. S. Eliot 一八八八－一九六五）を髣髴させるものがあるだろう。

プロテスタントは、これら（カトリックの）計り知れないほど貴重な長所のいくつかが、純化された信仰と相容れないものであるのかどうか、また、それらが実際はキリスト教の属性であり、その恵みの一部を成すものなのではないかを問うてみるべきである。現在、アメリカ国民は、その規模からいって前例のない信仰復興運動に突き動かされているように見えるので、その長所のいくつかを受け入れることを提唱し、制度に組み入れるのには良い時であろう。プロテスタンティズムは、その信仰を何か肯定的なものに変えるべき新しい使徒を必要としている。（*The French and Italian Notebooks* 一九五）

ホーソーンにとって、カトリシズムの持っているこの上ない長所とは、まずもって告解のシステムであった。旧教においては人々が自らの内面を他の人間に吐露し、その上で一種の現実的な救済が施される。そこにホーソーンは注目したのである。逆に言えば、アメリカのプロテスタントの宗教には、その機構が完全に欠落している。そこで、人間は自らの罪と悲しみを胸の内に監禁し、身を焦がして苦しむしかない。つまり、宗教的な個人主義あるいは孤独がもたらす救いの無さを、ホーソーンは何よりも感じたのである。これはもちろんプロテスタンティズムの中に宿る宿命的な特質ではあるだろう。しかし、それは十九世紀の自由主義的宗教の中でますます色濃くなっている。そうした思いがここには感じられるのである。アメリカの大衆が、かつてない規模のリヴァイバルに熱中している今こそ、カトリシズムの持つ長所を制度に組み入れる好機ではないのか。プロテスタンティズムを何か積極的な意味のあるものにしてくれる新しい使徒が今我々には必要なのだ。ホーソーンはこう語っている。最後の新しい使徒が必要だという言葉は、『緋文字』の中でヘスターが言及している新しい時代の汚れなき女性の使徒を想起させるかもしれない。しかし、ここで最も大切なのは、カトリシズムの荘厳な統一のとれた組織とは異なり、アメリカの宗教は、厳格な秩序を持った制度として機能していないとホーソーンが感じている点なのである。この作家は、十九世紀のアメリカ人たちが、様々に乱立するプロテスタンティズム諸派の隆盛の陰で安定した宗教基盤を失い、父を見失った「孤児」になったことを見抜いていたのである。

ホーソーンの作品には、この孤児意識を体現する人物が多数現れるが、ここでは「孤児」三部作とも言うべき作品、「若いグッドマン・ブラウン」「優しい少年」、そして「僕の親戚、モリヌー少佐」を見ていきたい。これらはホーソーンの初期作品の中にあって、作家のいわばアイディンティティ・クライシスを映し出すと同時に、これまで述べてきたアメリカの精神史をも如実に映し出している。そこに描かれているのは、十九世紀アメリカの孤児たちの精神風景に他ならない。

3　孤児の風景

(1)「若いグッドマン・ブラウン」と空虚な世界

「若いグッドマン・ブラウン」は、魔女として裁判にかけられた実在の人物の名前が作品中に言及されているなどの事実から、一六九二年のセイラムの魔女狩り前夜を舞台にしていると考えられる作品である。もちろん魔女狩りそのものを描いているのではない。しかし、この作品には、どこか尋常ではない妄想の世界、あるいは集団ヒステリーの端緒となりかねない他人に対する疑念の萌芽が描かれている。歴史背景から作品の意味を問おうとした批評家、例えばマイケル・ベルなどは、この作品が魔女狩りの病的精神構造、あるいは第二、第三世代のピューリタンの精神構造を描いたものだという見方をしている（Bell 七六）。もっともな見方であろう。ニューイングランドへの入植からすでに半世紀以上を経て、人々の生活も変化していった。ピューリタンの堅固な信仰世界にも影が差しつつあったのである。世俗化や経済的格差の問題、そこに人々の怨恨や抑圧された情念の問題などが絡んで、第二、第三世代のピューリタンたちの生活はピルグリム・ファーザーズ世代の世界とは異質の空間に営まれていたのだ。この作品の主人公ブラウンの生きる世界はそういう世界であった。

それまでは堅固な信仰に守られていたはずの青年の精神世界に破綻が生じ、不安が押し寄せる。「若いグッドマン・ブラウン」は、信ずべき価値体系が足下から揺らぎ、不信をかきたてる妄想だけが自己増殖していく世界の物語なのである。夢か現実かわからぬ夜の森の世界で、日頃よく知っている信心深い村の人々が悪魔の儀式に参加しているのを「見る」ブラウンは、自分の信仰世界が欺瞞であったという思いに襲われる。あの人たちは、聖者のように汚れなき人だったのではないのか。それは仮面に過ぎなかったのか。一体、自分の隣人たちは、信じるに値するのか、それとも悪魔の手先なのか。森での体験を経た後、ブラウンは他人を疑心暗鬼の目で見るようになってしまい、もはや従来の関係を結ぶことができない。ここでのブラウンは、他人を魔女とみなす妄想に取りつかれれば、その人間を処刑台に送るまで安心できない魔女狩りの精神構造の萌芽を宿した人間であると言えるだろう。

しかし、問題は、十九世紀に生きたホーソーンが、なぜそうした十七世紀のアメリカ史の暗黒面である魔女狩り的精神を描こうとしたかということである。この作家の先祖が、魔女狩りに深くかかわった人物であり、彼が子孫としてそのことに対して罪意識を感じていたということもあったであろう。だが、何よりもまずホーソーンは、十九世紀のアメリカに生きる自己の魂の遭遇する問題として、この十七世紀のピューリタン、ブラウンを描いたのではなかっただろうか。この二つの時代には、どこか似通った精神状況があったのではないか。そのような視点から見た時、この作品は、十七世紀の魔女狩りだけではない、前述した十九世紀アメリカの精神風景をも極めて鮮明に映し出していることがわかる。つまり「若いグッドマン・ブラウン」という作品には、十九世紀アメリカ人たちと同様、安定した宗教体系が失われた後の混迷を経験する孤児、またひとつの信仰世界が崩壊して闇の混沌の中に突き落とされた魂の空洞が描かれているのである。

物語を振り返ってみよう。ブラウンは、ある夜不思議な約束を果たすために、結婚して三カ月にしかならない妻フェイス（Faith）を家に残して悪魔と思しき男の待つ森へと出かけていく。ピンクのリボンをつけた妻は、ブラウンを何とか引き止めようとする。しかしブラウンはそうした妻を裏切ることに良心の呵責を感じながらも、森で約束を果たす必要性を力説するのである。「彼女は地上の天使のようなものだ。この一夜が終わったら僕は彼女のスカートにしがみついて彼女の後を天国に向かって歩んで行こう」（X‐七五）。そう考えながら、ブラウンはうす気味の悪い森の中へと入り込み、父親、あるいは祖父とそっくりの悪魔と会うことになる（X‐七九）。ブラウンは、自らが邪悪な行為に手を染めようとしていることを知っている。だが、その衝動に抗することができない。罪深い場所に足を踏み入れたことで自らを責めさいなんでいる彼は、悪魔に促されるようにさらに森の奥深くへと踏み入っていくが、彼の目の前に現れたのは、なんと日頃からその宗教上の敬虔さと権威とを尊敬していたグッディ・クロイスやグッキン執事、あるいは牧師といった人々だった。さらには、無垢そのものと信じていた妻フェイスまでが悪魔の夜会と思しき集会に引きずり出され、ブラウンは自らの信仰の基盤を失い絶望の淵に突き落とされることになるのである。

ブラウンの森での体験が何を意味するかは、しばらく問わないことにしよう。それは、あるいはロイ・メールが想像しているように性体験と関係しているのかもしれない（Male 七七）。新婚の夫婦、夜の体験、そして森という怪しげな領域――確かに森がエロスの領域である暗示はこの作品に濃厚に窺われる。しかし、また同時に、ここでのブラウンの行為を性体験とのみ断定できないことも事実である。ブラウンは「約束」を果たすために森に出かけていく。しかし、その悪魔と思しき「他人」との約束が何を示唆しているのかはわからない。ただ、ひとつだけ確かなことがある。それは、先祖代々敬虔なクリスチャンであった青年ブラウンは、日々の生活の中では妻フェイスと共に生きようとしているものの、この森という悪の領域に入ることを自ら望んだということである。それがフェイス（信仰）に反することとは知りつつ、ブラウンは自らの内部の暗い欲望につき動かされて、森の奥へと進んでいくのだ。ブラウンを森の奥へ奥へといざなう悪魔の声が、「ブラウンの胸の奥から聞こえてくるようだった」（X‐八〇）というのはそのことを意味している。彼は自らの内部の声に従って森の中へと進んで行ったのである。この声とは一体何であるのか。それを明確に規定することはできない。それは、信仰に縛られた生活から一時抜け出たいという好奇心の衝動であろうか。それとも、自己の内部深くに忠実でありたいという欲望であろうか。にわかには断じがたい。だが、それが、社会の掟に反する声であり、その分、ブラウンという個人の中の社会化の及ばない精神の深層から出た声であるということはできるだろう。無意識から出て、明瞭な言語化を拒む声と言ってもいいかもしれない。昼間の村で人々の生活を律していたであろう宗教的、道徳的指針——ブラウンはそこから一時自らを引き離して、自己の内部から来るこの「曖昧な」強い衝動に身を任せたのである。

ここで留意したいのは、ブラウンの信仰の問題である。確かに先祖代々敬虔なクリスチャンであるブラウンは、表面的には信仰厚い人間のように描かれている。しかし、もし彼の妻のフェイスをブラウンの信仰の象徴と考えていいなら、彼が信仰と本当に結ばれたのは妻と結婚したほんの三カ月前のことであり、一夜だけ心の奥底で脈打っている悪の欲動に身を捧げても、あとはフェイスの後を追って天国へと歩んでいきたいと考えるような人間は、結局、その信仰とは表面的にしか結ばれていなかったと言えるのではないだろうか。少なくともブラウンの信仰は、彼の魂に食い込んだものではないだろう。この面で、ベルと同じように、ピューリタンの歴史のコンテキスト中でこの作品の意味を探ろうとするマイケル・コラカーチオが、ブラウンは第三世代ピューリタンの「ハーフウェイ・コヴェナント」(Halfway Covenant) の産物であると指摘しているのは興味深い (Colacurcio 三九一)。周知のように、本来「見える聖徒」(visible saint)、すなわち自ら回心の体験を経たとする人々のみが、ニューイングランドの会衆派教会の正員として認められたのであったが、時代の変化に応じて、明確な回心の体験を経ない人々の子供にも洗礼を施したのがピューリタン教会の世俗化の始まりであった。それが、「ハーフウェイ・コヴェナント」で一六六〇年頃のことである。したがって、十七世紀末のピューリタン教会は、回心の体験を経ない人間、すなわちナチュラル・マン（natural man）も教会の一員であったのである。コラカーチオは、ブラウンもこうした人間の一人であり、本当は回心の体験もないのに、信仰に帰依した人間の素振りをする偽善者だと論じる（二八九－二九四）。だから共同体の人々の暗黒面を見たと思うや信仰を簡単に見限り、世界は悪の手にあると簡単に信じるようになるというのである。

だが、実は問題はそれほど単純ではない。ブラウンという青年の信仰の浅はかさを非難するだけでは事はすまないのである。ブラウンの内部に芽生えた邪悪な衝動とは何であったのか、また、この青年がその宗教と深い絆を持ちえなかったのは何故なのか。この問題を改めて考えてみると、ブラウンの行動の意味は、また別の様相を呈してくるのである。ブラウンは、妻のフェイスと一緒にいる生活、つまり信仰とともにある生活こそが自分の送るべき生活だと信じている。彼のいるピューリタンの村の生活を律するのが信仰の生活であるならば、信仰とはつまり社会的に肯定され、共有された価値観を受け入れることであり、その価値観によって社会化された自己を生きるということに他ならない。そう考えると、ブラウンを襲った邪悪な衝動とは、そうした社会的自己を捨て去ることであり、社会化の及ばない個人の漠とした衝動に従うことなのである。社会化というのが不十分なら、前述のように既成の言語化と言ってもいいかもしれない。何故、ブラウンは「一夜だけ」と断わりつつも夜の森に出かけて行ったのか。それは、この青年の生きる精神的世界において、宗教という社会化のしかけが、すでに魂の充足を十分保証できなくなっており、その分、個人の欲動が人々を捉え始めていたからではないだろうか。「フェイス」は重要な存在であるが、すでにその夫の胸の奥底では、その妻から切り離された生を希求する欲動が蠢いている。つまりブラウンとは個人が曖昧模糊とした、しかしそれゆえに強力に人を捉える内面の声に引きずられ始めた時代の人間だったのである。もちろんそれは、既成の言語体系の外側に出たいという欲求でもあったろう。

森での経験を経たあと町に戻ったブラウンは、大変陰気な人間になってしまう。すべての周りの人間は偽善者であり、その人々の尊重する信仰世界は、今や彼にとってはまったくの虚偽そのものに見えるようになってしまったのである。

安息日、教会の会衆たちが聖なる賛美歌を歌っている時、彼はそれを聞くことができなかった。というのも罪の頌歌が大きな音で彼の耳を襲い、聖なる調べをのみこんでしまったからである。牧師が、説教檀から、聖書に手を置き、力をこめ熱狂的な弁舌で、我々の宗教の神聖な真実や聖者のごとき生や立派な死について、また未来の幸福や口にできないような災いを語ると、グッドマン・ブラウンは蒼白となり、屋根がけたたましい音を立ててその白髪頭の冒涜者とその聴衆の上に崩れ落ちるのではないかと恐れた。しばしば、夜中に突然目覚めると、彼はフェイスの胸から逃れようとするのであった。(X－八九)

ここに至ってもブラウンが神を畏れる人間であったことは注目してよい。彼は、神が信じられなくなったのではない。神を祀るはずの人々の宗教組織や体系そのものに、また、もしかすれば、それが空洞化しているということを知りつつそれを守っている人々に不信の目を向けるようになってしまったのである。同時に神に近づく手掛かりを失ったことは言うまでもない。つまり、ブラウンは自らの信じていた信仰世界が崩壊したのを感じ、その反動として、この世界は悪や偽善の支配する世界であり、神聖な装いをしていても人間どもは罪の固まりであるという暗い世界観を持つようになるのである。神に至る信仰という橋の喪失がこの青年を闇の世界に突き落したのだ。

興味深いのは、自らを取り囲む人間たちとその宗教体系に不信の目を向けつつも、ブラウンは、いまだに同じその宗教的価値観に従って人々を罪人と見なすことしかできないということである。しかも、森に出かけて行った自分もまた「罪人」のはずであるにもかかわらず、村の人々と自分を同じ「罪人」として見なすこともしない。かといって、自らの邪悪な内面からの声の中に、新しい価値を認めるというところまでも行っていない。ホーソーンはここで、ただ何も信じられなくなってしまった人間を描いているのだ。宗教的世界は、その拘束力がますます形骸化して弱まってくる。その一方では、静かに、しかし確実に個人の内面の声が頭を持ち上げ始める。そうした時代に生きて、ブラウンは、その二つの世界の間に橋を架けられずにいる人間なのである。もちろん、これは、ホーソーン個人の問題でもあったろう。アリソン・イーストンが論じるように、初期のホーソーンは共同体の価値観と個人の内面との間に常に溝を意識し、その両者につながりをつけることを作品中で模索していたのである（二八）。だが、ブラウンの置かれた状況は、作家個人の葛藤を越えたものも示唆している。

ブラウンは、初めから神の恩寵に触れて「真実の」宗教体験を持ったとする時代の人間ではなかった。この青年は、そうした時代の終焉にあって、神を見失った不安な孤児にほかならないのである。実体験に根差した深い宗教体験を持ちえなかった不安な魂は、何か信じられると思えるものがあれば、とにかくそれにしがみつこうとする。ブラウンにとって、初めはフェイスがそうであったように、また後には何も信じられないという信念がそうであったように。世界を明一色で塗りつぶしたかと思うと、次に闇一色で塗りつぶすという、極端から極端へと振り子が揺れるような心性は、十九世紀、華々しく乱れ咲いた福音主義の諸派にとっても無縁なものではなかった。つまり、これら諸派が、それまでの人間の本性を罪で塗り固めたカルヴィニズムのくびきを切ると、一斉に人間の本性の善性をたたえた状況は、ちょうどその心性の裏返しに過ぎないからである。この時代には、ユニバーサリズム、パーフェクショニズムは言うに及ばず、エマソンのごとく悪（evil）などは存在しないと言い切る人間も出てくる。この楽観的な世界観は、一見ブラウンの世界を闇そのものだとする厭世的な見方とは相反するものだが、どちらも世界を単眼的に見ているという点では一致している。それはどちらも、後年のホーソーンが旨とした、世界を「大理石と泥」（marble and mud）からできていると見る複眼的思考とバランス認識を失っている。そうして、なぜそれを失ってしまったのかというと、両者の魂が、堅固で安定した宗教的価値体系によって守られた超越神という父から切り離されてしまった孤児だったからである。この孤児たちは、深い意味での宗教体験というものを失ってしまったのである。

（2）「優しい少年」と内面の声

「優しい少年」もまた過去のピューリタンの歴史、具体的には一六五六年から激しさを増したピューリタンのクエーカー教徒に対する迫害に取材した物語である。この迫害に自らの先祖が荷担していたこともあってか、ホーソーンはクエーカー教徒にひとかたならぬ興味を持っていたようで、彼らに関して様々な歴史を読みあさった跡がある。とりわけ一八二八年と二九年にセイラム図書館より借り出しているウィリアム・セウェルの著作（*The History of the Rise, Increase, and Progress of the Christian People Called Quakers* 一七二二）には多く学んだようで、「優しい少年」もクエーカーの女キャサリンの描写など、セウェルの本にある実在のクエーカーの姿に基づいている。しかし、十七世紀の史実を正確に再現しようとした以上に、この物語もまた、十九世紀アメリカ人の孤児意識が所々に顔をのぞかせているのである。

まず、物語の中心人物イルブラヒムという男の子は、ピューリタンの迫害によってクエーカーの両親から引き裂かれた文字通りの孤児である。父は処刑されてしまい、母が狂信的な信仰に導かれて姿を隠してしまった彼は、ピューリタンの社会という、彼には異質な宗教空間で一人生きていかなければならない子供なのだ。トビアス・ピアソンというピューリタンが、イルブラヒムが寂しい森の中で泣いているのを発見した時、彼は処刑された父親の墓の上で泣いているのである。そうして、こんなことを言う。「僕は、お父さんがここで眠っているのを知っている。だからここが僕の家なんだ」（Ⅸ－七二）。父の亡骸の眠るこの場所こそが家であるというのは、興味深い言葉である。F・O・マシーセンやロイ・メールが指摘するように、この物語を読んだメルヴィルが、この箇所にマークを施していたことは、故なきことではないだろう。自分たちは孤児であり、父の秘密を知るためには母の墓を掘り起こさなければならないというイシュメイルを予感させるものがここにはある。

「優しい少年」は、ピューリタンの偏狭とクエーカー教徒の狂信を批判する物語として読まれることが多いが、実際は、アメリカで差別のない実りある宗教体験を見いだすことが、どれほど困難なことであるかを主題にしているのだとロイ・メールは語っている（Male 四五）。確かにピューリタンの偏狭とそれに対立する狂言は、「ミセス・ハチンソン」（"Mrs. Hutchinson" 一八三〇）のような反律法論争（Antinomian Controversy）に言及した作品でも形を変えて論じられているものの、それ自体がホーソーンの主題だとは考えにくいだろう。この作家の関心は、具体的な宗派そのものの批判にあるのではなく、一人の人間の精神に過度な宗教的情熱というものがどれほどの歪みをもたらすものであるか、ということの方にある。その点でいえば、むしろ、ホーソーンのここでの関心も、例えば、チャールズ・ブロックデン・ブラウン（Charles Brockden Brown 一七七一－一八一〇）が『ウィーランド』

（*Wieland* 一七九八）で行ったような、狂信というものの病理とその精神分析に近いという方が的を射ているかもしれない。

ホーソーンは、この狂信を支える精神構造が、アメリカの宗教体験の中には普遍的に顕在していると考えたのである。そして、普遍的ということは、もちろん彼の生きた十九世紀にも当てはまる問題だったということである。そして、その観点から見て、この作品で注目しなければならないのは、「内面の声」という概念である。「優しい少年」においては、「内面の声」に対する言及が数回ある。というより、物語の初めからそれが直接触れられている。

一六五六年という年に、その公言するところによれば、心の内部の精霊の動きによって導かれたクエーカーと呼ばれる何人かの人々がニューイングランドに現れた。神秘的かつ有害な原理の持ち主としての彼らの評判は、その出現以前から広まっていたので、ピューリタンたちは早くからその勃興する宗派を追放しようとしたり、さらなる侵入を妨げようとした。（Ⅸ - 六八）

ここでホーソーンが、クエーカー教徒たちの「心の内部の精霊の動き」（"The inward movement of the spirit"）にことさら触れるのは、もちろんこの宗派の人々の特徴である「内面の光」（"inner light"）という考えを読者に知らしめることが目的であろう。しかし、この物語をよく読むと、この「内面の声」に従うこと、つまり教会や聖書という外部の権威ではなく、自己の魂の声のみに従って行動することの意味を問うことが、クエーカー教徒云々以上に大切なテーマになっていることがわかる。例えば、イルブラヒムの母親のキャサリンは、クエーカー教徒としての信念に忠実だったこともあろうが、自らの内部の声を絶対視して狂信的と言ってよい存在となり、母親として血の通った子供に情愛を注ぐ義務も忘れて信仰に身を投じる。ホーソーンの同時代の個人主義的風潮からは、あるいは肯定されたかもしれない「内面の声」に忠実であることが、彼女を非人間的な存在に変えてしまうのである。

だが内面の声に従ったのは、キャサリンばかりではない。異教徒の子であるイルブラヒムを不欄に思い、家に連れ帰ったピューリタン、ピアソンもまた自己の内部の声に従った人物なのである。この子を連れて家に戻った彼は、妻に対しその子を残してくるのは心に忍びなかったと語っているが、それは、自分のピューリタンとしての信仰を超えた「内面の声」に促された行為だったというのである。

それから彼は彼女に、自分がどんなふうにしてその子が絞首台の下、その子の父親の墓のところにいるのを見つけたか、また、彼の心が、まるで内面の声が話すように、どんなにその追放された小さな子どもを家に連れて帰るべきだと、そしてその子に親切にしてやるべきだと彼を促したかを語った。（Ⅸ－七五）

このピアソンの「内面の声が話すように」("like the speaking of an inward voice") という行為は、キャサリンの狂信的な姿勢とは異なり、人間の自然のあわれみの情に根を発している。自己の内面の声に従うことは、時に応じてまったく正反対の結果をもたらし得ることを、ホーソーンは示唆しているかに見える。内面の声は、ある時には狂気をもたらすが、ある時には深いあわれみの情の扉を開くのである。十九世紀のアメリカで、宗教がますます教会などの組織を離れて個人の魂内部の問題になっていくことは、前に述べたとおりである。そういう時代に、クエーカーを通じて魂内部の声の意味を問うことは、やはり時代全体の宗教の状況と無関係とは言えないだろう。やがてこの内部の声はエマソンによって高らかに謳い上げられて、時代のシンボルとなるのである。エマソンが、クエーカーの「内面の光」（"inner light"）の教義に共感を持っていたことは、その面から興味深い。フレデリック・トレスが指摘するように、一八三〇年代と四〇年代のニューイングランドの思想が、クエーカー主義と多分に重なるものを含んでいたことは、同時代の知識人にとっては明瞭なことであった。ジョージ・バンクロフトなどは、超絶主義とクエーカー主義が類似の思想であることを明確に述べているのである（Tolles 一四二—一四三）。

クエーカーの教義は、思いのほか十九世紀アメリカの宗教、そして思想の核心に触れてくるのである。ホーソーンは、共に内面の声に従った二人、キャサリンとピアソンを「抑制のない狂信」（unbridled fanaticism）と「理性的敬虔」（rational piety）との対立として描いているが、この"rational piety"というのはおもしろい言葉である。啓蒙主義の影響を受けて、理性尊重を基盤にした宗教を志向しつつ、政治的、経済的に台頭してくる十九世紀のユニテリアンたちにとって、このピアソンの"rational piety"というのは、分かりやすい、また共感できる考えであっただろう。興味深いことに、ピアソンは宗教的情熱だけでなく、経済的な動機もあってイギリスからアメリカに渡ってきたピューリタンということになっている。十九世紀のユニテリアンを支えた裕福な新興階級の読者たちは、ピアソンに自分たちの良心を見る思いがしたに違いない。

だが、最初は美徳そのものであったピアソンの内部の声も、しだいに姿を変えていく。ピアソンは、イルブラヒムへの愛情が深まるにつれて、同胞ピューリタンへの反感を募らせることになるのであるが、徐々にキャサリンのような狂信の萌芽を見せるようになっていくのである。やがてピアソンは、自らの信仰を捨ててクエーカーに改宗する。ただ、その信仰にのめりこむにつれ聖書の言葉は冷たくて生命がなく、自分の悲しみを癒すためには何の役にも立たないと思うようになってしまう。自己の魂の声だけに従った結果、ピアソンもまた外部の一切の権威、そして聖書までも否定することになり、しかも彼の魂は悲しみの淵からはい上がれないほど消沈してしまうのである。このピアソンの宗教的態度とその運命にも、十九世紀アメリカの宗教のあり方が反映されているだろう。イルブラヒムは、文字通りの孤児であったが、ピアソンもまた十九世紀アメリカ人と同様に魂の支えを失い、ただ自己の内面に沈潜していくしかない「孤児」になってしまったのである。ホーソーンは、ピアソンを通して、このような自己の魂の声のみに基盤を置く宗教上の態度、あるいは宗教上の個人主義の可能性に対して強い懐疑を示しているように思われる。

では、ホーソーンの信じた本当の宗教とは何なのであろうか。確かに、ピアソンがイルブラヒムに対して注いだ憐れみ、人間の情は宗教の源泉としてもちろん大切であろう。しかしそれだけでは十分ではないようだ。この物語の語り手はイルブラヒムの魂を「真実の宗教」(Ⅸ－一〇四) だと言っているが、この「優しい少年」は、まるでガラスのように繊細で脆い存在なのである。

(イルブラヒムの) 精神は、自らを支える活力に欠けていた。それは、自分よりも強い何かの周りに美しくまとわりつく植物であったが、もしも、拒絶されたり、引き離されたりすると、地面の上で萎れていくしかなすべがないのであった。(Ⅸ－八九)

イルブラヒムの精神は、自らを支える活力に欠けている。それはまるで植物のように自分よりも強いもののまわりにまといつくもので、それから引き離されると、ただ地上で枯れてしまうよりなす術を知らないものである。

これをホーソーンの「真実の宗教」に対する言及と受け取っていいなら、ここでは「真実の宗教」を育むには、何か力強い支えが必要であることが暗示されている。「真実の宗教」は、個人個人の魂に任せられるだけで支えきれるものではなく、何か揺るぎない権威を持った安定した基盤が必要だということである。宗教が個人の魂内部の問題になり、外の権威とのつながりを失いつつあった十九世紀にホーソーンは危うさを見、個人の過ちを犯しやすい魂をたえず導いてくれる安定した宗教的権威の必要性を強く望んでいた様に見える。こういう考え方を見る時、ホーソーンがやがて安定した宗教体系と伝統を備えたカトリックの信仰に興味をひかれていくことなどが思い出される。それは、やがてヨーロッパに滞在した折に大きな問題となるのだが今は問わない。重要なのは、そうした宗教基盤が消えていった十九世紀アメリカであった。イルブラヒムの死というこの物語の悲劇的結末は、そうした人間の精神を根本で支える父性的権威が消失した時代をよく暗示していると言わなければならない。

(3)「僕の親戚、モリヌー少佐」と近代の原風景

「僕の親戚、モリヌー少佐」は、一八三二年『トークン』誌（*The Token*）に発表された。だが、サミュエル・グッドリッジとの間に交わされたホーソーンの手紙から明らかなように、遅くとも一八二九年、作家が二十五歳の頃までには完成されていたと思われる初期作品中の傑作である。この作品は、イギリスの王権によって任命される植民地総督に対するニューイングランドの民衆の反乱の続いた一七三〇年代の歴史を直接の背景にしているが、アメリカ独立革命を限りなく暗示する雰囲気を色濃く持っていることは、誰の目にも明らかであろう。

ある月の照る夜、ロビンという十八歳の田舎出の青年が、ニューイングランドのある小都会に渡し舟でやって来る。叔父のモリヌー少佐がこの町の権力者で、ロビンはその力添えを得て、ひとつ世の中で身を立ててやろう

という算段である。時代の上からも状況の上からも、この時のロビンはボストンの家を出て一人フィラデルフィアにやって来たベンジャミン・フランクリン青年を髣髴とさせるものがある。二人とも目の前には未知の、しかし可能性に満ちた世界が広がっている。ロビンもまたフランクリン青年と同様に「抜け目のない、りこうな」(shrewd) 若者なのだ。しかし自らの才覚と意志力で運命を切り開いていくフランクリンの場合とは異なり、ロビンのやって来た世界は、迷路のように謎に満ちている。町の人々に訊ねればすぐ解るはずの「権力者」モリヌー少佐の所在はまるでわからず、「権力者」の身内として丁重に扱われるどころか、逆に人々から罵倒と潮笑を浴びるばかりである。その意味では、行く先も分からず、迷路のような夜の都会をあてどなくさまようロビンは、フランクリンよりも、例えば二十世紀、フランツ・カフカ（Franz Kafka 一八八三－一九二四）が描いた『城』(*Das Schloß* 一九二六）の主人公にこそ似ているというべきかもしれない。「権力」の所在が分からない混沌とした世界に迷い込む主人公の不安は、ロビンのそれと奇妙にも重なり合うものを含んでいる。

この作品に関しては、Ｑ・Ｄ・リーヴィス以来、ロビンが大人になるためのイニシエイションとしての物語と、アメリカがひとつの国として大人になる、つまり独立を果たす物語とが絶妙に組み合わされているという議論がなされてきた。一人の人間が苦しみを経て成長して少年期を脱し、大人として世間で身を立てていくという精神遍歴のうちには、ひとつの国が宗主国の支配を抜け出て独立を果たす困難に通じるものがあり、ホーソーンは、そのアナロジーを見事に描き切ったというわけである。ニュー・クリティシズム的な読みを行ったロイ・メールも、精神分析の手法を駆使したフレデリック・クルーズも、また歴史的な背景を重視するマイケル・コラカーチオも、この点を共通の出発点にしている。ロビンを精神的孤児として捉えようとする際にも、この見方は重要である。もちろん牧師の父と家族を田舎に残してきたロビンは、文字通りの孤児とは言えないであろう。しかし、彼にとって世間に出て大人になるということは、家族やニューイングランドの小さな共同体とのきずなを断ち切って、自ら精神の孤児となることを受け入れることなのである。それと並行して、イギリスという父親の支配から独立しようとするアメリカの国民意識自体にも、自ら孤児となる運命を選び取ったという事実は認められるだろう。

この点で興味深いのは、この作品にはロビンの父探しのテーマがあることを多くの批評家が指摘していることである。田舎では聖職者として疑うことを許されない権力であった父のもとを離れ、都会に出てきたロビンは、この小都会で様々な人物に出会う。自分が権力者であることを強調する不機嫌な老紳士、宿屋を切り盛りしているプロテスタントでフランス人の主人、また、顔が二色の恐ろしい形相をした男などである。ロイ・メールは、この夜の放浪の中でロビンが出会う人々は、彼の抱えている父親のイメージが様々に分裂したものを具現化しているのだという見方をしている（四九）。例えば、不機嫌な「権力者」である老紳士は、田舎の敬虔な父に対してロビンが無意識に感じていた反抗心を具現したものだというのだ。メールのこの指摘は、「父と子」の関係が、この物語の細部にまで渡って問題にされていることを見抜いた点で優れた洞察だと言えるだろう。クルーズは、これを更に敷衍して、町で様々な父的人物に攻撃されるロビンは、実は初めから叔父のモリヌー少佐が目の前で辱められるのを見たいのだと言っている（七五）。つまり、ロビンの場合は、父探しとはいっても絶対的な父の権力を求めるのではなく、むしろその支配を逃れるために父の幻影が破壊されるのが見たいのだと言うのがクルーズの説である。フロイトは、人はその両親が死ぬまでは本当には自由でないと言ったが、いかにもフロイト流のエディプス・コンプレックスを基盤にした精神分析的解釈のたどり着きそうな説である。いや、フロイトであれば、かつてドストエフスキーの作品を分析して断じたように「父親殺し」をロビンの中にも見たであろうか

（フロイト 二五七）。ただクルーズが、この物語の最後を論じて、モリヌー少佐をリンチする「民主主義的」群衆たちは、父親を嫌悪する人間たちだと言っているのは興味深い（七八）。民主主義は、根本的に「父」を嫌悪することに始まる制度であるという洞察は、アメリカ精神史を紐解く上でも銘記すべき考え方であろう。

マイケル・コラカーチオは、この作品を、ホーソーンの生きた十九世紀初頭のアメリカや十八世紀の独立革命期の歴史状況との関連の中で正確にとらえようとする。例えば、ロビンやモリヌーという名前が、十九世紀初頭のアメリカでは特別な意味をもってとらえられていたことなどの指摘は興味深い。すなわち、ロビンといえば、イギリスの政治家で近代国家の礎を築いたとされるロバート・ウォルポール（Robert Walpole）のあだ名のロビンを指したとか、モリヌーが独立革命時の反英派のリーダーであったこと、あるいはアイルランドの反英国感情を批判した親英派の人物にもモリヌーという名前が見られることなど、作品中の人物が当時の歴史と密接に関わることを示唆しているのである（一三九－一四〇）。しかし、コラカーチオの説でより注目すべきは、この作品を読む上で重要なのが、ホーソーンの『おじいさんの椅子』（*The Whole History of Grandfather's Chair* 一八四二）の中にある「ボストン大虐殺」の話の中で、ロレンスという子供におじいさんが語る「革命というものは、そんなに崇高なものではない。そこに参加した群衆の暴挙は唾棄すべきものであった」という言葉であるという指摘であろう。つまり、コラカーチオは、ホーソーンがアメリカ独立革命の暗黒面をはっきりと意識してこの作品を書いたことに注目するのだ。これをさらに発展させたのが、序章でも触れたラリー・レイノルズの『悪魔と反逆者』であることは言うまでもない。

先に述べたように、「僕の親戚、モリヌー少佐」は、一八二九年の末までには完成されていたが、その三年前の一八二六年は、アメリカ独立革命五十周年に当たる年であった。コラカーチオによれば、その頃までに独立革命をどう見るかという史観はほぼ定まっていた。一八二六年のアメリカ人たちは、独立革命を自分たちの聖なる歴史における崇高なる大事件、その重要性はキリストの誕生、また宗教改革にも比すべきものと考えていたのだという。つまり革命は全面的に賛美されていたわけで、その背後にある群衆の暴力や暴挙は黙殺されていたのである。ホーソーンは、モリヌーが血祭りに上げられる場面を手がかりに、暗黒面をも含めて革命を問い直そうとしたのではないかというのがコラカーチオの説である。コラカーチオには、ホーソーンの文学を歴史のリヴィジョニズムの観点から問い直す姿勢がある。そして事実、ホーソーンが、「正統的」歴史からこぼれ落ちたものの意味を問い直そうとする資質の作家であったことは否定のしようがないだろう。しかし、はじめに指摘したように、もしこの作品がアメリカ独立の意味だけではなく、ロビンの大人の世界へのイニシエイション、社会に独立した個人として参加することの意味を問うているのだとすれば、ホーソーンは独立革命の背後だけではなく、父を否定し、自己を世界の中心に据えていく精神の背後にも暗黒面を見たのではないだろうか。

ロビンは、父親的人物のモリヌーが、人々に辱められることを無意識に望んでいるのだとクルーズは述べていた。個人が、独立した自由な人格になるためには、強大な父親の影を追い払う必要があるわけで、ロビンの中にはそうした父親を否定する衝動があると言うのである。確かに、そうした側面があることは否定できないにしても、鳥の羽とタールを塗られて、人々にリンチされる叔父モリヌーを見た時のロビンには、完全な解放感とは言えない、もっと複雑な感情があったように見える。その証拠に、最後の場面で、ロビンは町にとどまらずに、田舎の父のもとに帰りたいと言うのである。モリヌーの処刑を見たロビンは、今や町で信頼できる父の権威が完全に失われてしまったことを思い知らされる。だが、彼はまだ田舎の父のもと、子供だった自分を教育し守ってくれた「権威」のもとに帰ることができるという錯覚を持っているのだ。もちろん、もう彼には頼るべき父は存在しない。ロビンは、遠い田舎とこの夜の町のはざまにあって、どちらにも属せないまま、孤児のように佇む他はないのである。

一人取り残されたロビンの孤児意識を垣間見る上で、興味深い描写がある。叔父モリヌーが、あと小一時間で通ると教えられた彼は、教会の外の階段に腰かけて、夜の闇の中で一人物思いにふけりながら過ごす。この場面が、教会であることに注目したい。それが単なる偶然でないことを示すように、ホーソーンは、この教会を詳しく情感豊かに描写しているのである。

ロビンは、眠れる街のいびきのような音に驚いた。そして、その音の連続性が、時折、遠くの、もともとは明らかに声高な叫び声によって中断されると、さらに驚いた。しかし、それはまったく眠りを誘うような音だったので、ロビンは眠気を振り払うべく立ち上がり、窓枠に上って、教会の内部を覗いてみた。そこには震えるような月光が差し込み、人気のない信徒席を照らし、静まり返った通路に沿って長く伸びていた。もう少し弱々しいが、もっと厳かな光が、説教檀のまわりでゆらめいていて、一条の光が大胆にも開かれた聖書のページ上に差していた。こんな夜更けの時間には、自然が、人間の建てた家の中で礼拝者となったのであろうか。あるいは、その天上の光は、その教会の神聖さが目に見える姿となったものであろうか。目に見えるのは、その建物の中のどこにも地上的な、また不純な人間の足が入り込んでいないからであろうか。その光景を見ると、ロビンの心は、孤独の感情で震えた。それは、かつて生まれ故郷の森の奥深い場所で感じた以上の寂寥感であった。そういうわけで彼はそこから目をそらし、再び入り口の前に腰を下ろした。教会のまわりには墓地があって、ある不安な想念がロビンの胸にわき起こった。もしも、ここまで、あまりにも何度も、奇妙にも妨げられてきた自分の探索の目的である人物が、すでにずっと前から経帷子にくるまれて朽ち果てているのだとしたらどうしようか。（XI－二二一－二二二）

夜の静まり返った町の中、ロビンは眠気を払うかのように教会の窓枠によじ登り、そっと中をのぞく。人気の全くない教会の内部に、ただ月の光だけが信者たちの座席や説教壇をひっそりと照らしている。夜更けで人がいないのは当たり前であるが、「人気のない信徒席」（"deserted pews"）の deserted という言葉には、ただ「人気のない」というよりも、何か人々が、この教会（あるいは宗教）を見捨ててしまったという含みが感じられる。窓から月明かりが差して、説教壇と開いた聖書のページを照らしている。「こんな夜更けの時間には、自然が、人間の建てた家の中で礼拝者となったのであろうか」とホーソーンは書いている。天と神聖な教会が深夜ひっそりと交信を交わしている間に、人間たちは眠っているか、あるいは、イギリス本国の代表たる権力者をリンチに処すべく政治的反乱に心を奪われているのだ。

「その光景を見ると、ロビンの心は、孤独の感情で震えた。それは、かつて生まれ故郷の森の奥深い場所で感じた以上の寂寥感であった」。なぜロビンの心は、それほど寂しいのであろうか。彼は、故郷の父親の家で、神がこの世を支配していることを疑わない敬虔な家族とともに暮らしていた。そこでの生活を支配していた宗教の力、また神という絶対権力が、この街では見失われ、もはや人々の魂の後ろ盾となっていないと感じられたからではなかろうか。ロビンは、確固たる宗教体系に律されている世界を抜け出てこの街にやって来たものの、ここではいかにも脆弱な自分自身しか頼るべきものがないのだということを思い知らされるのである。この教会のまわりには墓地がある。ロビンは、ふと、自分がこの街で探していた「権力者」モリヌー少佐は、ひょっとしたらあの墓地の地面の下で経帷子を見にまとい、朽ちて横たわっているのではないかと考える。この時のロビンの不安は、あらゆる父親的庇護を剝奪された孤児の心情そのものと言っていいだろう。

やがて、ロビンは、故郷のことを考え始める。自分は今、孤児同然の状況にあって限りない寂しさを感じている。しかし、自分が後に残してきた故郷とはいったいどんな世界であったのか。もはや過去のものとなったその世界の幻影をつかまえようとするかのように、彼はじっくりと思い返してみるのである。

この不快な想念を振り払うように、彼は、森や丘や小川のことを思い返し、あのぼんやりと物憂い夕べが、父親の家でどんなふうに過ごされていたかを想像してみた。彼は、木の葉が千も舞い散る折に、家のみんなが、巨大なねじ曲がった幹とそれが提供してくれるありがたい日陰のために残されてきた大木の下の玄関の前に集まっているのを思い描いた。そこでは、夏の太陽が落ちると、父が家族の祈りを捧げるのが習慣であった。そこには、隣人たちが家族の兄弟のようにやって来たり、旅の男が一時立ち止まって泉でのどを潤し、家庭の記憶を新たにして心を清新に保つこともあった。ロビンは、その小さな会衆たちの一人一人の座席を識別し、その善なる男性が中心にいて、西の雲間から差す黄金の光の中で聖書を手にしているのを見た。彼がその書物を閉じると、みんなが祈るために立ち上がった。彼は、日々の神の憐みに対する古い感謝の言葉が捧げられ、その憐みが続けられるようにと捧げられる神への古い祈願の言葉を聞いた。それらを以前はしばしば気だるい気分で聞いていたのだったが、今、それらは大切な思い出の中にあった。父親がそこにいない人物のことを語るとき、わずかに声の調子が変わったのに彼は気がついた。そして、母親が広い節くれだった木の幹に顔を向けるのも分かった。……それから、みんなは玄関から家の中に入っていった。そして、ロビンもまた中に入ろう

とするや、留め金がカチャリと音を立ててかかり、彼は家から締め出されてしまったのであった。（XI－二二二－三）

中世の社会を表すのにコルプス・クリスチアヌム（*Corpus Christianum*）という言葉がしばしば使われる。人間たちが、キリスト教を中心に、ほとんど有機的とも言えるほどに連帯していた社会、「存在の偉大な連鎖」（The Great chain of Being）の中で、すべてが安定した連鎖の中にあった共同体を指す言葉である。ロビンは十八世紀の人間でもちろん中世人ではないが、ここに描かれた彼の故郷には、このコルプス・クリスチアヌムを想起させる雰囲気があるだろう。手に聖書を持った父親を中心に家族の祈りが厳格に行われ、隣人たちも、また、通りすがりの旅人さえも、同じように「家の兄弟」として迎えられる。ここには十九世紀的な、独立した個人とか個人主義という観念は見当たらない。

「ロビンは、その小さな会衆たちの一人一人の座席を識別」することができた。すなわち、この小さな会衆の中では、一人一人が全体の部分であり、その居場所がはっきりと決まっているのである。そして、彼らの集う場所に陰を提供する古い大木こそは、この共同体に安定した秩序を与える父親の権力の象徴と言ってもいいだろう。何よりもここでは権力の在りかが明確であり、それに反感を抱くことはあっても、人々の魂は安定を与えられ、他の人々や世界との強い絆と連帯感の中で生きては死んでいく、そんな世界なのである。十八世紀のアメリカに、辺境とはいえ、こんなに宗教的に統合された世界が実在したかどうかは、おそらくあまり重要ではない。これは、ロビンのノスタルジーの形成した世界であり、もしかすれば、父親のいなかったホーソーンの夢想した理想的な父親的権力が可能にするはずの安定した世界像であったかもしれない。しかし、これはまたウインスロップが語った、ピューリタンのアメリカ、「丘の上の町」の理想像でもあったはずである。

ロビンは、想像の中で、父母が家を離れてしまった自分（the Absent one）のことを口にする時、悲しみに顔を曇らせるのを思い描く。そして、家の中に入っていく家族の後を追って、自分もまた家に入ろうとすると錠がおろされ、家族から締め出されてしまうのである。「自分はいったいここにいるのか、それともあそこにいるのか」――引用にはこの言葉が続いている。夜の町に迷い込み、教会の階段に佇みながら、ロビンは世界の中での自らの所在に関して疑問を発するのだ。不可解な街の、不可解な人間たちに出くわした彼には、世界と自分とのつながりが失われたように感じられるのだ。それは、この闇の街の空間の中に、自らの存在が溶けて消失していくかのような思いを伴ったものであるに違いない。ロビンの孤児意識とは、こうした状況に置かれた、恐ろしいまでの不安に根があるのである。

この孤児意識を考える上で、二つのことに注意する必要がある。まず第一に、ロビンは、田舎から街にやって来た時に、宗教の支配するコルプス・クリスチアヌム的世界から、政治の支配する世界にやって来たということだ。そしてそれは父親を中心とする世界を拒絶したということでもある。やはりロビンにはどこかで父親殺しに通じる無意識的欲望があったと言うほかはない。民衆にリンチされるモリヌー少佐の姿は、そうしたロビンの無意識を体現していたのである。そして、彼はこの小都会にやってきた。だが、それは彼の夢を実現すべき理想的世界などでは決してなかった。この不思議な町の人々をつないでいるものが、もしあるとしても、それはもはや神でも宗教でもない。ここでは、一人一人が、社会的な地位や金儲け、また性的な誘惑などの世俗的欲求に翻弄されて生きている。そうした人々は、モリヌー少佐を血祭りに上げ、彼から権力を奪い取るという政治的意図においてのみつながっているのである。

第二は、「権力」の在りか、あるいは父親の居場所という問題である。ロビンの田舎では、「権力」は絶対のものであり、それは家の中心としての父親と社会を律する宗教に代表されていた。だが、この町では「権力」は限りなく不安定であり、しかも多局分解している。自らを「権力」だと称する奇妙な老紳士がいるかと思えば、ロビンが「権力」と信じていたモリヌー少佐は、群衆によって「権力」を剝奪されてしまう。おそらく、暴徒たちのリーダーである不気味な二色の顔の男が、その後の「権力」を受け継ぐのであろう。つまり、町の世界では、「権力」は絶え間なく所在の変わるものであり、絶対不変の「権力」などは、そもそも存在しないのである。それは、二色の顔の男のように、時によって様々な様相を見せるものなのである。だから、人々の魂に安定を与えてくれる絶対的な価値観も、不動の父親像もここでは決して見いだすことができない。その世界で生きていくには、永遠の孤児として喪失感のうちに生を営むか、架空の権力に身をゆだねるか、あるいは不安定な「権力」を自らの自我の中心に据えて、自己信頼（Self Reliance）の信念のうちに生きるかしかないのである。とりわけ、最後の道を選ばざるをえない町の人々には「抜け目のなさ」（shrewdness）こそが、唯一重要な才覚となるのだ。

ホーソーンは、ロビンの孤児的状況、つまり、故郷の世界にも街の世界にも所属できず、世界から宙ぶらりんになった魂を通して何を言いたかったのであろうか。最初に述べたように、ホーソーンの生きた十九世紀のアメリカは、プロテスタント・エヴァンジェリカリズムの華々しい隆盛を中心に宗教や教会の改革が行われた時代であった。しかし、その裏では、魂が指標を失い、宗教が安定した世界像を与えることができなくなった時代でもあった。世界と向かい合うという大変な重荷が、個人の肩の上に乗せられたのである。これを個人の可能性の開花と見て讃えたジャクソン時代の個人主義者たちや、またエマソンのように、宗教、あるいは神さえも個人の自我の内に吸収してしまうことができると信じた人々が存在したのは事実である。しかし、例えば、二十世紀半ばにエーリッヒ・フロム（Erich Fromm 一九〇〇－八〇）がナチズムの分析を通じて論じたように、人間は自由の華々しさに酔うと同時に、自由の不安を恐れるものであり、近代の人間は、自己信頼の喜びと背中合わせに、魂の内側で、孤児意識の孤独感に震えおののいてきたのではなかったであろうか。

十九世紀のアメリカに生きたホーソーンは、この近代的精神の根源をなす孤児意識を明確にとらえていたといえるだろう。ロビンが、小さな舟で田舎から夜の町の世界に渡ってきた時に、ホーソーンは、自分たち十九世紀のアメリカ人もまた過去の世界から未知の近代という世界に渡ってきてしまったことを感じていたのではなかっただろうか。物語最後で人々に辱められたモリヌー少佐の姿を見た後、一人取り残されたロビンが声高らかに笑うあの場面が思い出される。あの笑いはどういう意味を持つのであろう。それは、今や父親を完全に失った青年の絶望の笑いだろうか。それとも父親と完全に決別できたことを示す独立の笑いだろうか。ロビンは父親を精神的に殺そうとした。前述のように、それが家を捨てたロビンの隠された意図である。しかし、この青年はそれでも家に帰りたいと言うのである。故郷の父親の世界にまた舞い戻りたいと。だが、もちろんそれはできない。父親を抹殺しつつ父親を求める――このアンビヴァレントな態度こそがホーソーンを特徴付けるものでもあった。最後の場面でロビンに寄り添う謎の男――あの男の中にロビンは町における新しい父親をやがて見出すべく運命付けられているのではないか。それとも、あの男は自分とともに父なき世界を彷徨する友だったろうか。いずれにしても、物語の終わりでのロビンは父親を失い、方向を失って途方に暮れる魂に他ならない。個人主義という近代の華々しい思想の陰で、近代人の魂がどれほど根なし草の孤児になっているかを、ホーソーンは見抜いていたのである。

第2章

アメリカン・ロマンスという「空間」

――「税関」と父親の影をめぐって――

1　ロマンスとは何か

アメリカ小説は、ロマンスという文学ジャンルによって特徴付けられるということが、よく論じられる。爛熟した市民社会の人間模様を忠実に写実することを旨としたヨーロッパ小説とは異なり、精神が、歴史的「時間」を離れ、広大な「空間」の中に放りこまれることになった国の作家たちは、独自の文学形式を生み出す必要があった――ライオネル・トリリングやリチャード・チェイスが論じて以来、ロマンスは、アメリカの国民文学の最も正統的なジャンルと見なされてきた観がある。しかし、実のところ、ロマンスとは何かを定義することはやさしいことではない。相矛盾する力の対立を基調とする、メロドラマ的要素にロマンスの特質を見いだそうとしたチェイスをはじめ（一二）、これまでの様々なロマンス論は、アメリカ小説の特質を正しく理解する上で大きな貢献をしてきたと言ってよい。だが、それらがいまだ十分ではないことは、マイケル・ベルやエヴァン・カートンなど、一九八〇年以降に現れた十九世紀アメリカ文学論の多くが、新たな独自のロマンス論を展開することから始められていることからも明らかである。

この章では、ロマンスが論じられる時よく引き合いに出されるホーソーンの『緋文字』(*The Scarlet Letter* 一八五〇)に付された序文エッセイ「税関」を通じて、ロマンスの文学空間とはいったい何が行われる空間なのかということを再考してみたい。ロマンスを語る時、「税関」は、その中の有名なロマンス論の一節のみが重視される傾向がある。しかし、「税関」というエッセイは、その数十ページ全体が、ホーソーンの最も詳細なロマンス論として読むことができるのである。ホーソーンの最初のロマンス作品たる『緋文字』に付された序文エッセイとして、「税関」は、物語本体が成し遂げようとすることを、別の角度から描いて見せるという性格を持っている。この作家にとって、ロマンスとは何だったのであろうか。「税関」と『緋文字』の関係を改めて考えることから始めてみたい。

2 「税関」と『緋文字』

「税関」が『緋文字』の物語とどのような関係にあるかという問題は、これまで多くの批評家によって論じられてきた。「税関」のエッセイは、元来、『緋文字』が一八四九年の秋から一八五〇年の初頭にかけて書かれるのと同時進行的に書かれ、『緋文字』が三分の二程完成した一月十五日頃完成されたと見られることから、この二作品はいわば双子のような関係にある。『緋文字』というテキストの織物の中に、縦糸に対する横糸のような関係で「税関」が織り込まれていると言ってもいいであろう。実際、ホーソーンは、編集者のジェイムズ・フィールズに宛てた手紙で、「税関」を『緋文字』という「壮麗な建物へと通じる玄関」(XVI-三〇八)であると語り、

「税関」のエッセイがセイラムのホイッグ党員との間に騒動を引き起こすことになった後でも、一語たりとも書き直す必要を認めなかった。そこには、ホーソーンの並々ならぬ自信と『緋文字』の物語本体にとって序文エッセイ「税関」が不可欠なものであるという信念が感じられる。

「税関」を一読して、まず我々は、これは一種気ままな随想の寄せ集めであるという印象を持つ。そこに描かれているのは、セイラムの税関の眠たげな雰囲気の極めてリアリスティックな描写であり、セイラムの町に対する愛着、厳格なピューリタンの先祖たちの話、税関の検査官としての日々、そこでの同僚、また、検査官の職を失うに至るいきさつである。さらには、有名なロマンス論の展開、そして『緋文字』の物語の原形になったという昔の先輩検査官ジョナサン・ピューの残した古ぼけた書類の発見などが、これに続くことになる。ラインハート版『ホーソーン選集』の序文で、オースティン・ウォレンが述べたように、この全く統一を欠いたかに見えるエッセイは、『緋文字』という傑作の序文には相応しくないと考えたくなるところであろう（xviii）。しかし、表面的な統一のなさを超えて、「税関」は、深いレベルで物語本体と密接につながる要素を含んでいる。まず、テーマの上での類似が、批評家たちの注目を浴びたのであった。

例えば、サム・バスケットは、『緋文字』と「税関」が表面上の相違にもかかわらず、社会に対する個人の関係を共通のテーマにしていると論じている。ホーソーンは、自分の身の周りの社会に常に違和感を持った作家であったが、その違和感が両作品のテーマになっていると言うのである。十九世紀のセイラムと十七世紀のボストンというまったく異なった社会を描きながらも、この両作品の登場人物たちはホーソーンその人に他ならず、彼の疎外感をそのまま映し出しているというのがバスケットの見方である（三二五）。デヴィド・ストークも、この両作品に同様の共通テーマを見ている。そして、より具体的に『緋文字』のヘスター、ディムズデイル、チリングスワースが、「税関」の語り手の社会に対する関係を明示しているとしている。つまり、この三人の主要人物たちがボストンのピューリタン社会と満足の行く関係を結べないのは、「税関」の語り手がセイラムとしっかりした関係を結べないことを映し出していると言うのである（三一七）。両作品の「語りの調子」を分析して、二つの作品を語る「声」が同質のものだと論じたマーシャル・ヴァン・デューセンの研究もこの延長線上にあると言っていいだろう。

別の視点から、「税関」をホーソーンの「心理的自伝」あるいは「自伝的ロマンス」であると見たのは、ニーナ・ベイムである。ベイムは、この両作品がホーソーンのロマン主義的想像力に対する態度を問題にしていると論じ、税関を追われて力強い芸術家として現れるホーソーンと、物語で監獄から解き放たれるヘスターを並列して論じている（一四－一八）。ベイムにとっては、ホーソーンとヘスターとは、同じロマン主義的想像力の実践者として重なるのである。ホーソーン自身の創作上の問題が語り手によって提示されているという視点は、「税関」論の中では極めて斬新であった。

これらの洞察は、「税関」と『緋文字』の物語とのテーマ上の類似、また「芸術家」としてのホーソーンと両作品とのかかわりを解明する上で、多くの示唆に富んでいる。しかし、「税関」と『緋文字』の関係、また両作品とホーソーンの芸術の問題を考える時、この両作品の書かれた一八四九年から一八五〇年という時期の持つ意味にもっと注目すべきではないだろうか。ホイッグ党テイラーの大統領就任にともない、税関を追われたホーソーンが作家としての自己の再生をかけて『緋文字』の執筆を始めたのは、よく知られている事実である。だが同時に、この時期のホーソーンは、チャールズ・ウェントワース・アパムを中心とするセイラム・ホイッグ党員たちとの政争に巻き込まれたり、二人目の子供ジュリアンが生まれる中、一家が深刻な経済的危機に瀕していたり、さらには母をも亡くすことにもなった。比較的穏やかな人生を生きたかに見えるホーソーンにとって、この時期は、極めて大きな転機であったと言ってよい。しかし、「芸術家」ホーソーンにとって、何よりも重大なことは、この時期初めてロマンスと銘打って作品を書き始め、その後、一八五二年までという短い間に『七破風の屋敷』と『ブライズデイル・ロマンス』を含めた三つの代表的ロマンスを完成させたことである。つまり、この時期こそホーソーンのロマンスが名実ともに生まれた時であり、『緋文字』と「税関」とは、その最初の本格的な実践であったということである。『緋文字』はもちろん、「税関」もまた、このロマンスという文学ジャンルとの関係で再考してみる必要があるのではないだろうか。

ホーソーンにとって、ロマンスとは何であったか。もちろん、それを知るために、「税関」や『七破風の屋敷』の序文で、有名なロマンス論を読むことはできる。しかし、実のところ、ホーソーンのロマンス論は、その本質を教えてくれるよりもむしろ、あいまいな言葉の煙幕の背後にその本質を隠すのである。ロマンスの生まれるという「中間地帯」(neutral territory)――「現実的なものと想像的なものとが出会う」(I－三六) 空間――の説明からも、現実を描写する小説 (novel) との対比のうちに行われるロマンスの定義 (I－一) からも、具体的な文学ジャンルとしてのロマンスの姿は、必ずしも明確に浮かんで来ないのではないだろうか。ただ、ホーソーンが、一八五〇年の『緋文字』以来、抽象的な表現ながら繰り返しロマンス論を展開しているのは興味深い事実である。それは、まるで彼にとってのロマンスというものが、小説 (novel) はもちろん、それまで書き続けてきた短編作品 (tales) とも確実に異なる類の文学であるということを繰り返し説こうとしているかのようである。

初めての本格的ロマンスである『緋文字』出版の四年前の一八四六年、短編集『旧牧師館の苔』(*Mosses from an Old Manse* 一八四六) の序文エッセイ「旧牧師館」("The Old Manse") において、ホーソーンは次のように述べている。「私は、とても長い間、自分がつまらない話を書いてきたことを恥ずかしいと思っているので、道に舞い落ちる木の葉と共に、叡智がこの身に舞い降りてくることをあえて望みたい。……ともかくも何とか最終的には、何らかの深い教訓を述べた小説を少なくとも完成させる決心をしたのだ」（Ｘ－八）。それまで書いてきた短編にたえず不満を感じ、いつかは本格的な文学をものしたいという思いが、ここには現れている。ホーソーンにとって、ロマンスはそれまでの短編とは違った、本格的文学の志向の延長線上に現われるのである。

「税関」の中で抽象的なロマンス論を展開した後、ホーソーンは、ふと、次のような興味深い言葉を口にする。「鏡を覗き込むと――その冥界の深い淵に――なかば消えかけた無煙炭の残り火のかがやき、床に落ちる白い月光、その情景のすべての光りや影の反映が、現実から一歩隔たり、想像世界へ一歩近づいて見えるのだ。だから、そういう時刻に、そういう眺めを前にして、ただ一人座りながら、不思議なことを夢見、それに真実らしい姿を与えることができないなら、ロマンスを書こうとすることとは無縁なのだ」（Ｉ－三六）。ロマンスを書くということは、普段見慣れた、現実の背後に潜む「不思議なこと」(strange things) に真実の表現を与えることだという暗示がここにはある。その「不思議なこと」とは、人間の日常の意識下に潜む光景かもしれないし、また日常の現実の背後に潜む「不思議なこと」かもしれない。しかし、いずれにしても、日常の常識的表面世界とは一歩隔てられた場所にこそ、「真実」があると直覚する想像力がロマンスを書かせようとするのだと言うのである。

ロマンスという文学ジャンルを歴史的コンテキストの中で研究したマイケル・ベルは、十九世紀のアメリカでロマンスといえば、詩と同様に、社会の秩序を脅かす、危険な想像力に身を任せる表現と考えられていたことを指摘している（一二－一三）。それは、反社会的表現であり、父親的権威に代表される社会規範に挑む革命的な文学ジャンルだったと言うのである。ベルの刺激的なロマンス論をホーソーンの文学にそのまま当てはめることには無理があるにしても、社会のコードの背後に抑圧される無意識的真実、あるいは反社会的な人間の情念こそが、常にこの作家の関心の中心にあったことは否定できない。それに「革命的」な表現を与えたかはともかく、ホーソーンの夢想する「不思議なこと」には、社会の秩序を脅かす危険な想像力へと通じる要素が確かに存在している。

社会を支配する言説の中心に象徴的父親が存在し、ロマンスという文学ジャンルがその父親的権威との距離のとり方によって産み出されるとすれば、「税関」という作品そのものがロマンス文学の宣言書に他ならないと思える点が多々出てくる。なぜなら、「税関」は「父親」に取り憑かれた作品と言ってもいいからである。あまり指摘されることはないが、表面上コミカルなスタンスを保ちつつも、様々な形で父親的権威を象徴する人物を描き、それらの人物たちと自らの文学との関係を語るという性格が「税関」にはある。デヴィッド・ストークの提示した解釈の枠組み、すなわち「税関」は、「セイラムへの帰郷」の部分、「税関の役人たち」の部分、そして「ロマンス創作」の部分という三部に分けられるという分類（三一四）にしたがって、「税関」がいかに父親的権威というものの存在に取り憑かれた作品であるかを見ていくことにする。

3　「税関」の「父親」たち

「税関」の初めで、語り手は、税関の建物、セイラムの古ぼけて落ちぶれた港などを語った後、自分が生れ故郷のセイラムとどんなに深く結びついているかを語っている。ストークのいう「セイラムへの帰郷」の部分である。自分としては、他の土地でも幸福に暮らしてきたが、旧牧師館を出た後は、「まるでセイラムが私にとって宇宙の究極的中心でもあるかのように」(I - 一二)この土地に戻ってきたと語り手は述べている。そこでは、先祖のイギリス人がはじめてやってきて以来、「その子孫たちが、生まれては死に、その肉体をその土地の土と混じり合わせてきた」(I - 八 - 九)のだから、自分にとってセイラムへの愛着は「ちりがちりに対して持つような物質的な」愛着になっているというのだ(I - 九)。語り手は、先祖を通じて深くセイラムとつながっており、その精神も深くこの土地の影響を受けていることが強く示唆されている。自分にとってセイラムが宇宙の究極的中心だと語るゆえんである。先祖のピューリタンが魔女狩りや、クエーカー教徒の迫害で犯した罪も、今は呪いとなって自分に受け継がれている——ずっと昔死んだはずの先祖が、今なお自分の道徳感を支配しているというわけだ。

思い出すかぎり古くから、その最初の先祖の姿は、家族の伝承によって暗くおぼろな威厳をそなえて、私の子供心に浮かんだ。それは今なお私につきまとい、過去に対して、町の現状との関連ではほとんど感じない、一種の望郷の念をいざなうのである。この謹厳で、髭をはやし、黒いマントをまとい、山高帽をかぶったご先祖様のおかげで、私には、この地に住むいっそうの権利があるように思われるのだが、この先祖は、あんなにも昔に、聖書と剣を携えてやってきて、あんなにも堂々と未踏の道を歩き、戦士としても平和の徒としても、あんなにも異彩を放ち——それゆえ、いまだに名も顔もほとんど知られていない私などより、よほどこの地に固執する権利があるように思われる。(I - 九)

ここには、語り手の先祖に対する畏敬の念と同時に、先祖に対する劣等感が表現されている。軍人として、あるいは平和の徒として社会に立派に貢献した先祖と異なり、自分は無名のしがない文士である。語り手は、まず、こうして自分を卑下して見せる。さらに、語り手は、先祖の目から見れば、作家である自分など無に等しいと映るだろうと考えながら、次のように語っている。先祖の口をかりて、自己を戯画化した有名な箇所である。

「あいつは何だ?」と私の先祖の灰色の影のひとつがもうひとつの影につぶやく。「物語作家だと！　人生とどうかかわる仕事なのか——神の栄光をいかにしてたたえ、同時代の人類にどのように貢献できる仕事なのか？そうだ、あんな堕落した男は、ヴァイオリン弾きにでもなっていた方がましだったのだ！」このような挨拶が、時間の深淵を隔てて、曽祖父たちと私の間で取り交わされるのだ。（I-十）

ここで語り手は、何よりも、先祖の目から見た自分の職業の道徳的な価値を問題にしている。先祖からすれば、自分という物書きなど社会に何の役にもたたない存在と見えるだろうと言っているわけである。しかし、同時に、実はそうではないのだ、という暗示もあることは看過すべきではない。語り手は、この後、次のように続けている。「だが（先祖は）好きなだけ私を軽蔑するがよい。……彼らの本性と私の本性は、切っても切れない絆で結ばれているのだ」と（I-十）。たとえ、先祖が自分の文学を軽蔑していようとも、自分は、文学によって社会の一員としての倫理上の役割を果たすのだ、なぜなら、彼ら同様、自分もまたその本性において、職業の道徳的側面を無視できないからである——語り手は、暗にこう語っているのだ。語り手としてのホーソーンは、ピューリタンの先祖という、いわば、道徳上の父親的権威の影の下にあったが、それは、その文学の上にも厚くたれこめていた影だったのである。作家として社会の道徳に貢献できるような物語を書かなければならないという強い義務感が、ピューリタンの父親的先祖たちから引き継がれていたのである。

次の部分、つまり「税関の役人たち」を扱った箇所でも父親的人物たちが登場する。しかし、ピューリタンの先祖という過去の「父親たち」とは違って、それは、語り手が税関で一緒に働くことになった同時代の「父親たち」である。「アメリカ合衆国の文武両面にわたる官僚組織の中で、私の配下にあった組織ほど（家父長的な）熟達老練の士からなる集団があったかどうか、大いに疑問がある」（I‐十二）。こうした語り手の言葉には、注意する必要がある。「税関」のエッセイ全体には、このように「父親」（father）とか、また、この「家父長的」（patriarch）という言葉が、至る所に意味あり気に挿入されているからである。税関の同僚たち、「（家父長的な）熟達老練の士」の代表格として、検査官（Inspector）と収税官（Collector）の二人が、詳しく描かれている。この二人に仕事をてきぱきとこなす若い実務家肌の同僚を加えて、税関で働く人間たちの雰囲気が伝えられるのである。

語り手は、最も父親的な雰囲気を持つ検査官を描くことから始めている。その検査官こそは「セイラム税関の父」であり、「この役人の小集団だけでなく、あえて言うなら全アメリカ合衆国の尊敬すべき税関の乗船検査官の集団を代表する親方」（I‐十六）であるという。老齢にもかかわらず、きびきびした身のこなしで活力に富み、まるで動物のように健康なこの男は、大変な美食家で食事を何よりの楽しみとし、三人の妻との間に二十人の子供がいる——このように、語り手は、この検査官を、肉体的活力に富んではいるものの、精神とか知性とは無縁な人物としてコミカルに、皮肉をまじえて描いている。だが同時に、次のように付け加えることも忘れていない。「私は、この家父長的人物を、私の注意を引いたいかなる人物よりも旺盛なる好奇心を抱いて観察し、かつ研究した」と（I‐十八）。まるで、この父親的人物の秘密を探ろうとでもいうように、語り手は彼を凝視し続ける。

しかし、観察するほどに明らかになるのは、この検査官には、結局、何の意味もないということなのである。「ある点からすると、彼は完璧であったが、他のすべての点からすると、誠に浅はかであてにならず、とらえどころがなく、絶対的にくだらない人物であった」と語り手は述べ、さらに「彼には、魂もなく、心もなく、知性もなく、あるのは、すでに述べたように本能だけというのが私の結論であった」（Ｉ－十八）と続けるのである。同じように父親的人物でありながらも、この検査官はピューリタンの先祖とは異なり、道徳的な意味で父親的権威の内実をまったく欠いているのである。

しかし、語り手は、更にもう一人の父親的人物、その人がいないと「わが税関人物肖像画廊はどこか不完全」（Ｉ－十九）になってしまうという収税官についても描いている。この年老いた収税官は、その昔、将軍として数々の武勲をたてた人物であるが、男らしい勇ましさと少女のような優しさとが不思議に混じり合った人物である。検査官に対してとはうって代わり、語り手は、この人物に対し、尊敬と同情心を示す。収税官には、高貴で英雄的な資質が備わっており、その重厚さ、充実、堅実さなどが表情に現れていると言うのである。しかし、この尊敬すべき父親的人物は、現在の中ではなく、過去の夢想の内に生きている人間である。語り手は、収税官と数ヤード離れているだけでも、この人物が自分の手の届かないところに居ることが感じられたと語り、「おそらく彼は、収税官の事務室という不適当な環境においてよりも、追憶の中で生きていたのだ」（Ｉ－二三）と言うのである。本能そのもののごとき検査官が、現在の中にはっきりと存在し、その物欲を追求しているのに対して、この収税官は、尊敬すべき資質を持ちながらも過去に生きており、現在という時の中では影のように何の影響力も持ってはいない。言い方を変えるなら、俗物的な検査官の存在の確かさに対して、記憶の中に生きる収税官は、現実の中では実質的な父親的権威たり得ないのだ。

この二人の父親的人物と異なり、税関の中で現在の状況とまったく適合しているのが若い同僚である。この男は、天才的実務家であり、機敏にして頭脳明晰、「複雑なものを見通す目を持ち、まるで魔法使いの杖の一振りのように、複雑さを消し去る整理能力」を持っている。語り手は、この男の有能さを驚嘆して眺めて、まるで「税関（Custom House）そのものだ」と言っている（I－二四）。前述の二人の父親的人物が、何の影響力も持たず年老いて消えていく運命にあるのに対して、この実務家肌の青年は、新しいビジネスの世界に生き生きと生きる新しい世代の代表と言えるであろう。

これら税関の役人たちの描写が、どれほど実在の税関吏たちを反映しているかは不明である。確かに、例えば、現実にホーソーンの同僚であって、収税官のモデルになったと思われるジェイムズ・ミラー将軍のような人物の存在は知られている（Mellow 二七三）。しかし、ホーソーンがブリッジ宛の手紙に、「税関」のスケッチには、所々に想像力を働かせたと言っているように（XVI－三一一）、この三人の人物は、何か現実の人物というよりも、ひとつの類型として描かれている感は否めない。検査官は、物質主義的な俗物そのもののごとき人物であり、収税官は、過去にとらわれた精神の具現、そうして、若い実務家は、新しい世代のビジネスマンそのものである。ホーソーンは、税関に生きる人間の典型として、この三人を描いたのであろう。しかし、よく見ると、これらの人物は、社会がどんどん物質主義に染まっていく一方、超絶主義のような精神主義的思潮が生まれ、さらに資本主義の発達にともない新しいビジネスの職業倫理が生まれていく十九世紀アメリカ社会の代表的人物と言えるのではないだろうか。ジェフリー・スティールは、十九世紀アメリカ社会の危機が精神と肉体（物質）が完全に分離してしまい、精神のない肉体、肉体のない精神が横行するようになったことに象徴されると論じているが（一三七）、まさに検査官と収税官とは、それぞれこの風潮を体現する人物と言えるだろう。ホーソーンにとってこの税関（Custom House）こそは、現実社会そのものの縮図であった。Custom Houseは、税関を指すと同時に、様々なCustom（習慣）の支配する「習慣の館」としての現実社会をも暗示するのである。「税関」の一見、リアリズムに徹したかに見える描写を通して、ホーソーンは、実は、現実に対する自分の心理的スタンス、あるいは多くの習慣というCustomの上に築かれている十九世紀アメリカ社会を自分がどう見るかを描いているのである。その世界では、昔日のピューリタン的倫理感がいまだに幅をきかせているものの、現代の社会を導くべき父親的権威はその内実を失い、物質主義に毒されているか、過去の追想に耽っている。さらに資本主義的色彩が強まる中で、若い実務家のような「税関（Custom House）そのもの」のような人間が、世間を織り成す複雑な「習慣」というCustomの問題を処理していく。しかも、税関の役人たちがそうであるように、この社会の人々は、ホーソーンの文学には目もくれず、その作品は一ページたりとも読まないのである。「税関」の語り手は、Custom Houseという税関、あるいは現実社会の縮図に暮らすことを楽しんだと語っているが、そこは、結局は自分の居場所ではないと思い知らされることになる。

4　屋根裏の「父親」

この点、「税関」の「ロマンスの創作」の部分は、極めて重要である。ここでは、ジョナサン・ピューなる人物の残した書類と布切れの緋文字Aの発見、また、「中間領域」（neutral territory）という有名な概念を中心にしたロマンス論が展開されている。しかし、これまで見たように、税関という場所が、税関そのものでありながら同時に十九世紀アメリカ社会を象徴することを考慮に入れれば、この部分の重要性は、ピューの書類を発見した税関の二階の古ぼけた部屋という空間そのものにあることがわかる。税関の一階という現実の日常的世界とは異なり、その部屋こそは、ホーソーンが作家として属すべき場所であり、ロマンスの創造される現場にほかならないのである。「過去は死んでいなかった」とホーソーンは語っている。そして「ほんのときたま、かつて生気溌剌として活動していたのに、静かな眠りにつかされていた思考が、蘇ることがあった」（I－二七）と続けるのである。すでに長く著述の生活を離れ、税関吏として生きてきた自分の心の奥深く眠っていた芸術家が、静かに蘇りつつあることを示唆しながら、語り手は、我々読者を税関の二階の部屋へと案内するのだ。

税関の二階には大きな部屋があり、そのレンガ造りの部分も、むき出しのたる木も羽目板や漆喰でおおわれていなかった。この建物は――もともと当時の港の商業活動の規模にあわせて企画され、結局は実現しなかったけれども、その後も繁栄し続けるものとする計画に基づいて着工されたので――そこで働く者でさえ持てあますほど広くできていた。それゆえ収税官の部屋の上にある風通しの良いこの広間は、今日に至るまで未完成のままで、その黒ずんだ梁には古い蜘蛛の巣が花づなのように絡みついているにもかかわらず、いまだに大工と石工が仕事にやって来るのを待ち受けているように見えた。部屋の一方の側の片隅には、公文書の束が詰まった樽が、山積みにされていた。同じようながらくたが、床にもごろごろしていた。これらのかび臭い書類は、今では地上の邪魔物であるにすぎず、忘れ去られた片隅に隠匿され、二度と再び人間の目に触れることがない……。（I－二八）

この一節もまた、一見ただの写実的な部屋の描写に見えるが、ここにはホーソーンのロマンスの本質を語ってくれる重要なヒントが、さりげなく語られている。

ニーナ・ベイムは、この部屋に言及して「税関の一階から上の階へと退くことは、ホーソーンが現実の世界から、自分の心の中の現実に退いたことを示している」（一四）と論じている。この部屋を作家の魂の中の領域と結び付ける点において、ベイムの洞察は見事である。確かに人々に忘れられた古い書類が置き去りにされたこの部屋は、まるで忘却された古い記憶の詰まった無意識のような姿をしている。しかし、この部屋には、もっと大きな意味があるのではないだろうか。税関が現実社会そのものの縮図であるとすれば、その建物の屋根裏にこっそりと誰にも知られず存在しているこの暗い部屋は、ホーソーン個人の無意識というだけでなく、より大きく、税関の象徴する現実のアメリカ社会の無意識であると考えてもさしつかえないだろう。未完成のままに放り出され、やがて人々から忘れられたその部屋こそは、生きられることのなかったアメリカ精神のもうひとつの姿であり、その正統的な歴史からは忘れ去られてしまった様々な記憶を宿している空間なのである。

ホーソーンにとってロマンスを書くということは、現実の背後にうごめく影の真実を提示することと関係があるのだ。税関のこの二階の部屋は、まさにその影の真実の封印された空間と言ってよい。リチャード・ミリントンは、ホーソーンのロマンスには、様々な因習にがんじがらめになった現実の文化を、修正主義的な視点から見せる空間を作り出す力があると述べている（一五）。確かに、ホーソーンの想像力という不思議な光が、税関という現実社会の縮図の背後に浮かび上がらせた二階の屋根裏部屋こそは、修正主義的な視点から見た文化の実相を暗示していると言っていいかもしれない。そうして、その「いまだ大工と石工が仕事にやって来るのを待ち受けている」という部屋に、ホーソーンは、まさにロマンス作家という大工として乗り込んだのである。税関という昼の現実世界を尻目に、ホーソーンは人々に忘れられた二階（second story）の部屋を語ろうとしたのである。

この二階（second story）という言葉は、単に税関の二階の部屋を指すだけでなく、アメリカ社会の「正統な」歴史というべき first story に対し、その隠された真実を語る二番目の物語という含みがあるといっても言い過ぎにはならないだろう。

このロマンスの空間ともいうべき部屋において、語り手が頼みにしたのは、先祖のピューリタンの父親像でも、税関の同僚に代表される現実世界の父親的権威でもなく、その昔、ある罪を犯した女の真実を書き留めようとしたジョナサン・ピューという、いわば文学上の父親的権威であった。あるいは、語り手は、死んでしまったピューになり代わり、自分自身の内面の声に正直に従うことで、自らが父親的権威となって、自分の文学世界をコントロールしようとしたとも言えるだろう。作家として自信のもてないまま短編（tales）を書いていた頃のホーソーンは、ピューリタン道徳や、同時代の社会の価値基準をどうしても振り切ることができなかった。しかし、ロマンス作家として、ホーソーンは、自らの想像力の持つ可能性ひとつに自分の文学を賭けようとしたのである。もしも、ジャック・ラカンの言うように、社会の象徴体系が、「父の名」（the Name of the Father）という強力な制度によって支配されているというなら、ホーソーンにとって、ロマンスを書くということは、ピューリタン道徳という言説を超え、物質主義に傾きがちな、あるいは逆に、肉体のない精神の横行する同時代を支配する言説を超えて、自らの文学的想像力の中に、ひとつの父親的権威を打ち立てることだったと言えるのではないだろうか。それは、社会の因習という、また以前、自分の従っていた文学上の「習慣」という Custom House を通り抜け、自分の魂の深みに踏み入る行為でもあったのである。「税関」の終りで「今後（セイラム）は、わが人生の現実であることをやめる。私はどこか別世界の市民となる」（I - 四四）と語る時、ホーソーンは、ロマンス作家としての独立宣言をしたと言ってもいいのである。

5　リアリズムへの視線

最後に蛇足ながら、ホーソーンがロマンス以外の文学ジャンルも視野に収めていたことに言及してこの章を閉じることにする。興味深いことに、ホーソーンは、屋根裏のジョナサン・ピューではなく、階下の税関事務所に暮らす父親の話を書き取る作家になる可能性にも言及し、もしかすれば、そちらの方が賢明なことであったかもしれないと述べているのである。税関を解雇され、そこを後にしたホーソーンは、税関とともに世俗的現実もばっさりと切り捨てて職を去ったかのごとき印象をこのエッセイは与えるが、実は、この作家は、その呪わしい現実にも強く惹きつけられていたのである。そのことは、次のような文章に垣間見ることができる。

しかしながら、もしも私が違った形の創作を試みていたら、私の能力も要領を得ず、力を発揮できないこともなかったであろうというのが私の信念である。例えば、検査官の一人で、昔、船長だった男がいて、その人の語り手としてのすばらしい才能に、私は一日たりとも笑ったり感心したりしない日はなかったから、その人に言及しないのはまことに恩知らずなことになるのだが、その物語を書き取っていたら、私は自分を満足させられたかもしれない。もしも、私が、その人の語り方の持っている生き生きと絵画性や、描写を繰り広げるときの彼に生来備わったユーモアに満ちた表現を書き留められていたら、その結果は、文学上、何か新しいものになったであろうと私は正直に信じている。あるいは、もっと真面目な仕事をすぐに見つけていたかもしれない。こんなふうに日々の生活の物質的なものがうっとうしくも自分に迫ってくる状態で、別の時代に身を置き、空想的な素材からこの世と似たものを作り上げようなどというのは、愚かなことであった。シャボンの泡のような実体のない美は、何らかの現実の荒々しい状況に接触すると、絶え間なく壊されていたからである。より賢明なのは、今日の不透明な素材の中に思考と想像力を浸透させ、それを明るく透明なものにし、重くのしかかり始めた重荷を精神化する努力をすることであったろう。そして、今、私が慣れ親しんでいる取るに足らない、うんざりするような出来事とか、普通の人たちの中に隠れている真実で不滅の価値を決然として探し出すことであったろう。(I - 三十七)

この文章の中の「文学上、何か新しいもの」というのは、後の時代に来る写実主義の文学の可能性に言及しているのではないだろうか。ホーソーンは、それまで精神の下に屈服させられていた現実やモノの世界が、次第に自らの声を持ち始める時代に生きていた。その声は、南北戦争後、ますます鮮明なものとなり、それはヘンリー・ジェイムズやW・D・ハウエルズ(William Dean Howells 一八三七 - 一九二〇)の文学手法によって、絵画的に、そして複雑な人物造形のうちに捉えられることになる。しかし、ホーソーンもまたそうした「現実」の持つ声にははっきり気づいていたことを、この文章は窺わせるだろう。『緋文字』後の作品は、過去の歴史を背景とはせずに、作家の生きた十九世紀のアメリカ、そしてヨーロッパを舞台としている。また、『ブライズデイル・ロマンス』においては、ゼノビアという人物を極めて生き生きと写実主義的に描き出して、ジェイムズやハウエルズを感心させたことも思い出してよいだろう。

しかし、それでもホーソーンは、ロマンスという文学にこだわった。「税関」に見たように、現実の背後に潜む「不思議なこと」(strange things) こそが、この作家の問題であった。日々、力を増していく十九世紀アメリカの現実そのものに心惹かれるところがあったとはいえ、その影の真実こそが、この作家を捉えたということである。生まれ故郷たる現実のセイラムを離れ、そこにうごめいて現実を支配する父性的権威を拒み、文学の世界たる「どこか他の住人」（I‐四四）となって、過去から呼びかけてくるジョナサン・ピューという父親の声の継承者となること――ホーソーンにとって、ロマンスを書く作業とは、そうした今は失われたが、日常の隙間にかすかに息づいている父親的人物の秘められ、忘却されたかに見える思いと密接に関わっているのである。

第3章

『緋文字』と「父親」の誕生

1　解き放たれた情念

『緋文字』は、ヘスターが不義の子パールを胸に抱いて暗い監獄から引き出され、白昼のボストンの人々の前に登場する場面から始まっている。自らの罪を恥じる様子もなく、逆にそれを誇るがごときこの美しい女性は、最初こそ役人に先導されて監獄の出口に現れるものの、やがてその手を振り払い「まるで自分の自由意志で」(I－五二) 進むとばかりに決然と外の世界に歩み出るのである。社会にとって危険な情念の化身のごとき女性が、それまで監禁されていた監獄を出て、こうして白昼の世界、ボストンのピューリタンたちの前に現れるという物語の出だしは、その象徴性を考える時まことに印象深いと言わなければならない。ここには、人間の中の自然ともいうべき情念、法の力に制圧されたかに見えてなおかつ反逆の可能性を秘めた強い意志力が、再び日の光の下に解き放たれて、ピューリタン社会という厳しい戒律の支配する空間と対峙する様がはっきりと描かれているからである。まさに『緋文字』全体の主旋律を決定づける出だしであり、アメリカのロマン主義文学の精髄というべき場面であろう。

物語のピューリタン社会は、この罪深い女性に姦淫（Adultery）のしるしAという文字を胸につけるよう命じ、その領域内に留めるという選択をする。ヘスターに悔悟を促し、かつまた彼女を人々の道徳的教訓に仕立てようとする目論見である。しかし、見方を変えれば、そのAというしるしはまた、この誕生してまだ日の浅い社会がヘスターの体現する人間の情念に対してかろうじてなし得た言語表現と見ることもできるだろう。この社会はこの情念の女を前にして、断固たる姿勢を示しつつも実は狼狽している。いや恐れている。ヘスターの情念は確かに罪を引き起こしたが、それは人間の内部に宿る豊かな生命の源でもあり、人間存在の根幹をなす暗く深い淵である。この社会はその豊饒さと多面性を引き受ける言葉を持っておらず、姦淫の罪を表すAという法的裁定を表す平板な記号によってそれを封じ込め、排除するしかなすすべを知らないのだ。Aという文字は、そうした素朴な社会の基盤たる素朴な言語体系の象徴なのである。緋文字Aが、物語の進行に伴いその意味を次第に変化させていくことは興味深い。それはこの社会、そしてその言語体系そのものが、ヘスターとの対峙によって変化し深化していくことを暗示しているだろう。ヘスターは、Aという文字によって封印された存在でありながらも、自らAという文字の内実を変えていくのである。この物語の根底には、そうした言語の根源的な変容のテーマがあることをまずは確認しておかなければならない。

ヘスターという女は何者であるのか。もちろん、彼女は、かつてヨーロッパで学者として名声を誇った男の妻であり、それが一人アメリカに渡った末に姦淫の罪を犯して不義の子を産んだ女である。しかし、それだけではない。暗い監獄から解放されて日の光の下に立つヘスターこそは、この建設過程にある若い社会が、自ら拠って立つための社会的意識を形成する過程で、排除し自らに禁じてきた情念、無意識の欲動、いわば文化における

「他者」的なもの一切を喚起する存在でもある。幼子を抱いたヘスターが、この社会にとっての異端ともいうべきカトリックの聖母子像に譬えられていることはこの意味で興味深い。それは、フロイトの言う「不気味なもの」であり、体制をゆさぶり挑発するものである。しかし、それは実は同時に、体制そのものを深化、成長させる契機となる文化的無意識でもあるのだ。そのことは、物語の進行に従って次第に明らかになってくる。作品冒頭のヘスターの登場する場面は、そうした両義的な無意識的情念が闇の領域から引きずり出され、このピューリタン社会の言語体系に襲いかかることを画する場面と言ってもいいのである。

社会を、そして、その言語体系を支えている規律が父性的権威であることは、これまで繰り返し述べてきたことである。それに倣えば、ホーソーンは『緋文字』においてヘスターという女性をピューリタン社会という「意識」、あるいは、父性的権威の体系に突きつけることによって、そこに何が起こるのかを見ようとしたのである。この社会の父性的権威は強大である。それは、ほとんど共同体の隅々に至るまでを統率し、そこに暮らす人間に一方では安定を与えつつも、一方では息苦しいまでに束縛を加える。この社会においては、ヘスターのみならず、ディムズデイルやパール、そしてヘスターに相談を求めてやってくる名もない女たちまでこの父性的権威に縛られて暮らしているのである。それは道徳的に厳格で「正しい」社会ではあるだろう。しかし、それはまた、人間の中にある豊かな生命力、また自然の情というものに対して著しく沈黙を強いる共同体でもあるのだ。ヘスターが体現する「他者」に対してと言ってもよい。実際、この社会が黒人やインディアンに対して沈黙を強いてきたように。その「正しい」強大な父性的権威に基づく社会と太母のごとき女性の犯した罪との対峙から何が生まれ出てくるのか。ヘスターがそこにあけた風穴から何が垣間見えるのか。ホーソーンが問題にしているのはこのことに他ならない。

『緋文字』の焦点となるのは言語の問題である。父性的権威の基盤となる言語とそれに対してヘスターが引き起こした変容を通して、ホーソーンはアメリカにおける人間内部の声の運命、そして文化的にあるいは歴史的、また心理的に抑圧されてきた「他者」の行方を描き出そうとしているのである。ヘスターという罪に汚れた母親（(M) other）の中の「他者」（Other）が問題なのである。ただ重要な点を見誤ってはならない。この問題を最も先鋭に感じ取り冷静に対処しうるのは、ヘスターよりもむしろ彼女の罪の相手役たる有徳の牧師ディムズデイルなのである。我々は、ヘスターの優美さと豊かな生命力に目を奪われ、彼女の運命の変転にのみ注目しがちである。しかし、彼女はその運命を演ずる存在であり、解釈する存在ではない。ひとたびこの社会の父性的権威の意味とその基盤たる言語の体系にこの物語の主眼があると認識すれば、この牧師の重要性が見えてくる。ピューリタンの父権的権威とヘスターの間にあって、その葛藤を真正面から受け止め、その全体像を把握しうる人物はディムズデイルなのであり、この牧師のみがこの問題に対する具体的な答を出すことができるのである。この牧師の「意識」こそがすべての中心となる舞台であると言ってもよい。本章では、まずこの牧師を通して、『緋文字』において父性的権威というものがどのように規定され、それがどのように乗り越えられているのかを詳細に見ていくことにする。ディムズデイルがピューリタン社会の父性的権威と独自のやり方で格闘し、苦悩の中でその克服を試み、その上で自らが新しい父親の誕生を体現する存在になることが明らかになるだろう。むろん、ヘスターの重要性も無視することはできない。この章の最後では、ディムズデイルと父親の誕生の議論で明らかになった父性的権威の意味を、今一度ヘスターの目を通して考えることにする。我々は、ヘスターという人物を造形する上で大きな意味を持ったと思われるホーソーンとその母親の関係を通してこの問題を再考することになるだろう。

2　ディムズデイルと「父親」の社会

『緋文字』は、父性との軋轢という問題を最も濃厚に描き、最も深く追求した作品である。そこに描かれる十七世紀のピューリタン社会は、行政と宗教を司る長老たちによって統制される典型的な父権的社会であり、「父親」の権威が絶対視される社会である。ホーソーンは、この作品の背景としてまずそうした社会を設定した。それがどれほど歴史的に正確な社会像だったかは、あまり重要ではない。重要なのは、父性的権威をその極限まで体現しうる空間を現出させることであって、そこに放り込まれた人間の精神がどのような葛藤を経験するかを描くことだったからである。へスターやディムズデイル、そしてパールの運命は、その権力との対立を軸として展開していくことになる。この厳格な父性的社会のイメージは、もちろん、ホーソーンの様々な体験から創り出されたものであろう。すぐに想起されるのは、「税関」に出てくる厳格なピューリタンの先祖――社会的に重要な地位を占め、「物語作家など何の意味もない」と軽蔑するであろう、あの厳格な先祖たちである。しかし、そればかりではない。ホーソーンは、自分が現実の世界でも様々な「父親」たちによって囲まれていることを意識していた。父親の死後移り住んだ母の実家マニング家の叔父たちをはじめとして、世間に出てからも税関失職時に自分の仇敵となったチャールズ・ウェントワース・アパムなど、自分に少なからぬ圧迫を与えてくる父親的人物たちが、現実の世界を動かしているという感覚がこの作家には早くから取りついていたものと見える。それは、作家という「怠け者」の自分を、常に糾弾してくる世間と二重写しのイメージだったと言えるかもしれない。

しかし、ホーソーンにおける「父親」の意味を考える上で、『緋文字』は、他の作品には見られない特徴を有していることを銘記しなければならない。これまで指摘されることは少なかったが、この物語は、ピューリタンの指導者たちを通して伝統的な父性的権威を描き、その圧力の重みに耐える登場人物を描いているだけではなく、そうした父性的権威とは根本的に異なった、新しい「父親」の誕生を中心的テーマに据えているのである。言うまでもなく、それはディムズデイルによって体現される。『緋文字』は、罪の魂に及ぼす影響を描いた物語であると同時に、強力なピューリタンの父親的人物たちの間で罪におののきながら息を潜めていたこの牧師が、やがて彼等の父性的権威を乗り越え、自ら父親として立ち上がるに至る物語なのである。この新しい父性的権威は、現実の社会を滞りなく運営していく社会的父性を体現するだけでなく、もっと深い洞察と可能性を秘めた父性である。それは、具体的には、ヘスターの罪を弾劾するだけではなく、罪のしるしAの文字の背後に封印されたこの女性の心の真実をも掬い上げようとする父性なのである。

有名な最後の処刑台の場面で、ディムズデイルは七年間、胸に隠してきた罪を告白しようとして処刑台に立ち、死んでいく。だが、これは、単なる「罪の悔悟の物語」としての『緋文字』のクライマックスではない。この場面の重要さは、むしろ、この若き牧師が罪の子パールの父親という、それまでの有徳の汚れなき魂という名声とは正反対の、そしてピューリタンの父親的な権力者たちとも全く異なった、新たな「父性」として公衆の面前に立つことにあるのだ。ただ、パールの生物学的な父親であることを開示したというのではない。ここで、パールの父親として人々の前に立ったディムズデイルには、人々の胸を打ち、魂を揺さぶる言葉が備わっている。その直前の知事就任記念演説にしても、何を語ったか具体的には詳述されていないが、その言葉は音楽に喩えられている。「他のあらゆる音楽と同じように、それは情熱と悲哀感、高く、あるいはやさしい感情を人間の心に本来備わった言葉でささやいた」（I－二四三）のであって、その言葉ははっきりとしなくても、ヘスターはそれに共感し感銘を受ける。それは、彼女の真実を掬い上げる力を持った言葉なのである。重要なのは、この「音楽のごとき」調子に満ちたディムズデイルの演説がそれまでの色彩を欠いたピューリタン社会の無味乾燥な法律用語のごとき言葉ではなく、新しい権威をもってこの社会の言語を刷新することをほのめかす、いわば、新しい父親の言説だということなのである。

ヘンリー・ジェイムズ以来、ディムズデイルを物語の主人公とする見方は根強くあるものの（James 八九）、この牧師の「父親」としての重要性は、これまでほとんど顧みられることがなかったように見える。それどころか、この牧師は、最後に至るまで自らの内面の声を封じ込めつづけた徹底した体制主義者であり、彼は「父親」として立ったにしても、それは、自らをこのピューリタン社会の父性的権威に重ねただけという見方さえある（Bell, *Arts* 四七）。しかし、この二つの父性の間には、はっきりと深い溝がある。「父親」として立つや、死んでいかなければならなかったディムズデイルではあるが、一瞬であれ、自分の保護者的存在であったピューリタン社会の長老たちの権威を離れ、新しい父性として自らを示した事実は存在するのであり、その意義は、実は極めて大きいのである。その時間的な長さなどは問題ではない。ここには何か、それまでとは異質の言語空間が生じ、このピューリタン社会に、人間のこころというものについて、より深い認識を迫る「事件」が起こっているのだ。それを引き起こした新たな父性の意味を問うこと――最初の本格的なロマンスの実践たる『緋文字』が呈示するのはこの問題なのであり、この問いには、実はあまり単純ではない問題が潜んでいるのである。

ここに至るまでのディムズデイルは、独自の声を持って一人立ちのできる人物ではなかったことは注目してよい。『緋文字』の語り手は、この牧師が一種の変身を遂げ、「父親」として立つことの重要性を際立たせるかのように、結末に至るまで繰り返し、彼の、まるで「子どものような」性格を強調している。例えば、物語の中心をなす三つの処刑台の場面を見てみよう。ディムズデイルは、初めて登場する冒頭の処刑台の場面では、偉大な弁舌の才を持ち、宗教的情熱にあふれた学者のような人物とされながら、「素朴で子どものような」（I－六六）性格であることが紹介されている。この牧師が、真夜中、わが身を苛みながら一人処刑台に立つ第二の場面は、さらに興味深い。漆黒の闇の中、処刑台に立つ彼は、遠くから提灯をかかげたジョン・ウィルソン牧師が近づいて来るのに気づき、自分が見つけられ、罪が暴かれればいいと思うと同時に、それを怖れる。語り手は、それがまるで、子どもが父親に対して抱くような怖れであることを暗示しているのだ。ウィルソンは、“Father Wilson”と呼ばれ、ディムズデイルの“professional father”（I－一五〇）であると念を押して言及されているからである。最後の処刑台の場面も例外ではない。ヘスターとパールとともに処刑台に立ち、罪を告白しようとする場面でも、彼の子どものような態度はいよいよ明らかになってくる。語り手は、次のように描いている。「牧師は震えながら、しかし断固として［ウィルソン師（“Father Wilson”）の］手を払い除けた。……彼は、まだ歩みを前に進めていたが、その動作を描くとすれば、それはむしろ自分を迎え入れようとして母親が広げた腕を見て、よちよちと歩いていく幼児の歩みに似ていた」（I－二五二）。ここではディムズデイルは、まるでヘスターという「母親」の子どもさながらに描かれているのである。

「子供のような」ディムズデイルとっての父親的権威とは、もちろん、ウィルソンによって代表されるピューリタン社会の宗教的、また政治的指導者たちである。そして、看過してならないのは、「子どものような」ディムズデイルは、将来、この職業上の先輩たちと同じような父性的権威、“Father Dimmesdale”となることを嘱望されているということである。オックスフォードで学者として名声を博した彼は、「通常の人生の年月を生きて働くことができるなら、今は弱体化してしまったニューイングランドの教会のために、昔の教父たちが、初期教会のために成し遂げたような、偉大な行為をなすべく運命づけられた天与の使徒」（I－一二〇）だと考えられたのである。語り手はまた、牧師の蔵書を紹介して、「羊皮紙で装丁した初期教会の教父たち（"Fathers"）の書いた二つ折り版の本や、ユダヤ教のラビたちの学問書、そして修道僧の博学を伝える書物」（I－一二六）などで満ちていたと述べている。ディムズデイルは、身の回りを宗教的権威たる教父たち（"Fathers"）の著作で取り囲み、将来は自らもプロテスタント的伝統に立った一人の教父的人物"Father"たることを期していたのである。しかし、ディムズデイルは、このピューリタン社会の父親的人物の期待するような「父」になることはついにできなかった。「子どものように」伝統的な父親的権威の影におびえつつも、この牧師が最後に成し遂げたことは、この社会を支えるどころか、それを根本から揺るがしかねない存在としての「父親」になることだったのである。

3　二人の「父親」

ディムズデイルにとって、この全く異なる二人の「父親」が、それぞれどんな意味を持っていたかを考えてみることは重要である。それを検討することによって、この牧師が最終的に何を捨象し、何を選びとったか、そして彼の体現した「父親」が何を意味するかが、明らかになるからである。だが、その議論の前提として一つの事実を確認しておきたい。それは、『緋文字』が、対立する二つの世界の緊張上に成り立った物語だということである。まず第一に、作品冒頭の、処女地を切り開いて建てられた監獄とそれに対立する自然を体現する野ばらのイメージに象徴されるように、この十七世紀ピューリタン社会は、広大な荒々しい荒野の中に築かれてまだ日の浅い、しかし、筋金入りの厳格な規律を基盤にした文明空間である。したがって、この物語は、その設定からして「自然」対「文明」という対立の図式を内に抱え込んでおり、それはさらにディムズデイルとヘスターの物語を通じて、アメリカ文学の伝統的なクリシェともいうべき、意識と無意識、精神と肉体、頭と心といった対立軸を呼び込んでいく。例えば、ピューリタン社会とヘスターとの対立というこの作品の中心を貫くモチーフにしても、これらの対立軸を多面的に象徴していることは言うまでもない。

読み手は、作品中のいたるところで、こうした対立軸に直面することになる。しかも、重要なことは、この二つの世界の間には、はっきりとした溝があり、そこには、いわば、橋が架けられていないことだ。こういった対立軸は、人間の社会には場所と時間を問わず常に存在するものであろう。しかし、伝統を持った社会には、その分断しているかに見える二つの世界に、暗黙の前提として目立たない橋が架けられているものであり、それは、社会の目に見えない底辺で実はつながっているのではないだろうか。その二つの世界を結ぶ隠れた言語があると言ってもよい。だが、この『緋文字』の社会においては、その二つの世界の間の交流が意識的に遮断されているのである。むろん、それは、父親的権威と母親的存在との対立にも当てはまる。ディムズデイルが、このピューリタン社会の父性的権威の継承者となるのではなく、パールの父親として立ち上がることの意味は、これらの対立軸、そしてそこにある分裂との関係で捉えられた時、より鮮明な意味を帯びてくるのである。

ディムズデイルは、元来「生まれながらの牧師、生まれながらの宗教家」として、社会を支える倫理規範に無条件に従う性向がある。「どのような社会の状態においても、彼は、いわゆる自由主義的な見方をする人間ではありえなかったであろう」と語り手は述べ、さらに「彼の心の平静のためには、それが彼を鉄の枠組みの中に閉じ込めるとしても、信仰の圧力を身のまわりに感じていることが不可欠であった」（I‐一二三）と言う。つまり、ディムズデイルは、この社会の父権的な「鉄の枠組み」を守るべくして生まれてきた保守的人間であり、前述のように、初期教会の教父たち、また、ピューリタンの先達の踏み固めた道をそのまま辿ることを求められていたのである。しかし、チリングワースが見抜いたように、「純粋で、全く精神的」に見えるディムズデイルはまた「彼の父か母から、強い動物的な性質」（I - 一三〇）も受け継いでいたのである。この点は注意して受け取る必要がある。彼は単に体制順応型の保守派であったのではない。むしろ、自分の中のこうした反社会的な激しい生命力を意識し、それを怖れるがゆえに保守的倫理の鎖で自身を縛る必要があったのである。しかも、実際、自身の怖れるこの激しい情念のゆえに、ヘスターとの間に罪を犯してしまう。ディムズデイルは、『緋文字』という作品の基盤たる二つの異質な世界の対立を最も先鋭な形で自らの内に抱えていたと言ってもよい。

ピューリタン社会の父性的権威を引き継ぐことは、宗教的また倫理的保守として生きることである。それは、この社会の倫理規範を保持し、自らがその体現者となることであるが、それと同時にディムズデイルにとっては、自己の内面からの声と「動物的な性質」を黙殺し、社会の掟の下に自分を無にすることでもある。もちろん、その掟はすでに一度破られてしまっている。しかし、その後の牧師は、前にも増して徹底して自らの精神と肉体を厳しいピューリタン社会の規律という鎖で縛ろうとするのだ。物語のクライマックスの一つである森の場面で、ヘスターは、牧師に、彼らが七年前にしたことは、「それなりの神聖さ」（"a consecration of its own"）があったのだと説く。だが、ディムズデイルは、その言葉の中に一抹の真実があると胸の中で感じながらも、それを明言することができない。彼は、ピューリタン社会の父性的権威の側に立つ自分の立場を必死で保持しようとする。自分が偽りの生を生き、自らの精神が分裂しようとする間際まで来ていることは承知している。ただ、この牧師には、たとえ自分という人間がどんなに虚偽の存在であっても、この社会の掟で自らを縛り、それによって自分というものを規定する以外、なすすべを知らないのだ。

しかし、このヘスターとの森での邂逅は、ディムズデイルの中に決定的な変化を引き起こす。ピューリタン社会の中にあっては、この牧師の内面の苦悩は決して声になることはなく、常に胸の奥底で呻吟していたのである。だが、森という、ピューリタン社会から見れば全くの異端の領域で、ディムズデイルは、初めて自分の苦悩を吐露しうる空間を得る。それは、社会の道徳的束縛を忘れ、自己を無限に解放していく野生の自然の空間であったが、同時に、この森はヘスターの女性的生命力に満ちた空間であることは忘れてはならない。緋文字を捨て去り、日の光を浴びて豊かな髪をふりほどき、まるで自然の女神さながらに生命の輝きに包まれるヘスターがその中心にいる。その場面は、次のように描かれている。

輝くばかりのやさしい微笑が、彼女の口もとにただよい、目からも輝き出た。それは、女性のこころそれ自体から溢れ出てくるように思われた。それまでずっと青ざめていた頬は紅潮してきていた。彼女の女の性、若さ、そして豊かな美しさ全体、そんなものがみな、いわゆる呼び戻すことのできない過去から戻ってきて、乙女のような希望や、これまではけっして知ることのなかった幸福とともに、この時間の形作る魔法の環の中に房をなして結実したのだ。……突然、天が急に微笑んだかのように、日の光が差し込み、暗い森を光の洪水で満たし、緑の葉一枚一枚を活気づけ、黄色い落葉を金色に変え、そして荘厳な木々の灰色の幹に光を降りそそいだ。……それは大自然——あの野性的で、異端的な、そして人間の掟にはけっして従わず、より高い真理にも絶対に啓発されることのないあの森の自然——が、これら二つの精神の至福に対して示した共鳴であった。（I-二〇二-二〇三）

ここに描かれているのは、人間社会の抑圧の手の届かない森の自然の中に花開く女性の豊かな生命力である。それは、「野性的で、異端的な、そして人間の掟にはけっして従わない」自然とも共鳴して調和を形成している。こう書くと、この場面のヘスターは、まるで『自然論』（*Nature* 一八三六）の中で透明な眼球と化してエピファニー的神秘体験をするエマソンにも比せられるようにも思えるが、その実、ここでの体験の意味は大変違っている。何故なら、ここの描写を含め、この森は、精神と化したエマソンのプラトニック的エクスタシーどころか、生々しい性的体験のイメージで彩られているからである。

例えば、この森の中でヘスターとパールが腰を下ろして休む場所の描写を見てみよう。そこは、「豊かな苔が生えて盛り上がった場所」であり、そこには「前世紀のいつ頃か、巨大な松の木が立っていて、暗い陰に根と幹を伸ばし、その頂を上空高い空中に高く伸ばしていた」のである。この二人が座ったところは、小さな谷間であって、そこは「両側に葉の敷き詰められた土手がなだらかに盛り上がっており、その真ん中には、落ちて水に浸かった葉っぱの底の上を小川が流れていた」（I‐一八五‐一八六）のである。深く立ち入ることは避けたいが、この松の木が男根のイメージであり、この谷間が女性器を暗示することは明らかであろう。この一見、自然描写にすぎない文章は、その深層において、ディムズデイルとヘスターの過去の過ちを暗示しているのである。そうした、自然の、そして性的なイメージに満ち溢れた森の中で、ディムズデイルは、社会の道徳の束縛から次第に解放されて、それまで抑圧されていた内面の声がよみがえりはじめるのだ。

牧師は、自らの内に歓喜がこみ上げてくるのさえ感じる。その精神は、「いわば、弾みをつけて天高く舞い上がり、彼を地上にしばりつけていた悲運の状態ではとうてい望みえなかった天上が、すぐ近くに見えるほどの高みに到達した」（I‐二〇一）と語り手は述べている。ヘスターとの森での邂逅は、この牧師の存在の根幹から彼を揺さぶるような体験であった。それまで、自身を縛り付けていたピューリタン社会の道徳的規制は、今や、何の拘束力も持っていない。森を出たディムズデイルは、自分の中で何か大きな変化が起こり、自分の抑制がきかないことを感じる。内面からの衝動を抑え切れずに、牧師としての自分に心酔している婦人に不敬な言葉を浴せかけたり、また、それまで書いていた説教原稿を破棄し、内から湧き出るエネルギーに身をまかせて、取り憑かれたように書き直す作業に没頭することは周知のとおりである。ここから、最後の処刑台の場面で、自分がパールの父親だと宣言するまでは、あと一歩なのである。

だが、このような経緯を経て、罪に汚れた一人の父親として人々の前に立つディムズデイルの行為を正当に捉えることは、それほど簡単ではない。ニーナ・ベイムは、内面の声に従って説教原稿を書くディムズデイルを一種のロマン主義的芸術家として捉えている（Baym, *Shape* 一三七）。マイケル・ベルもまた、ヘスターとディムズデイルの両者に芸術家的側面があるとしている（Bell, *Arts* 四七）。『叙情歌謡集』（*Lyrical Ballads*）一八〇〇年版序文に付されたワーズワース（William Wordsworth 一七七〇－一八五〇）の有名な言葉、「詩とは、力強い感情が自然に溢れ出たものだ」（四四八）を今仮にロマン主義的芸術観の代表として思い出してみれば、彼らの見方は、一面の真実をついているだろう。自分の内面からの声に突き動かされる牧師には、確かにロマン主義的ともいえる芸術家の面影が感じられなくはない。しかし、重要なのは、この森を出てきたディムズデイルが、そのまま知事就任記念演説を行うディムズデイルではないということなのである。ベルやベイムの洞察は正しいものの、この批評家たちは、ニューイングランドの人々の前に立って演説を行ったディムズデイルは、森から出てきた後、何かさらなる大きな変身を遂げた人物であるということに気づいていない。その変身が何によって引き起こされたのかは分からない。だが、彼の行った説教は、内面をただ単純に吐露するという行為とは、実は、はなはだ異なっているのである。一時はヘスターの提案に従ってこのピューリタン社会から脱出することに同意したディムズデイルであるが、パールの父親として人々の前に立った彼には、もはやそんな計画など眼中にないように見える。しかも、内面から湧き出る声を書きつけたはずの原稿を前にしながら、彼の演説はその声を抑圧してきたはずのピューリタン社会を決して拒絶してはいない。それでは、説教壇から人々の魂を揺さぶるような説教を行い、その後、処刑台に登ってパールの父親として死んでいくディムズデイルの行為は、一体どう解釈したらいいのであろうか。そのヒントは、森でヘスターが彼に語った「それなりの神聖さ」(“a consecration of its own”)という言葉にあるように思われる。

4　分裂を統合する父親

ピューリタンの権力者たち、つまり、この社会の保守的な父性的権威から見る限り、ディムズデイルとヘスターの犯した行為には、もちろん「それなりの神聖さ」などは認められない。それは、自分たちの社会の根幹をゆるがす危険な罪であり、徹底的に断罪されなければならない。「宗教と法律がほとんど同じ」(I-五〇)というこの社会の言説に従えば、それはヘスターの胸のA、“Adultery”のAという文字によって規定されるべき反社会的行為であり、それ以上でも、それ以下でもないのである。いうまでもなく、ディムズデイルとヘスターが犯した行為は、もともと、抑え難い激しい情念、人間の内部に宿る生命の声につき動かされたものであり、その罪は人間社会の歴史とともに古いといっても過言ではないだろう。しかし、この罪に対するこの社会の対応の特異性は注目に値する。ピューリタンの指導者たちは、Aという、自分たちの社会の根幹をなす言語体系の記号を用いて、この行為を置き換えようとするのである。それはもちろん、その記号を用いて人々にその罪の重大さを知らしめるためであるが、同時に、この記号化の行為は、人間の本性に対しての、ある隠蔽を行うという性格を持っている。それは他でもない。ピューリタンの指導者たちは、罪の記号化によって、記号化からは漏れてしまう豊かで複雑な個人の内面の声を切り捨て、それが自分たちの社会、あるいは戒律と接点を持つ点——すなわち社会規範の破戒という側面——以外は、完全に黙殺するということである。見方を変えれば、個人の情念はこの社会にとって悪の温床にほかならず、それはAという文字によって封印してしまうべき存在なのである。

ディムズデイルとヘスターの過ちの結果であるパール、この生きた緋文字ともいうべき不思議な子どもが、この社会と徹底して対立し、この社会のどこにも自分の居場所を見つけられず、また、自分の父親も発見できないという事実は、この意味でまことに暗示的である。「私はお母さんの子よ。……そして、私の名はパール」(I‐一一〇)とこの子は自分を紹介し、「私には天の父親などいない」(I‐九八)と断言する。パールは、自分を社会の中に、あるいは言語体系の中に位置づけてくれる父親がいないと言っているのだ。彼女は、「天の父親」も受け入れることはない。それを受け入れることは、このピューリタン社会の価値体系の中に自らを歪曲して規定することであり、それはパールがパールでなくなることだからだ。パールの存在を正確に捉えうる言説が、この社会には存在していないのである。この社会は、成熟した知恵に基盤を置く社会でありながら、その成員たる個人の内面深く注がれるべき透徹した「まなざし」を欠いている。ディムズデイルとヘスターの過ちに「それなりの神聖さ」を見るどころか、カルヴィニズムの正統をあくまで貫くかのように、「自然の」ままの人間性を明確に拒否するのである。ディムズデイル自身もまた、ヘスターと森で出会うまでは、ピューリタンの指導者たちと同じ立場に立とうとしていた。自分たちの過ちは、無条件に否定すべき罪に他ならず、そこには「それなりの神聖さ」を認める視点などはまったく存在していないと考えることを、この牧師は、自分に強いていたところがある。

ところで、「それなりの神聖さ」(“a consecration of its own”)の“consecration”という言葉が、もともとカトリックの教会儀式に由来することは銘記すべきであろう。それは元来、聖餐式、特に「聖別」と呼ばれる儀式の意味であり、この儀式の中では、祭司がイエスの聖別の言葉を唱えることによって、パンとワインがキリストの肉体と血に変化する神秘的現象が起こるとされている。まったくの世俗の事物にすぎないパンとワインとが、現世的なものであると同時に、聖なる物質にもなるのである。つまり、この儀式において、本来まったく相容れないはずの聖と俗とがパンとワインの中に共存するのである(湯浅 一八九-二〇〇)。ヘスターが自分で気付いているかはともかく、自分たちの行為には“a consecration”があると言った時、彼女はこの物語の中に、社会のピューリタン的価値体系を離れて、カトリック的とでも言うべき視点を導入したのである。

ディムズデイルと彼女の過ちは、確かに罪である。しかし、それを引き起こした彼らの情念、生命の奔流の中には、邪悪なものと同時に、何か神聖なものもまた同時に存在している。パンとワインとが、カトリックの儀式の中で、俗なものでありつつ聖なる事物ともなるように、この“consecration”という言葉は、彼らの罪深い、邪悪な行為の中に、ある神聖さに通じる萌芽が隠されているのだという示唆が込められているのである。そして、これは、カトリックの人間観にも通じるものを含んでいる。カトリックは、人間の本性が原罪に汚れているのは事実としても、それによって神が人間の本性に付与した原初的恩寵自体は失われることはないと考えるからである(三雲 一六)。ただ注意しなければならないのは、ヘスターにとって自分たちの行為の意味は、あくまで「神聖さ」の方に力点が置かれていることであろう。ピューリタン社会に敢然と立ち向かう彼女は、自分のしたことに恥ずべき何物も見出していない。この点でヘスターは、まだこのカトリック的複眼思考に到達してはいないのである。

ホーソーンは、ジェイムズ・ラッセル・ローウェル（James Russell Lowell 一八一九－一八九一）に対し、もともとは、ディムズデイルにカトリックの神父に対して罪を告白させる計画があったことを述べている（ローウェルのジェーン・ノートンへの手紙、Levin 二二）。この事実一つを見ても、『緋文字』執筆中のホーソーンに、カトリシズムが念頭にあったことがわかるだろう。だが、この計画は実行に移されることはなかった。その代わりにホーソーンは、知事の就任の日という、このピューリタン社会の正統的言説が改めて確認されるべき説教壇からディムズデイルに演説を行わせ、さらに処刑台から、自分こそが不義の子パールの父親であることを明らかにさせるのである。ピューリタン社会の伝統的な父性的権威を継承するのとは異なり、このような設定を背景にして行われるディムズデイルの父親宣言は、実に深い意味を持っている。それは、ヘスターが"a consecration of its own"という数語で暗示したことの深く複雑な内実を、公衆の面前に開示することだったのである。

ヘスターと出会った森の中で、ディムズデイルは、自らの内的真実に出会ったと言ってもいいだろう。森は無意識の闇を象徴する領域であり、そこでこの牧師は、ピューリタン社会の中では虚偽を重ねなければならない自分の魂を正直に見つめ直すことができたのである。「もし私が無神論者、良心のない、粗雑で野蛮な本能を持った恥知らずの人間だったら、私は今よりずっと以前に心の平和を見出し得ていたかもしれない」（I－一九二）。彼はヘスターに対してこのように語る。前述のようにディムズデイルは、生来、社会の権威と道徳に従っていくことがふさわしいと考える人間であり、犯した罪を隠すことによって、そうした社会と神の法とを裏切っていることに苦悶するのである。だが、森でヘスターと出会うことによって、その苦悶の内実が微妙に変化する。表面上はわずかの変化にすぎないが、語り手の言うように、牧師の「内部の人間」は、「思考と感情の領域において革命を経験」したのである（I‐二一七）。

だが、繰り返しになるが、この森での覚醒の後、ディムズデイルがヘスターと同じ立場に立ったわけではないことは、注意する必要がある。牧師との過ちに「それなりの神聖さ」があったと言うヘスターは、内面より湧き上がってくる声に忠実であった自己の行為をよしとする一種のロマン主義的個人主義を体現しており（Abel 三〇三）、それは作品中でも言及されているように、アン・ハチンスン流のアンティノミアニズムにつながる要素を確かに含んでいる。しかし、ヘスターの力を借りて自己と出会ったディムズデイルは、むしろ逆説的に、自己というものが決して究極の価値とはなりえないという立場に改めて到達したように見える。自分の犯した罪は、それを促した内面の欲動まで含めて全否定すべき悪であると捉えるピューリタンの思考に慣れてきたディムズデイルは、ヘスターによって、その行為の中に「それなりの神聖さ」があると教えられても、けっしてそれを鵜呑みにはできない。だが、正統的プロテスタンティズムの伝統に育まれてきた牧師は、この言葉によって、それまで完全に堕落し腐敗した闇そのものと信じてきた人間の情念の中に、一筋の光が差し込んでいることに目が開かれるのである。いわば、人間の本性を単眼で見る思考から脱して、複眼によって捉える思考――ディムズデイルが獲得したのは、この視点に他ならない。そうして、その複眼的思考とは、ピューリタンの指導者たちも、またヘスターでさえもついに持ちえなかった思考なのである。森という異端の領域でヘスターとともに自然の生命、あるいは性的な欲動の中に身を浸したかに見えるディムズデイルが、森を出てから説教壇に登るまでの間に、今ひとつの変化を遂げ、さらなる深い思考に達したとはそういう意味である。

ディムズデイルが、物語の最後で処刑台に立ち、パールの父親であることを宣言する行為の重要さは、以上のような事実を念頭に置かない限り決して理解できない。ディムズデイルの体現する新しい父性とは、何よりも二つの分断された世界をつなぎあわせる父性である。処刑台に立った「パールの父親」としてのディムズデイルを通して、様々な形での「和解」が起こっていることは、看過すべきではない。この新しい父性的権威としての牧師を通して、現在という瞬間が罪に汚れた過去と和解し、偽善的な聖人のごとき外面が内面の真実と和解し、へスターの緋文字Aが、彼の胸に浮き出たというAの文字と和解する。さらに重要なのは、ディムズデイルの内面の抑圧された声が、社会的言語の代表たる説教と一致するということである。この最後の処刑台の場面は、新しい知事が誕生するという、ニューイングランドにとっては祝祭的な場面であり、「新世界の父」(Bell 一六〇)たるウインスロップ亡きあと空白となっていた父の座に、新しい父性の座るはずの場面である。しかし、そこに立った新たな父性は、知事自身ではなく、パールの父親、ディムズデイルなのである。

ディムズデイルの体現する父性的権威は、人間の内部に潜む情念を堕落したものとして切り捨てて、強力な「意識」のみによって社会を統制しようというピューリタン的父性ではない。それは、むしろ、その価値体系の中で伝統的に切り捨てられてきた「他者」的世界とも対話を試みる父性である。「税関」の序文にあるように、へスターの物語は、税関の屋根裏部屋という、社会の日常の営みからは忘れ去られた記憶の詰まった空間で発見されたことになっている。ディムズデイルの体現する父性的権威は、その屋根裏部屋を封印したままに放置するのではなく、その暗い領域に足を踏み入れて、風化しようとしているへスターの物語から「人間の心の真実」を救い出そうとする父性である。もちろん、ディムズデイルが、へスターと出会った暗い森に留まることなく、日の光の世界に戻って知事就任の説教を行ったように、その新しい父性的権威は、税関の屋根裏部屋に留まることをよしとするのではない。それは、あくまでこの屋根裏部屋的世界と日常の世界との間に対話を確立しうる「言説」を指向するのである。

この二つの世界の橋渡しを目指す新しい父親の「言説」が、何を意味するかを正確に定義することは難しい。それは前述の、この作品中に埋め込まれた、文明と自然、意識と無意識、頭と心といった様々な対立軸を和解させる言説であると一応は言えるであろう。しかし、それはホーソーンにとって、もっと切実な「和解」を目指しているのではないだろうか。近年の『緋文字』批評には、例えば、アーサー・シュレジンガーの言う「現代アメリカ社会の分裂」への危惧を背景とするかのように、社会と個人の対立を説いてヘスターの個人主義を賛えるよりも、むしろ『緋文字』を社会と個人の和解の物語と見なす風潮が強い。バーコヴィッチの『緋文字の役割』（一九九一年）などは、その基調を形成した重要な作品といえるだろう。物語の最後におけるヘスターのニューイングランドへの帰還の意味を「社会に順応《コンフォーム》するのではなく、社会に対して同意《コンセント》を示した結果の行動」（viii）と理解し、それが個人と社会との妥協点を模索しようとする十九世紀のリベラル・イデオロギーを体現したものだと見るバーコヴィッチは、『緋文字』の中に、明らかに和解の物語を読み取ろうとしている。またアルカーナのように、『緋文字』をスコティッシュ・コモンセンスとの関連で再考し、この作品がこの哲学の、個人と社会のバランスのとれた関係を指向する考え方に基づいている（三二）とする批評家も同様であろう。しかしながら、彼らがヘスターの中に読み取ろうとしている個人と社会の和解の言説は、実は、これまで見たようにディムズデイルの父親として立つ行為の中に、より鮮明に象徴されているのである。しかも、この牧師の「言説」は、新歴史主義が『緋文字』に読み取る、政治的に解体の危機に直面していた十九世紀アメリカ社会へのメッセージという以上の多様な含みを持っているように見える。

繰り返しになるが、自らの父なし子としての運命を追求することによってホーソーンは、同時代のアメリカ精神を開く鍵も同時に見つけたようなところがある。その一端は、バーコヴィッチなどの批評家によって見事に解明されたと言ってもいいだろう。しかし、それは、例えば「リベラル・イデオロギー」という言葉では蔽い切れない内実も含んでいるのではないだろうか。というよりも、どんな時代も政治や経済の用語だけでは語り切れない、無数の人々の無念や喜びの集積の上に成り立っているのであって、ホーソーンの視線は、自分やそうした同時代人の精神世界の深みに向けられていたように思われるのである。よく知られているように、ホーソーンのロマンスは、明と暗という対立する二つの世界の混じり合う場の言説である。それは、日の光一色に覆われた世界ではなく、むしろ月の光を浴びた薄暗い世界、太陽の下では決して現れてこない様相を呈する世界を舞台とし、「現実と想像の間の中間領域」に生起する言説である。ホーソーンには、「父親」を失った十九世紀の時代精神が、父なし子たる自身の魂と同じように分断され傷を負っているように見えたのであり、ロマンスとは、その傷を癒す一人の「父性」の立場を呈示する文学ではなかったろうか。ディムズデイルが、パールの父親として人々の前に立ったのは、ほんの一瞬のことにすぎない。しかし、その時、ディムズデイルは、自身の魂に分裂を引き起こすに至った「父親」に代わり、むしろ統合する父の言説を提示したのである。その新たな「父親」の言説は、ホーソーン自身の目指したロマンスの言説にどこかで通じているように見える。

5　母（Mother）という「他者」（Other）

『緋文字』は、以上見てきたように、新しい父親の誕生、新しい言語創造を主題にした物語であった。それは、語り手が、税関の屋根裏に眠っていたジョナサン・ピューの古い文書を引継ぎ、十七世紀に生きて今は忘れられてしまった罪の女ヘスター・プリンの真実を蘇らせようとする営為の中で成し遂げられたのである。ここで、少しホーソーンの個人史に目を転じてみよう。というのも、『緋文字』という作品は、ホーソーンを取り囲んだ女性、とりわけ、母親の影がとても色濃い作品だからである。『緋文字』は、一八四九年六月、ホーソーンが税関の職を失ったことを契機に書き始められたことはよく知られているが、その失職からほんのひと月後、さらに大きな出来事がこの作家を襲った。それは言うまでもなく、母エリザベス・ホーソーンが、病に倒れて間もなく亡くなったことである。享年六十九歳、当時としては決して短命とは言えないまでも、ホーソーンのショックは大きく、母を八月二日に埋葬した後は、脳炎にかかって今度は自らが病に伏すほどであった。

ホーソーンと母親との関係は、なかなか複雑なものがあったようだ。子供の頃の母に対して宛てられた手紙にあるように、「何故僕は一生お母さんのエプロンにピンでつなぎとめられていられる女の子ではなかったんでしょう」（一八二〇年三月七日 *Letters* XV 一一七）と甘えっ子のような愛情を示しているかと思えば、後年、妻ソファイアに語って聞かせたように、母と自分は疎遠であり、自分は「陰鬱の城」のごとき家庭に閉じ込められて生きてきたという気持ちも強く持っていたからである。ただ実際のところ、一九八二年にニーナ・ベイムが『アメリカ文学』誌に、「ナサニエル・ホーソーンとその母親」という画期的研究を発表するまで、この母親には、いわば、ほとんど顔がなかったと言ってよい。それまでは、夫の死後、喪に服するように孤立の生活を深め、一人部屋にこもって食事し、子供であるホーソーンとその姉妹とも疎遠となり、ホーソーン家の中に孤独と不健全な歪みをもたらした世捨て人のごとき人物という「伝説」がまかり通ってきたのである。

しかし、それが必ずしも正しい事実ではなく、ホーソーンにとってこの母親が実はどんなに大きな存在であったかをベイムは母親の人物像を可能な限り再構築することによって論じたのである。何故ホーソーンは『緋文字』で女性の物語を描いたのか、何故その女性は、孤立していて、しかも不義の子を生んだ母親であるのか。ベイムは、こういう疑問を掲げ、常識的に見れば、この物語が、彼の亡くなった母親の影響のもとに書かれ、その作品は彼女に対する一種のオマージュであったとしてもおかしくはないと論じている。しかし、批評家たちは、この一見当然とも見える見方を黙殺してきたとベイムは言う（*Mother* 一一二）。ヘスターとホーソーンの母エリザベスをそのまま同一視することには無理があろうが、ベイムの指摘には傾聴すべきものが多々あることは否定できない。ホーソーンが死にゆく母親と過ごすひとときを描いた『アメリカン・ノートブックス』の記述を見れば、この作家が母親に対して抱いていた深い思いの一端を感じないわけにはいかず、その死が『緋文字』執筆に何の影も落とさなかったとは考えられないのである。有名な記述だが、以下に引用してみよう。

五時頃、私は母の部屋に行って、この前、一昨日に行った時よりも大きく変わってしまったのを見てショックを受けた。私は母を愛している。しかし、私たち二人の間には、私が子供の時から、一種の冷たい関係があった。それは、強い感情を持った人たちが、その感情を正しく統御することができない場合にありがちなことである。私は、その時、自分の気持ちが強く掻き立てられるとは予期していなかった。つまり、母のことを深く思い、悲しく思うべきだと知ってはいても、ちょうどその時、自分を圧倒するような感情が心に生じるのを感じることなど思いもしなかったのである。ダイクさんが部屋にいた。ルイーザは、ベッドのそばの椅子を指差したが、私は、感極まって母のすぐ傍らに跪き、その手を取った。母は私が判ったが、ほんの二言三言、か細く囁くことができただけだった。その言葉の中に、私の姉妹たちの面倒を見るようにという指示があったことを私は理解した。ダイクさんが部屋を出て行くと、涙がゆっくりと目にたまってきた。私は、それを抑えようとしたが、だめだった。涙は溢れるままになって、ついに私は、少しの間、嗚咽に身を震わせた。長い間、私はそこに跪いて、母の手を握っていた。それは、確かに、私のこれまで生きた人生の中で最も暗い時間であった。（一八四九年七月二九日　*American Notebooks* 四二八－二九）

ここには、母親に対する複雑な思いが見事に書き留められている。母と自分との間には、子供の時から「一種の冷たい関係」があった。それをホーソーンは、この日記的記述の中で正直に認めている。しかし、その「一種の冷たい関係」という表面の底には何があったか。それは、冷静な理性で制御できるようなおとなしい感情ではなく、むしろ、心の奥底で、まるで表現されるのを待って噴出しようと蠢いているような荒々しい感情なのであった。ホーソーンは、そうした感情が自分の内に湧き出してくるのに驚いている。だが、やがてその感情はホーソーンを捉え、おそらくは、死にゆく母親に対して自分が取ってきた態度に対する悔恨と忸怩たる思いとともに、あふれる涙となってその身を嗚咽で震わせているのである。

母に対するそうした激しい思慕を心の奥底に封じ込めさせ、「一種の冷たい関係」を築いていったものが一体何であったかは、もちろん簡単に言い表すことはできない。それは、父の死後、母の実家であるマニング家の中に母とその子供三人が身を置くことになる中で、母が、ある種、自分たちの母親であることを止め、自分たちの家族をマニングの叔父や叔母たちに譲り渡してしまったというホーソーンの思いであったかもしれない。もっと言えば、とりわけロバート・マニングという家父長的叔父の支配の下で、母親が自分たち子供を捨てるかのように、もとの自分の家族の中に身を引いて行ったという思いをホーソーンが持ったことと関係があるかもしれない。思い起こされるのは、「優しい少年」である。狂信的なクエーカー教徒の母親キャサリンに捨てられるイルブラヒムの孤独は、この時のホーソーンの母への思いに基づいている可能性は十分あるだろう。大人になってからも母とは大きな葛藤があった。一八四二年、あらかたマニング家の叔父や叔母が他界してしまい、やっと母がホーソーンや姉妹たちと水いらずで暮らせるようになって自分を頼るようになった時に、ソファイアとの結婚によって母を見捨ててしまったというホーソーンの思いもあったかもしれない。いずれにしても、『緋文字』という作品は、そうした母への複雑な感情を引きずりながら書かれた作品だったのである。

ホーソーンの母は、船乗りの夫と結婚して七カ月で最初の子を産み、七年の結婚生活のうち七月ほどしか陸にいなかった夫が海に出ている時に、ホーソーンも、その妹も生まれている。孤独な母と父親が不在の子供たち、子供たちの出生にまつわる道徳的に問題視されうる状況、こうしたことから、ホーソーンの母親もまたヘスターと同じように社会的に疑惑の目を向けられていた可能性があるとベイムは言う（*Mother* 一一三）。結婚当時、ホーソーンの父母は、ホーソーン家に夫の母と二人の姉妹とともに暮らしていたが、その女たちは偏狭で奇矯なところがあり、エリザベスとはうまく行かなかった形跡がある。実際、ホーソーンたちが母の実家マニング家に移り住んでからは、両家にはほとんど交流の跡がない。ホーソーンが、父親のホーソーン家を継ぐべき嫡男であったことを考えればこれは不自然なことであり、この義母や義姉妹たちもエリザベスを問題視していたかもしれないのである。ベイムは、『緋文字』冒頭のさらし台の場面でヘスターを非難する女たちの集団が、この義理の母と姉妹を映し出している可能性さえ示唆している（*Mother* 九）。

父親が不在の中、子供を産み、社会からともすれば疑惑の視線を浴びながら、一人、その子を育てた母親——ヘスターとホーソーンの母は、その点で重なるのである。ホーソーンは、母の死に際してこうしたことを念頭にその物語を書こうとしたのかもしれない。その母親の子でありながら、作家という言語を宰領する一種の父性的権威となることによって、母の真実を掬い出し、それを社会的言説の中に取り戻してやることが、自分の役割と考えたのかもしれない。同時に、この作家は、父親の死後マニング家に移り住む中で、自分たち子供にとっての愛情深い母親というよりも、自らの孤独に引きこもり、やがて自分とは「一種の冷たい関係」に陥っていった母を自分の手に引き戻すということもこの作品の中でやっているようも見える。

しかし、ホーソーンがこの物語の中で提示した新しい父親の誕生の意味を、この作家の個人史の枠組みの中だけで説明することはできない。もしも、ホーソーンがディムズデイルという新しい父親の言説によって母を取り戻そうとしたとしても、それはあくまでも契機に過ぎず、その射程は、もっと大きな文化的な枠組みの中の母なるものを志向していたように見える。ヘスターが、この物語中、太母のごとき生命に溢れていること、また、冒頭のさらし台に幼子パールを抱いて立った姿が、聖母マリアの連想を引き起こしたことなどから、ホーソーンは、アメリカという社会における女性的なものの運命を描き出そうとしているようにも見えるからである。母(Mother)はまさに他者(Other)を含むものであった。マシーセンの言うように、ホーソーンは、アメリカにおける人間の悲劇というものを記録していく中で、新しい倫理的、文化的な共同体を模索していたのであり(三四三)、その中で女性の持つ意味がことさらに大きいことを知っていたのである。ヘスターを今一度、見てみよう。この情念の女が、ピューリタン社会の中で罪の刻印を押され、日々を生きていく中でどんなふうに変化していったのか。そして、最終的に、ディムズデイルという新しい父性的権威によってどんなふうに救い出されるのか、そのことを最後に見ておくことにしたい。

ヘスターが、このピューリタン社会に突きつけたのは、まず何よりも人間の感情、情念の問題であった。ヘスターの犯した行為は、社会秩序を維持する上で、もちろん、罰せられるべきであり、それは、どの人間社会にもあてはまるだろう。しかし、すでに見たように、このピューリタン社会は、その罪深い情念の背後にあるもの、悲しい人間の性でありながら、それゆえにこそ一種の「神聖なもの」ともなりうる感情の生活というものに対して著しく同情を欠いている。パールは、ヘスターの子供でありながら、「生命を与えられた緋文字」と呼ばれているように、その情念や感情の化身というべき存在といっていいと思うが、そのパールがこの社会で父親を見つけられず、社会の中に居場所を見つけられないという事実がこのことを証明している。そして、事は十七世紀に限ったことではない。十九世紀でさえ、アメリカ社会の中で感情というものが、知性と比べていちじるしく無視されているということがホーソーンにとってはアメリカの抱える大きな問題に見えたのである。晩年近く、若きW・D・ハウエルズが、コンコードにこの作家を訪れたことがあった。その時に、ホーソーンは、ニューイングランドでは、何世代にも渡って感情が抑圧されすぎたせいで、いかに人間の心が冷たくなってしまったかを語ったという（Howells 八七）。人間の感情をこそ問題にすべき作家として、ホーソーンは、この感情という言葉にいろいろな思いを込めていたことだろう。そして、ヘスターという女性がその情念のために、厳格な宗教的社会と対立する構図にその問題を投影しようとしたのである。

感情の発露をその針仕事以外にもとめることを禁じられたヘスターが、その後、どのように変化していくかは注目に値する。ヘスターの変化に関しては、長年、彼女がこのピューリタン社会に留まり、弱い人々に奉仕する中で人々の彼女を見る目が変わっていくこと、また、それに応じてAの文字が、姦淫（Adultery）を表すのではなく、有能（Able）のAとか天使（Angel）のAにその意味を変化させていくことがよく指摘される。しかし、一種感情を封印されたヘスターは、その復権すべき感情とは正反対の方向に変化していくのである。「ヘスターのもう一つの見方」と題する章には、このことが詳しく描かれている。

ヘスターの表情が大理石のように冷たくなったのは、その多くが、彼女の人生がかなりの程度、情念や感情から思考へ向けられるようになったという状況によるものであった。世間の中に一人立ち、社会に対するいかなる依存もせずに、導き守ってやらなければならないパールだけと一緒にいて、一人、自分の立場を取り戻すことが望ましいことだと考えなくもなかったにしても、それが望むべくもない状態であったので、彼女は、切れた鎖の破片をかなぐり捨てた。世間の法律は、彼女の心には法律ではなかった。それは、人間の知性が、新たに解放されて、それ以前の何世紀よりも、もっと活発な、広い範囲で活動をした時代だった。剣を持った男たちが、貴族や王様を打ち倒してしまっていた。これらよりも大胆な男たちは、多くの古い原理と結びついていた古い偏見の体系全体を、実際というのではなく、理論の領域の中（それが彼らの本当の住処だったのだが）であったが、打ち倒し、再編成したりしていた。ヘスター・プリンは、この精神を呼吸していた。彼女は、思想の自由を身に付けており、それは、その頃、太平洋の向こう側では普通に見られるものだったが、私たちの先祖がそれを知ったら、緋文字によって烙印を押された罪よりも恐ろしい罪だと考えられたであろう。（Ｉ－一六四）

その感情生活が男性中心社会との軋轢の中でゆがめられた結果、知性を先鋭化させ、その社会に戦いを挑んでいくに至るフェミニスト的群像は、このヘスターをはじめとして、ゼノビアやミリアムなど、いわゆる「ダーク・レディ」の系譜に連なる女性たちとしてホーソーンの文学にはおなじみの存在である。人間の心の源泉たる感情によって生きようという、いわば極めて女性らしい欲求に身をゆだねた彼女たちではあるが、彼女たちの過剰とも言うべき感情と生命力ゆえに、既成の社会の中では幸福を見出すことができない。すると、今度は、感情をいったん離れ、それとは逆の知性を武器に社会と対立しようとする。ここでのヘスターの変化は、まさにその見本と言っていいだろう。このヘスターのあり方は、アメリカの社会において、女性がその女性らしさにおいて生き、正当な立場を獲得することがいかに困難かを表している。マシーセンの指摘するように、ホーソーンは、情念と理性がバランスを持って調和する社会を志向した（三四五）。そして、その問題をもっとも鮮明に体現しているのが女性という存在なのである。

新しい父親として立つディムズデイルは、情念の化身のごときヘスターも、この思想の自由にとらわれたヘスターも受け入れることはない。この新しい父性は、ヘスターにさらなる変化を要求するのである。物語の終わりで、ヘスターは、パールとともに一度は去ったこのニューイングランドの地に再び舞い戻り、自ら罪のしるしAを着け、苦しみにとらわれた人々、とりわけ女性たちの苦しみに寄り添いながらその生涯を閉じる。そこには、もはや、自らの罪を誇るかのように金の糸でその文字を刺繡したヘスターも、その危険な思想を胸に秘めつつ、社会に対して何の敬意も抱かないヘスターもいない。ディムズデイルがさらし台に立ち、自らの罪を公衆に開示した時に、その悲しみの光景に触れて自分もまた「人間の喜びと悲しみの中で成長する」ということ、また「社会と永遠に戦うのではなく、その中の一人の女性になる」（I‐二五六）という誓いの涙を流していわば変身するパールのように、ヘスターもまた、この悲しみの物語を身に負う決意をするのである。「（社会の中の）一人の女性になる」という言葉は、含蓄の深い言葉である。これがどんな意味を持つのか、なかなか言い表すのは難しいが、それは、女性が女性としての自己を肯定し、自らの運命を正直に受け入れるということと関係があるだろう。

『緋文字』の語り手は、人間というものは、人間とのふれあいやぶつかり合いによって人間になるという考え方に度々言及している。言うまでもなく、それは、個人が世界であり、「個人の無限性」をこそ至上に掲げたエマソンのような個人主義とはまったく別物である。語り手は、人間はこの上なく暗い運命をもたらした地ではあっても、その苦しみによってその生涯に彩を与えられた地にこそ強い感情によって縛り付けられるものだと言っている。ヘスターもまた、罪を犯して人々に烙印を押されながらも、けっしてこのニューイングランドの町を離れなかった。ヘスターにとっては彼女の苦しい運命が彼女に新たな生をもたらしてくれたのであり、この地こそが新しい故郷（home）になったのだと言うのである（I‐七九‐八〇）。あのチリングワースでさえも例外ではない。彼もまた、自分の存在は、自分に罪を犯した男と女とその子供と密接に結びついていると述べている。「それが愛であろうと憎しみであろうと、それが正しかろうと不正であろうと、お前とお前の子は、ヘスター・プリン、私のものだ。私の故郷（home）は、お前と、あの男のいる場所なのだ」（I‐七六）。人間の絆だけが、人間を人間にする。それがどんなものであろうと、その絆だけが人間の人格を形成していくのだ。これは、おそらく、ホーソーンの一番基本にあった思想である。

情念にしても、思想の自由にしても、ヘスターがそれらを絶対視して、それによって生きようとした時に、彼女は、おそらく「（社会の中の）一人の女性」であることをやめるのである。社会から切り離され、しかし、それゆえにプライドに取り付かれて孤立する存在と化すのである。ディムズデイルの体現した新しい父性は、そのように情念や思考によって社会から遊離していくヘスターを、社会の体系の中につなぎとめようとする父性なのだと言ってもいいだろう。もちろん、社会の側も変わっていかなければならない。ディムズデイルの新しい父性の言語は、ただ、ヘスターを社会の側に繋ぎとめる役割をするのではなく、社会そのものにも変革をもたらす可能性を持つことはすでに見た。社会を支える価値体系の基盤たる言語を問題にし、その体系を宰領する父性的権威に対して揺さぶりをかけることによって、ディムズデイルという新たな父性は、その役目を果たそうとしたのである。

第4章

『七破風の屋敷』
――モールの呪いと近代の神話――

1　ピンチョンの死

ホーソーンにとって二番目のロマンスとなる『七破風の屋敷』には、ある父親的権力の終焉が描かれている。ピンチョン屋敷は、貪欲なピューリタンであった初代ピンチョン大佐を筆頭に、代々、強大な父性的人物によって受け継がれてきた。それが、物語の舞台となる十九世紀半ばに至って終わりを迎えるのである。それを画するのは言うまでもない。ピンチョン判事の突然の死である。温厚な紳士にして町の有力者であり、常に微笑を絶やさないこの人物は、その明るい表情の下に実は強い権力欲と物欲を隠し持つという、いわば、このピンチョン家に伝統的に引き継がれてきた高圧的な父親像を体現する人物と言ってよい。時代が下り、ピンチョン家も勢いが衰えて、今この屋敷を引き継いで暮らすのは、まるで肉体を持たない影のようなヘプジバとクリフォードの老兄妹である。しかし、そのいとこであるこの人物だけは、まるで過去のピューリタンそのもののごとく、一族の悪しき特質を一身に体現するのである。この男は、知事の椅子を狙って活動している最中屋敷を訪れ、兄妹に先祖のピューリタンが所有していたメイン州の広大な土地の権利書を渡すように脅迫したのだった。先祖譲りのその貪欲と威圧を前に、非力なヘプジバとクリフォードはどうすることもできない。だが、窮地に追い詰められた老兄妹のまさに破滅せんとする寸前、この判事はおそらくは脳溢血のため客間の椅子に腰を下ろしたまま突然死ぬ。物語の重大な転換点である。ヘプジバとクリフォードは、いや、ピンチョン家全体が、その歴史上初めて、高圧的な父性権力が消失した世界を経験するのである。

語り手は、それを大きな解放として描いている。かつて、D・H・ロレンスもまた、ここにこの作品の大きな意味を見た。この作家は、『七破風の屋敷』という物語が、それまで権勢を誇っていた「傲岸不遜な父親たちの古い秩序」とその亡霊たちが、新世代の「掃除機」によって一掃される物語だと評したのである（一一一）。「掃除機」という言い方はなかなか言い得ている。ピンチョン家を代々支配してきた高圧的で獣のごとき暴力性を持った父性的人物の生まれ変わりの判事が、それこそ一瞬にして死んでしまうのだから。そこには、精神的に一種の大きな空白が生まれ、権力の消失した世界が出現したと言ってもいいだろう。それは、この家の男たちによる抑圧の歴史を見る限り、あまりにも大きな突然の解放である。クリフォードとヘプジバは、突然湧き起こった自由に歓喜し、我を忘れて行くあても定めずに屋敷を飛び出して、衝動的に汽車に飛び乗って逃避行を企てるのである。

判事の死は別の大きな変化をももたらす。老兄妹がいなくなったこの家に残されたのは、新世代の代表ともいうべきホールグレイヴとフィービーであった。判事の死を知った二人は、この暗い家の中に立ちつくし、不吉な時間に身を置きながら、奇妙な至福の時間が生まれ出るのを感じる。そして、そこに一種の変身が生じる。ホールグレイヴは、それまでの革新的社会改革の理念をすべて捨て去ったかのように、突然保守的な生活の支持者たることを宣言するのだ。そして、向こうの部屋には、判事の死体が横たわっているにもかかわらず、フィービーに愛の告白を行うのである。ゴシック小説的ラブ・ロマンスとでもいえようか。このように、やがて夫婦となって実質的にこの家を引き継いでいく彼らの出発も、この判事の死とともにあるのである。古い父性的強権の死は、それほどまでに新しい秩序の確立と新しい世界の幕開けとして大きな意味を持って描かれているのである。

しかしながら、それまでのピンチョン家の二百年に及ぼうかという長い歴史は、こうした父性的権力の抑圧の歴史であったという事実を拭い去ることはできない。まず、この屋敷の成立にまつわる伝説自体が、それを克明に伝えている。ピューリタンの先祖を持つ貴族的なピンチョン家は、後に詳しく見るようにモールという一介の庶民を抑圧し、抹殺して、その亡骸の上に屋敷を築くことからはじまった家系なのである。暴力的ともいえる男性的支配力が弱者の声を奪い、その上に自らの権利を宣言することからこの家の歴史が始まったことになる。その貪欲の血筋はとどまるところを知らず、その後の歴史においても数々の犠牲者を出したのであった。後述するように、その強大な暴力的父性の矛先は、ピンチョン一族自身にも向けられたのである。とりわけ犠牲になったのは女たちであった。何人ものピンチョン家の妻たちが早死にし、アリス・ピンチョンというその血脈に連なる美しく繊細な女性もまた、間接的ながらその貪欲の犠牲者となる。暴力的父性の矛先は、さらにはクリフォードにも向けられ、このまるで「子供のような」、そして「女性的な」人物もまた、あらぬ殺人の嫌疑をかけられて長年投獄され、ほとんど闇に葬り去られる瀬戸際にあったのである。

この章では、まず、その横暴な父性的権力の正体を明らかにしたい。また、それによって踏みにじられてきたものが何であったかを見てみたい。具体的には、この暴力的父性権力による抑圧の歴史の始原にあって最初の犠牲となったモールという家族の運命に着目し、その抑圧的な父権とは一体何であったのか、そしてその犠牲者たる彼らに何をなしたのか、また、それによって抑圧され、葬り去られたモールとは一体誰だったのかを検証してみたい。ここで描かれる暴力的かつ抑圧的なピンチョンとは、いわばホーソーン文学に繰り返し現れる父親像の原型である。我々は、そうした父親像の源流を、そしてその権力によって封印されてきた声を、ニューイングランドの歴史や、さらにはより大きな西洋近代の歴史という文脈の中で考察することになるだろう。

その上で、後半では、このロマンスにおける精神的孤児の運命を探ってみる。ピンチョン家という強大な父権に支配されてきた家の歴史がこの物語の背景であるとはいえ、十九世紀という新時代を迎え、父親というものの存在は、すでに論じてきたようにいよいよ希薄になっている。この物語でも、先祖のピューリタンという強大な父性が残した負の遺産たる「モールの呪い」もすでに呪縛が解けかけ、今またそうした父性的権力の化身たるピンチョン判事が死んでいく。まさに父なき時代の風景を映し出していると言っていいだろう。そうした中、世の中は、貴族的権力はもはや昔日の記憶となり、民主的時代へ、そして資本主義が幅を利かせる時代へと移っていく。その転換期にあって、この物語の登場人物たちは、どうやって自らを支えていこうとするか。彼らにはもはや父性というものは必要なく、そうした権威一切から解放された自由の中に生を営むことができたのか。それとも、彼らはやはり新しい父性というものを必要としたのか。しばしば問題となってきたこの作品の Happy Ending が、本当にすべての解決をもたらしうるものであるのか。そうした問題を考察していくことにする。

2　モールという「他者」

『七破風の屋敷』のモール家は、謎めいた存在である。十七世紀セイラムの名もなき庶民、マシュー・モールを初代とするこの一族は、社会の片隅で日陰の生を営み、本来であれば、やがて人知れず消えていくはずの人々であった。しかし、この先祖が大きな権力を持つ強欲なピューリタン、ピンチョン大佐と自分の貧しい家屋の立つちっぽけな所有地をめぐって争うことによってその運命は一変する。周知のように、ピンチョン大佐の鉄のごとき強力な意志と策略によってモールは土地を奪われ、魔法使いという濡れ衣を着せられて処刑台に送りこまれることになるのである。そして、その死に際して、「神はお前に血を飲ませるだろう」という呪いをピンチョンに浴びせることになるのだ。このエピソードは、初代モールの無残な運命を強く印象づけるべく第一章で詳述されているが、この一族は、『七破風の屋敷』の長い批評史の中で十分に論じられてこなかったのではないだろうか。

確かにマシュー・モールは、ニューイングランド史の枠組み、とりわけ一六九二年のセイラムの魔女狩りとの関連において度々言及されてきた。例えば、ピンチョン家とモール家の対立の背後には、ホーソーンの先祖で魔女裁判の判事を務めたジョン・ホーソーンが魔女として逮捕したジョン・イングリシュ夫妻とホーソーン家のその後の長い対立が明らかに暗示されている（Buitenhuis 三〇）。また、ピンチョンに対するモールの呪いの言葉は、魔女として処刑されたサラ・グッドが、魔女裁判の判事の一人ニコラス・ノイズに向けて発した言葉であるのはよく知られているが（Hutchinson 三二八－三二九）、ホーソーン家ではそれがジョン・ホーソーンに向けられた言葉であるという伝説があったという。また、ホーソーンが、マシュー・モールという人物を創り上げるにあたり、十七世紀の反権力的なセイラムのクエーカー教徒で、魔女狩りの裁判を批判した実在のトマス・モールという人物をモデルにしたこともまず間違いのないところである（Gross 七）。さらには、この物語の背景をなす土地争いが、ホーソーン家が抱えていたメイン州の土地問題や、魔女狩りの背景にあったとされる土地投機熱を反映している可能性にも言及がなされてきた（Baker and Kences）。しかしながら、この小説は、従来、あくまでもピンチョン家の物語として読まれてきたのであり、モールのエピソードはあくまでその傍系に属する物語にすぎないと見なされてきたのである。

ここでは、モール一族に光を当て、彼らが一体誰なのか、あるいは何を体現しているのかを考えてみたい。もっとも、それはジョン・イングリシュのようなモールのモデルとなった歴史的人物を探り当てるということではない。ここでは、精神史的な視点からこの一族を考えてみたいのである。モールは、何よりも歴史が生み出したある精神の在りようを体現している。彼らはニューイングランド文化における「他者」の象徴であり、その文化の中で葬り去られてしまった生そのもののように見える。しかしまた同時に、モールの抑圧は、もっと大きな意味合いも含んでいる可能性がある。従来『七破風の屋敷』は、アメリカを舞台とした小説であり、その精神世界も当然アメリカ社会の小宇宙《マイクロコスモス》と見なされてきた。だが、近年、こうした旧来のアメリカニスト的な見方に修正が迫られているのは周知のとおりである。ホーソーンもまた例外ではない。例えば、ローレンス・ビュエルは『緋文字』を論じて、この作品はアメリカ的な問題を描いたというよりも、国家の枠組みを越えたディスロケーションの物語だと論じ（八〇）、ジョン・カーロス・ロウは、ホーソーンのいわゆる「中間領域」（neutral territory）そのものがトランス・ナショナルな空間だと指摘している（九二）。

ホーソーンの文学は、確かにそうした、政治的な国家の枠組みを超えた広い射程を有している。こうした批評家たちの主張には、それなりの正当性があることは否定できないだろう。今問題にしているモールの抑圧もまた、セイラムの魔女狩りに代表されるアメリカ的（？）な現象にとどまらず、十七世紀の大西洋を越えたヨーロッパ世界ともその深層で共鳴するものを含んでいるように思われるのである。『七破風の屋敷』は、アメリカ精神の物語というよりも、広く近代西洋精神史の物語として読めるかもしれないのだ。そういう視点からモールの抑圧の意味を、ミシェル・フーコーのいう「大いなる監禁」という概念を手がかりにして考えてみたい。

3　モールとは誰か

ピンチョン大佐とマシュー・モールの争いは、金持ちの貴族的権力者と貧しい庶民との、ある種、階級間の闘争に他ならない。争点となったのは、十七世紀のセイラムでモールが「自分の労働でもって、原始の森を切り拓き、自分の畑と家の敷地とした」（Ⅱ‐七）土地であった。もともとは村の中心からも遠く価値のない土地だったが、四、五十年のち村が成長していくにつれて、ピンチョン大佐はそれを極めて価値のある土地と見なすようになり、やがて法的な手続きを経て所有権を主張するまでになるのである。ここに見られるのは、いわば社会的強者の弱者に対する不正な搾取の構図である。どこにでもあり、いたるところで繰り返されてきた人間社会の理不尽な暴力の縮図といってよい。ただ興味深いのは、十七世紀ニューイングランドの枠組みの中で見ると、この両者の対立がセイラムの歴史を深く暗示する要素があることである。例えば、この対立は、魔女狩りの背景にあった構造的なセイラム村内の対立を想起させる。ボイアーとニッセンバウムによれば、魔女狩りの時代、セイラム村は、力を得て隆盛していく商業経済を基盤とする東部と、経済的に疲弊し落ち込んでいく農業を基盤とする西部との間に深刻な対立があり、それがこの狂気じみた騒動を引き起こす大きな要因になったという（八〇‐一〇九）。商取引や法律に長けたピンチョンと「自らの労働」でもって土地を切り開いたモールとは、まさにその両派の代表のようにも見えるのである。ジャクソン大統領の言葉を使えば「お金の権力」対「農民、職人、そして労働者階級」を体現するということになろうか（Michaels 一六〇）。あるいは、アラン・エメリーが論じるように、この対立は初期のセイラムの歴史、すなわち、セイラムに最初に入植したロジャー・コーナントと貴族的なジョン・エンディコットとの対立を寓話化したものだとする見方もそれなりの説得力を持つだろう（一三二）。いずれにしても、モールとピンチョンの対立は、ニューイングランドの歴史に内在した社会的・経済的相克を深く暗示しているのである。

しかしながら、モール一族という存在は、こうした社会経済的、また政治的枠組みだけでは十分その意味を把握しきれないことは注意しなければならない。例えば、こういうことがある。この物語の語り手は、ピンチョンの屋敷が葬り去られたモールの敷地の上に建てられたことに言及し、「（モールの土地に）鋤を入れ、彼の所有地とその記憶を、人々の心から消し去るのは、ほとんど宗教的な行為であった」（Ⅱ－七）と述べている。なぜこれが「宗教的行為」なのだろうか。語り手は、さらにピンチョン屋敷が完成した折行われた新築祝いのパーティも「宗教的な」清めの儀式（Ⅱ－一一）と呼んでいるのである。人々の記憶からモールを消し去ることが、一種の宗教的神聖化であることをホーソーンは暗示している。モールは、ピンチョンにとって、不気味で反抗的な、そして望ましくない何者かを体現しており、それゆえ、宗教的儀式によって意識の底に抑圧され、忘却される必要がある。それが、ピンチョンに代表される社会的権力の安泰にとって是非とも必要なことなのであろう。別の言い方をすれば、モールとは何よりもニューイングランド精神史において主流たろうとする権力にとって目障りなのである。それは、貪欲なピンチョンが体現する物質主義的、前資本主義的な価値観が隆盛していくためには、無意識の闇の中に追い払われ、封印されなければならない存在なのである。

モールは、繰り返し、自然や夢と結び付けられて描かれている。マシュー・モールが原始の森を切り拓き、自らの手によってささやかな小屋を建てた時には、「口当たりのよい、さわやかな水をたたえた自然の泉」（Ⅱ－六）が湧き出ていた。しかし、ピンチョンの屋敷の建築がはじまると、そのモールの井戸は、奇妙にも清冽な風味を失い、硬質の、まずいものになってしまう（Ⅱ－十）。モールの土地所有は、自然の法則に照らす限り正当なものだが、ピンチョン大佐の、政治的影響力を行使しての土地の収奪は、社会的弱者を踏みにじる非倫理的な行為であるのみならず、自然に対する一種の冒涜でもある――このエピソードは、そういう事実を暗示しているのではないだろうか。ニューイングランド精神史の極めて初期の段階で、自然に対する歪曲と抑圧が行われたことを、ホーソーンはここで描いているように見える。ちょうど「メリーマウントの五月柱」（一八三六）において、エンディコットに代表されるピューリタンが五月柱という、人々と自然が融合する象徴を切り倒したことからニューイングランド史が始まったことをホーソーンが暗示していたように、ここでもまた自然と調和した生活からの離反が論じられているのである。自然を踏みにじるという行為はもちろん、単に外側の自然の蹂躙を示すだけではない。それは、本来の人間が持つべき心、互いに対する自然な共感と博愛に満ちた心が、貪欲さの影に踏み潰されていった様に他ならないであろう。

モール一族はまた夢とも深いかかわりを持つ存在として描かれている。彼らは、人々の夢の世界を支配する不思議な力を持っているのだ。モール一族のまわりには、ある種の神聖な魔法の円が存在し、その中には誰も足を踏み入れることはできない。彼らの目は不思議な力を持っており、ピンチョンといえども「眠りという日常とはさかさまの世界に入るや」（Ⅱ－二六）彼らの奴隷にすぎない存在となってしまう。日の光の下、日常の世界では無力な庶民に過ぎないモールだが、一度、意識が眠りにつくや、人々の夢の世界を支配する強力な存在へと変身を遂げるのである。心理学的に見れば、モールは、ユングのいう影のごとき存在であり、人々の集合的無意識という暗い闇の中に抑圧されて潜んではいるものの、けっして忘却されることのない、生々しい記憶として力を振るっているのだと考えられるのである。ニューイングランドの主流を形成するピンチョン的な意識の背後には、モール的な異端的な意識が抑圧されて眠っている。ホーソーンが、モールの夢を支配する力を強調して暗示しているのは、こういうニューイングランド的意識の二重性に他ならない。「ある一つの思想の基礎的な土台は他者の思想なのであって、思想とは壁の中にセメントで塗り込められた煉瓦なのである」とはバタイユの『宗教の理論』冒頭の言葉であるが（九）、この比喩になぞらえて言えば、ピンチョン的意識の方が、モールという広大な他者の意識に浮かぶ一片の煉瓦に過ぎないと言えるのかもしれない。モールの支配する夢の世界は、ニューイングランドの深層に位置しつつ意外に大きな広がりを持っているのである。

4　モール、クリフォード、抑圧された精神の復権

しかしながら、モールがピンチョンを支配する力を持つのは、夢の世界のみではなかった。ピンチョンの屋敷が建てられて三十七年後（Ⅱ－一八七）、すなわち一七三〇年ごろということになるだろうか、マシュー・モールと同名の孫が、日の光の下、現実の世界においても蠢き始めるのである。その矛先は、その当時屋敷を所有していたジャーバイス・ピンチョンの娘、アリス・ピンチョンの清純な魂に向けられたのである。そのもくろみに加担したのは、なんとその父親ジャーバイス・ピンチョンであった。間接的にとはいえ、その貪欲さが自らの愛娘の魂を滅ぼすことになったのである。メイン州の広大な土地に対する権利書を探すうち、このピンチョンは、マシュー・モールの魔法使いのごとき能力がその発見に役に立つと確信し、自分の娘に催眠術をかけさせ、彼女の

清純な精神を媒介とすることで権利書の所在を知ろうとするのである。しかし、催眠術をかけられるやアリスは文字通りモールの精神的奴隷となってしまい、この魔法使いのごとき男のなすがままになってしまう。そして、やがて悲劇的な死を迎えることになるのだ。モールが、眠りという暗い無意識の世界を出て、ピンチョンの日常の意識に支配を及ぼすにいたるのが一七三〇年頃だという事実は、看過すべきではないだろう。ジャーバイス・ピンチョンは、ジョナサン・ベルチャーという人物をモデルにしているといわれるが、この人物は、まさに一七三〇年にマサチューセッツの知事になっている。ジャーバイス同様、この人物もまたヨーロッパ趣味で知られた人物であったという（Emery 一三六）。ここからも、ホーソーンがこのエピソードの背後にたえず一七三〇年代という時代を想定していることは明らかであろう。そして、そこには重要な意味が込められているのである。

一七三〇年代といえば、それが一七四〇年代の大覚醒運動の少し前の時代、より正確にはマサチューセッツ西部におけるいわゆる「小覚醒」が始まった時代であることがすぐに想起されるだろう（Boyer and Nissenbaum 二七）。ジョナサン・エドワーズは、大覚醒運動の最初の兆候を一七三四年から一七三五年にノーサンプトンにある彼の教会に認めたのであった（Norton, *A People* 一一八）。それは最初は地方の名もない民衆の魂の生活にほとんど自然に生じたかに見えた小さな変化であった。しかし、それはやがて燎原の火のごとく人々の間に広がって行くのである。それはまさに魂の大覚醒としか言いようのないものであった。銘記しなければならないのは、大覚醒運動は、ピューリタニズムの精神の復活を目指すにあたり、何よりも人々の宗教感情を重視したということである。大教会の指導者層というエリートの知性重視主義が長く続いたために、宗教はその本来の活力の源泉であるはずの人々の感情生活から遊離して疲弊してきていた。大教会の主導する知的宗教が、民衆の欲求に応えられなくなっていたのである。大覚醒運動とは、それゆえ、人々の抑圧され、声を奪われていた感情のエネルギーを解放することで、キリスト教精神に新たな生命を与えるという側面があったのである。それは、言ってみれば、大教会のエリート層支配に対する民衆の感情による反逆でもあったのである。

興味深いことに、この大覚醒運動と同じように、セイラムの魔女狩りという現象においてもまた、社会の支配体制における主客逆転が起こったのである（Boyer and Nissenbaum 二七－三二）。そこでもまた、社会の権力の強力な支配が一時的に中断され、社会的弱者としての民衆が、その抑圧されてきた思いを声に出し始めたのであった。ほとんど狂気ともいえる見境のない魔女の告発は、社会的権力の重石の下で呻吟していた民衆たちの行き場のない感情の爆発でもあったのである。両者に共通しているのは、まず、それまでは年長者の支配に息を潜めていた子どもや若者が中心的な位置を占めるようになったことである。それと歩調を合わせるように、それまでは教会員の減少に頭をいため、あまり重視もされていなかったセイラム村のパリスやノーサンプトンのエドワーズという村の牧師たちが、魂の導き手として一躍脚光を浴びるようになったのである。さらに魔女狩りにおいては、最初は社会的弱者に向けられていた矛先が、徐々に、社会の支配層に向けられるようになっていく。これは魔女狩りが基本的に民衆の虐げられた感情の爆発の産物であった以上、当然の成り行きだったであろう。大覚醒運動と魔女狩りが類似点を持つのは、あるいは当然のことであったかもしれない。なぜなら、魔女狩りが起こった一六九二年から九三年は、ボストン近辺でそれまでにないほどの信仰復興の波が襲った時期であり、魔女狩りは、その深層において、明らかにその宗教的不安や基盤変動と連動した現象でもあったからである（Boyer and Nissenbaum 二六－二七）。

話を物語の中の一七三〇年代に戻そう。もちろん、モールがアリスを奴隷のごとく支配することが、大覚醒運動と何らかの関係があるということをほのめかすものは物語中にはなにもない。しかし、意識的であったにせよ、無意識にせよ、ホーソーンは、このモールのアリスに対する精神的奴隷化のエピソードの中に、大覚醒運動を生み出すにいたった支配あるいは価値体系の根本的逆転を正確に描き出している。これは、感情の力を再生することで心理的革命を引き起こし、「旧体制」を打破した時代だったのであり、モールは、その精神を演じて見せたのである。ホーソーンの歴史感覚の鋭さ、また、その時代精神を劇化する手際の見事さ——このエピソードは、そうしたことを読者に思い知らせる極めて優れた例であろう。

物語の現在時間である一八五〇年頃、モールは再び姿を現し、今度はピンチョン屋敷で生活を始める。言うまでもなく、それはモール家の末裔、ホールグレーヴである。しかしながら、この時期、ピンチョンによって苦しめられてきたモールの内実を体現するのは、ホールグレーヴよりもむしろクリフォードであることに我々は注意しなければならない。クリフォードは、ピンチョン家の一員であってモールではない。しかし、ピンチョンの歴史にもモールに同情的な人物は現れたのだ。かつて、先祖がモールの土地を無理やり奪ったことに良心の呵責を感じて、モールにその土地を返そうとしたピンチョンがいたことがあった。クリフォードは、その人物の甥であり、彼自身、モールを体現する影のような人物なのである。ダニエル・ホフマンは、クリフォードが物語に登場するやモールが視界から消え去り、ピンチョン対モールの対立は、ピンチョン家内部の対立に取って代わられると指摘している（一九二）。これは、的を射た洞察であろう。ピンチョンとモールとは長年対立しつつも、やがて、不幸な運命を共有することで重なり合う側面が出てくる。つまり、それはこういうことだ。時代とともにモール的な精神はピンチョン家の魂に徐々に、しかし確実に内面化されていき、やがて、実際のピンチョンの一員として具現化するまでになるのである。それがクリフォードであり、実際彼は昔日のモールのごとく、情け容赦のない、貪欲な現代のピンチョンである判事の標的とされているのだ。

この影のごとき人物は、無実でありながら、伯父のジャフリー・ピンチョン殺害の嫌疑で三十年もの間刑務所に入っていた。今は打ちひしがれ、半分、気も確かではない老人である。モールとの精神的なつながりを暗示する点で興味深いのは、この人物がよくモールの泉を覗き込み、その水面に走馬灯のように現れては消えていく人物たちを見つめていることがあった、とされていることである。そこに映るのは、過去のピンチョンやモールたちであり、彼はまるで、それらの人物たちと対話しているかのようである。一方、モールの末裔たるホールグレーヴもまた、この半分気の違った老人をたえず注視しているのもおもしろい。それはまるで、この精神的に破綻した老人が、過去のモールたちの抑圧されてきた声を聞き取ることを期待しているかのようにさえ見える。

このように、クリフォードという人物は、モールがピンチョン家の外側ばかりではなく、その内面にも存在していることを暗示する極めて重要な人物なのである。というよりも、虐げられた者の精神は、やがて虐げた側の精神に憑依するということである。ホーソーンは、いわゆる支配者と奴隷の関係というものは、簡単に逆転しうるものであることを信じていた。この関係には、奴隷が支配者であり、支配者もまた奴隷であるという側面があると言うのである。『アメリカン・ノートブックス』には次のような記述がある。「次のような人物をスケッチすること。その人物は、性格の強さとか、自分に好都合な状況によって、他人を完全な奴隷状態、また、自分に対する依存状態に置くことになる。それから、次のことを示すこと。支配者のように見える人物は、必然的に、その相手以上ではないにしても、少なくとも同程度は自らも奴隷にならなければならない。すべての奴隷制は、支配者にとって最も好都合には見えるが、両方の側を奴隷にするのである」(Ⅷ-二五三)。これは、実に深い洞察であるが、ピンチョンとモールの関係についてもまったくあてはまるだろう。前述のように、奴隷のごときモールが実はピンチョンに強力な支配を及ぼしているのであり、ピンチョンはまた別のピンチョンに支配されるということが起こっているからである。ホーソーンは、この支配者と奴隷の関係にまつわる複雑な心理学を、アリス・ピンチョンに対するモールの支配、また、クリフォードに対するピンチョン判事の抑圧のエピソードを通じて、実にたくみに劇化しているといわなければならない。モールの運命は、そのまま後世のピンチョンによって生きられることになるという洞察は、見事というほかはない。

5　アメリカにおける「大いなる監禁」

モールという謎めいた存在の意味を考えてきたが、一体、我々はこの一族をどう捉えたらいいのであろうか。これまで見てきたように、彼らは、ピンチョン家の精神的「影」のごとき存在であり、より広範には、ニューイングランド精神における「他者」であるとひとまずは言えるだろう。この一族は、最初は自然との調和のうちに生きることを指向しながら、のちに貪欲な物質主義によって歪められていった精神を体現するものであった。そして、その精神は、ニューイングランド文化の無意識に抑圧されてきたのだが、アリス・ピンチョンの女性的感受性や人々の夢、またクリフォード・ピンチョンの繊細な精神を突破口として意識の表面に噴出したのである。モール一族とは、マシュー・アーノルド（Matthew Arnold 一八二二－一八八八）の詩に倣えばニューイングランドの「葬られた生」であり、抑圧された記憶といってよい。しかし、モール一族の意味は、アメリカの文化的、歴史的コンテキストのみでは十分捉えきれない可能性もある。というのは、他でもない。マシュー・モールが処刑されたのが一六九二年であり、それがこれまで見たように様々な心理的、文化的、そして歴史的含みを持っていたことを考えると、我々は、同時代のヨーロッパに、少なくともその精神的な意味合いにおいて、モールの抹殺に類した動きが広く見られたことに注目せざるをえないからである。それは、ミシェル・フーコーが『狂気の歴史』で論じた「大いなる監禁」という現象である。

フーコーによれば、十七世紀後半の西ヨーロッパでは、理性が大いなる力を獲得していくにつれて、狂人や貧者など、非合理的、反理性的とみなされた者たちが病院や貧窮院などの社会的収容施設に囲い込まれていくことになった。中世やルネサンスには聖なる存在、あるいは半分神がかった存在と思われていた狂人や貧しい人々が、社会的権力の手によって大挙して公共の施設のうちに封印されていくのである。フーコーは、十七世紀後半、あるいは彼のいう「古典主義時代」には、新しい感受性が生まれたのであり、それは、理性の至高性を信じて、非合理的な、また生産性のない存在を社会の領域から一掃し、それらを強力に支配する体制が作り上げられたのだと言う。「理性は、鎖をとかれて荒れ狂う非理性にうち勝つようにあらかじめ配慮されていて、純粋な状態で勝ちほこったように支配権をふるう」ようになり、非理性は「監禁のとりでの中で、〈理性〉に、道徳律に、それらの支配する単調な夜に結び付けられてしまった」のである（九五）。フーコーはこうも言っている。理性と非理性との間に「一本の分割線が引かれた」のであって、ルネサンス期には「あんなにも親しいものだった、非理性的な〈理性〉、理性的な〈非理性〉の経験は存在しえなくな」った、と（六七）。いうまでもなく、フーコーは、ここに理性の時代である近代の生成されていく中心的な力学を読み取っているわけであり、「大いなる監禁」が、ヨーロッパ近代における文化史、または精神史にとって新しい人間精神のあり方を示す決定的な重要性を持ったことを論じているのである。

もちろんフーコーは、この現象をヨーロッパ近代の本質を示す重要な指標として位置づけているのであり、ホーソーンはもちろん、当時のアメリカの状況にも触れてはいない。しかしながら、マシュー・モールの抹殺は、その本質的な意味合いにおいて、アメリカ版「大いなる監禁」に他ならない。十七世紀後半、ピンチョンに代表されるニューイングランドの新興成金商人たちが、ヨーロッパと競い、その資本主義的合理性を発達させていく中で、彼らは「非合理的なもの」を駆逐、また自らの支配の下に封じ込めていったのだった。特にアメリカでは、インディアンや貧しい下層階級の人々など非合理的な障害と見なされた人々が、社会の支配階級や彼らの理性万能主義に対して果敢に挑戦しつつ敗れていくという歴史があった。例えば、一六九二年の魔女狩りにおいて、セイラム社会の底辺にあった精神的障害者や社気的弱者が抵抗しつつも最初の迫害対象となったことは、よく知られている事実である。支配階級の目からは、この人々は、異質で非生産的な、また非理性的な存在に見えたのだ。催眠術をあやつり、魔法使いとして処刑されていったマシュー・モールは、おそらくは、そうした人々の一人であっただろう。魔女狩りは、このように理性の支配確立の動きと、前述のようにそれとは逆の民衆の反逆の要素とを併せ持っていたのである。

この点、物語の半ばにおいて、ピンチョン判事がクリフォードからメインの土地に関する秘密を聞き出してみせるとヘプジバに語る場面は、大変、興味深いといわなければならない。もしもクリフォードが同意しなければ、と、ピンチョン判事は次のように語る。「もうひとつの選択肢は、不幸な精神状態の人々のための公共収容施設に、彼を、おそらくは生涯にわたって監禁するまでだ」（Ⅱ－二三六）。ここには、明らかに、フーコーの「大いなる監禁」が十九世紀のアメリカでも忠実に繰り返されたことを象徴する言葉が提示されている。ピンチョン判事にとって、自分に経済的な恩恵をもたらさない者は、狂気、または無益であり、監獄のような収容施設に監禁されてしかるべき存在なのである。ここでの標的はクリフォードだが、同じことが、十七世紀においてもマシュー・モールを相手にあきらかに行われたのである。しかし、ひとつ注目しておかなければならないのは、そんな抑圧された「非理性的な」声は、決して抹殺しつくされることはなく、すでに見たように文化の無意識のうちに生き残ったということである。フーコーは、理性の歴史は、単に合理主義の進歩に収斂するだけではなかった、と言っている。それは、「〈非理性〉がおそらく消滅するためではなく根付く」ことを許容する側面も含んでいたと言うのである（六七）。この意味でも、モールのエピソードは「大いなる監禁」のメカニズムを忠実に再現したと言えるであろう。

こうした指摘は、これまでに決してなされてきたことはない。しかし、ホーソーンの文学とは、思いのほかヨーロッパの文学なのである。この視点は、近年、ワイ・チー・ディモックやポール・ジャイルズといった学者たちの論じる惑星思考的なアメリカ文学観にも通じるものがある。例えば、ジャイルズは、多くの十九世紀アメリカ作家たちが、ヨーロッパの中世を問題にしていることを指摘している。ワシントン・アーヴィングがすぐに思い浮かぶであろうが、ホーソーンもまた『大理石の牧神』などの様々な作品で中世に対する言及がある。ジャイルズは、これを、確固たる歴史のないことから来る方向性の喪失、壊滅的な不安の中に立ち尽くしたアメリカの作家たちが、ヨーロッパの過去を「自分たちの過去として再統合しよう」とする試みであったと論じている（Giles 七一）。つまり、こうしたアメリカ作家の想像力は、基本的にアメリカ国家の枠組みだけに自らを閉じ込めることはできなかったのであり、健全な「アメリカ的精神」を創り出すためにもヨーロッパ的中世は必要だったというわけである。これは、もっともな議論であろう。というよりも、十九世紀半ばにアメリカで文学創造に携わるという時に、作家たちの念頭にもちろんアメリカ人としての自意識はあったろうが、自分たちもヨーロッパの作家同様、何よりも近代世界に生きる人間であり、その時代の現実を過去との関連の中で追求し、解明しようとする姿勢があったことは当然である。

本書の問題にしている精神的孤児の問題、さらには父性的権威の問題もまた、アメリカという範疇を飛び出して、広く西欧近代の問題へと通じていく可能性を持っている。そして、実際のところ、『七破風の屋敷』という作品は、アメリカの、そしてニューイングランドの精神史と濃厚な関わりを維持しながらも、そうした大きな精神的枠組みに対しても読者の目を開いていく作品なのである。モールという存在は、いわば近代の父性的権威というものに抹殺された一族だったのであり、アメリカはもちろん、西洋の世界一般の近代化の背後に潜む影なのである。

むろん、アメリカ国内の事情がより密接な影を落としていたことはもちろんである。十七世紀のセイラムは血塗られた歴史の土地であった。その村は、魔女狩りだけではなく、インディアンとの土地をめぐる多くの争いによっても悪名高かったのである。ホーソーンの先祖も参加したキング・フィリップ戦争は、その典型的な例であった（Moore 一二）。このコンテキストで眺めてみれば、我々はピンチョンによるモールの土地強奪は、また、白人によるインディアンの土地収奪を想起させるという思いを抑えきれないであろう。ホーソーンと同時代の読者たちもまた、このエピソードに、彼らの先祖たちとネイティヴ・アメリカンたちとの間の不幸な過去を想起させられたのではないだろうか。この意味で、デヴィット・アンソニーも指摘しているように、ホーソーンがマシュー・モール・ジュニアに人種意識を強く感じさせる言葉遣いで自らのことを語らせているのは興味深い（四五五）。

我々はもちろんモールがネイティヴ・アメリカンであるということはできない。しかし、このようにモールは、インディアンの運命も含めた様々なものを体現しているのである。そして、それは実はアメリカ国内の問題であるように見えつつ、その地層でヨーロッパや近代にもつながっていく問題なのである。この不思議な一族は、近代の影とでもいうべきものを映し出す存在であり、啓蒙主義時代以来、強力な理性という権力の下に徐々に、そして体系的に、窒息させられてきた非合理的な声にほかならないからである。このロマンスにおいて、ホーソーンは、その抑圧されてきた声を、ニューイングランドの意識の中に呼び戻そうとしているように見える。『七破風の屋敷』をモールの視点から読み直すことで、我々は、失われた「他者」の声を過去から呼び覚ますことこそ、ホーソーンの文学創造の根幹にあることを改めて思い知らされるのである。

6　二人の孤児のゆくえ

ここまで我々はピンチョン家の父権的抑圧によって虐げられてきたモールの特質を追いかけてきたわけだが、この物語の背景である十九世紀ニューイングランドは、次第に父親の影が薄らいでいく世界であった。そして、実際、そのことを象徴するかのように、物語ではあれほど強大に見え、代々にわたってピンチョン家を支配してきた父親的権力が、ピンチョン判事の突然の死とともに消滅してしまう。しかし、すでにそこに至るまでの間に、ピンチョン屋敷における父親の記憶は、半ば過去のものになっていたのである。この物語には、そうした父親の影の希薄な時代に生きる精神的孤児を体現する二人の人物が登場している。言うまでもなく、この家の女主人であるヘプジバとその弟クリフォードである。孤児ということであれば、文字通り、父も母もない若い二人の人物フィービーとホールグレイヴをあげる方が適当に見えるかもしれない。しかしながら、この二人の若きカップルは、いわば過去とのしがらみを持っていない。現在という時間の中にしっかりとした根を張っており、また、その現実をも創っていく活力に満ちている。ヘプジバとクリフォードという年老いた兄妹に慰めを与える太陽のごときフィービーしかり、改革熱に浮かされ、世界を思い通りに変革しようとするホールグレイヴしかりである。

それに対して、ピンチョン家の末裔たるこの老兄妹は、それまで彼らを精神的に、さらには肉体的にも育んできたはずの堅固な現実を喪失してしまい、新しい世界に放り出されてしまった存在なのである。暴力的で貪欲な先祖のみが、彼らの父親だったのではない。貴族的プライドを持ちながらも、彼らを慈しみ育んできた父性もまたこの家にはいたのである。しかし、今の彼らには、自分たちの生活に方向を与え、指針を提供してきた父性的権威の一切が消滅してしまったのである。その結果、彼らは現実の中で方向を失ってしまった。まさに孤児的精神の具現というべきであろう。この章の最後に、こうした父なき世界に生きるこの二人の精神的孤児の運命を眺めてみることにしたい。

物語冒頭で、この屋敷に新しい店を開けることになったヘプジバは、新しい時代の経済の奔流に呑まれ、今や没落しかかっている貴族的ピンチョン家の末裔である。生きていくためにはなんとか貴族のプライドを捨て、庶民と同じように自ら汗して稼いだ収入によって身を立てようとしたまではよかったものの、そうした新しい現実は怖しく、積極的に受け入れることはできない。かといって、ピンチョン家の貴族的過去の栄光はすでに崩壊して、いまや頼ることはできないのである。こうした新たな現実の中に放り出され、彼女は、「夢の中を歩いているように」感じる。そして、過去に対するあまりにも強い執着の中に暮らしているので、「まわりの世界はまるで実質をもたないように感じる」のだ（Ⅱ‐六六）。はじめての店の客である子供にショウガパンを売って、不思議な喜びのような感情を経験したりもする（Ⅱ‐五二）。しかし、そうした現実は、けっして自分が親しい関係を築きうるような世界には見えないのである。

一方、その兄のクリフォードは、すでに見たように現実そのものを奪われてしまった男である。やさしい性質で、美しく繊細なものを愛し、いつも子供のように他人の助力を必要として生きているこの老人は、伝統的に男性的な特徴の強いピンチョンの先祖たちのまさに対極に位置する人物であると言っていいだろう。伯父のジャフリー・ピンチョンの殺害という身に覚えのない罪をなすりつけられ、三十年もの間牢獄に投じられていたことはすべて述べた。精神的にも物理的にも、この人物は現実から疎外されている。生きるために人生に踏み出そうとした途端、その足場を掬い取られる――そうした経験の連続から、この世との間に橋を架けられずに生きてこなければならなかった存在なのである。語り手は、この老人を次のように描いている。

クリフォードは、自分の深い意識の鏡の中を覗き込み、次のような自分の姿が映るのを見ていたかもしれない。自分は、不可解な神の絶えまない介在によって、いつも世界とちぐはぐな関係に置かれてしまう、あの大きな混沌とした人々の群れの中の一人であり代表である。神は、そうした人々に対し、彼らの性質に与えると約束したはずだったものを打ち壊し、彼らに相応しい食事を与えず、その目の前にご馳走の代わりに毒を置く。そうして、別の調整の仕方も簡単にできたであろうと思われるのに、こんなふうにして、彼らの存在を疎外され、孤独で、なおかつ苦しみに満ちたものにしてしまうのである。(Ⅱ―一四九)

このクリフォードの自己認識の中には、精神的孤児というものがはっきりと顔を出している。自分は、いわば運命によって世界から孤立させられた人物であり、世の中とどんな風に関係を結んでいいかが分からない。神もまた、その運命を弄ぶかのように、自分には生きる力を与えてくれなかった。逆に「ご馳走の代わりに毒を置く」ように、常に不運の中に投げ込んできたのだ。これが、クリフォードの自己認識である。しかし、それにもまして、この人物には意志というものが全く欠けているように見える。まるで子供がいつまでも親の庇護を求め、自立する決意を持たないように、この老人は、自分から世界に対して関係を取り結ぶべく試みをしてこなかったのであり、それゆえ、運命の変転の前には全く無力なのである。世界と関係を取り結べず、地に根を下ろすことのできない浮草のような存在――それがクリフォードなのである。

ヘプジバにしてもクリフォードにしても、ただ父親の庇護を失った精神的孤児というだけでは足りない。この孤児的人物たちは、自分たちに安定を与えてくれていた過去の精神世界を奪われているだけではなく、先祖の父親たちが犯した罪悪の影響をもまともに背負い込まなければならなかったのである。それは、ただ「モールの呪い」を受け継いだということではない。むしろ高圧的な父親たちが代々モール的なものを抑圧してきたことの結末を引き受けたということなのである。この兄妹が登場してくる十九世紀、ピンチョン家は昔の栄光を失い、社会的に落ちぶれている。しかし、社会的というにとどまらず、生命的エネルギー全体がその家からは枯渇しつつあることをこの二人の人物は感じさせるのではないか。かつてフレデリック・クルーズは、この家の没落の背後に社会的地盤沈下のみならず、性的エネルギーの低下を読み取り、この物語は罪ではなく、インポテンスを主題にしているのではないかと述べた。クルーズによれば、ピンチョン家は、活力に満ちた庶民的なモールを抑圧し続けたことで廃れて行ったのだという。そして、モールの霊が花婿が花嫁を連れてくる部屋に住みついていることを指摘しながら、つまりモールとは性の力であり、ピンチョン家とは、性的エネルギーを抑圧してきたゆえに廃れてしまった家系であることを述べているのである（一八〇）。これは、まことに大胆な見方であるが、すでに論じたピンチョン家のモール抑圧の意味とも符合しているだろう。

性という点に関連して、もう一つ注目すべき事実を挙げておこう。それは、この老兄妹、特にクリフォードにおいて顕著なのだが、男性と女性という社会的ジェンダー区分において奇妙な混乱が生じていることである。これは、この作品全体を考える上で、極めて重要な視点でもある。前作『緋文字』において、ヘスターという豊かで情念の女性という色彩の強い人物を描きながら、この『七破風の屋敷』においては不思議なほどそうした鮮烈な色彩を放つ女性が払拭されているという印象を我々は持つのではないだろうか。この作品には、ヘスターからゼノビア、そしてミリアムへと繋がるいわゆる「黒髪の女」が登場しない。つまり、独立して社会に立ち向かう女性というものが描かれていない。女性といえば、この屋敷にひっそりと暮らす老女ヘプジバとその親戚でやがてこの家にやってくるフィービー、そして伝説のアリス・ピンチョンだけなのである。『緋文字』と違って、生命と情念を体現する謎めいた女性という存在が背後に押しやられているという印象は否めないであろう。しかし、こうした激しい女性人物が消えているという事実と同時に、ここでは実に興味深いことが起こっている。それは、女性という属性が、この作品では男性人物に重ねられて描かれているということなのである。

すでに論じたように、クリフォードは、ピンチョンでありながらモール的なものを引き継いだ存在であることが暗示されている。モール的な無意識、自然との交感、夢、などといったものをクリフォードもまた引き継いでいるのだが、語り手が幾度となく繰り返しているのは、このクリフォードという人物が、紛れもない男性でありながら実に女性的な特質を多分に有しているということなのである。一体、これはどういうことなのであろうか。『緋文字』において明確にヘスターの上に投影され、核心的な問題として論じられていた女性の問題が、この作品では男性登場人物の上にずらされる。そして、このクリフォードという人物の上で、女性という問題はモール的なもの、抑圧されてきた文化的記憶と出会うのである。ここでホーソーンは、明らかに『緋文字』の時とは違った位相において女性というものを捉えようとしている。

思い返してほしい。三十年もの間、無実の罪で投獄されてきた兄を不憫に思いつつ、ヘプジバは興味深い言葉を口にしていた。「彼らは（クリフォード）の中の母親を迫害したんだよ！（クリフォード）はけっしてピンチョンではなかったのさ」（Ⅱ‐六〇）というのがそれである。ここに暗示されているのは、ピンチョン家の先祖の父親たちによって監禁されていたのが、ひとりクリフォードのみではないということなのである。ピンチョンの歴史の中では、クリフォードの体現する「母親」こそが、監禁されてきたのだとヘプジバは暗示しているのだ。ここで注目しなければならないのは、クリフォードの体現する母親、あるいはそうした女性というものが、この作品においては特別な意味を有しているということなのである。それは、例えば『緋文字』におけるヘスターのように社会と激しく対立する情念を体現するものではない。言い方を変えれば、男性支配あるいは父権と対立する独立した存在としての女性ではない。むしろ、社会から切り離され、男性的な世界の下に抑圧されているかに見えながら、その実、その内部に潜り込み、独自の声を有する世界を体現する役割を負っているのがこの物語における女性なのである。その声は、ヘスターの場合とは違って、すでに社会の中にその存在が暗黙裡に許容にされ、取り込まれているとも言えるだろう。クリフォードという男性の中に「母親」という形で潜り込んでいるという事実がこのことを暗示している。

この作品における女性とは、むしろ社会的規範、あるいは社会的言語体系の中にありつつ、絶えずそうした父権的な言語・価値体系に修正を迫る視点を提供する存在である。語り手は、この女性的特質を規定するに際し、ピンチョン判事という人物の評判にからめて興味深いことを述べている。

そしてまた今日のピンチョン判事に関しては、牧師も、法律上の批評家も、墓碑銘を刻む人間も、また、全国、あるいは地方政治の歴史家も、その著名な人物像に異を唱える人は誰もいなかった。キリスト教徒としての誠実さ、人間としての立派さ、判事としての高潔さ、あるいはこの人物が所属する政党の代表としてしばしば辛い思いをした時の忠誠心という点でも立派なものだったからである。しかし、その文字を刻むのみや、話し声や、公の目に触れることを念頭に未来のために記録するペンなどの冷たく、格式ばった、空虚な言葉は、それらを記録することに伴う致命的な自意識によってその真実と自由の多くを失ってしまうものだが、それは別にしても、あの先祖（ピンチョン大佐）についての伝説とこの判事についての個人的な日常の噂話との間には、その証言に著しく似通ったところがあった。公的な人物について、女性の、個人的な家庭的な見方をしてみることはしばしば有益なものであり、銅版画にするために描かれた肖像と、その人物の背後で人々の手から手へと回される鉛筆描きのスケッチとそれとの大きな食い違いほど興味深いものはないのである。（II-一二二）

ここには二つの言葉の世界が暗示されている。一つは男性的な、社会を司る公用語的言語。もう一つは、その背後にあって、普段は表には表れないものの常に公式な言語に修正を迫り、より多くの真実を映し出すいわば女性的言語である。『緋文字』においては、ヘスターは自らの情念とこの女性的言語をいわば一体化させて、ピューリタン社会の法体系、あるいは男性的言語領域に対して戦いを挑んだのであった。しかし、この『七破風の屋敷』では、それは、ひっそりとした影の領域の言語として日常の背後に隠されている。依然としてこの二つの言語の間には大きな裂け目があり、それはけっして交差しようとはしないのだが、ここではこの女性的言語はすでに社会の中である役割を持つものになりつつある。この意味で、クリフォードという男性に女性性が内在しているという事実は、実に興味深いと言わなければならない。男性でありながらもクリフォードは、この女性の言語の側にいて男性的言語の支配する日常世界から切り離されている存在ではある。しかし、男性という言語の象徴界を司る側にもいるクリフォードの中に女性的言語の可能性が内在しているという事実は、『緋文字』の世界とは明らかに異なった社会的現実を示すものである。彼はいわばこの二つの世界を、そこに絶えず隙間を意識しながらではあるが併せ持った存在なのである。

そうしたクリフォードが、精神的孤児として世界と結び付くことができずにいる。これは、男性と女性の両方とを抱き留められる言葉が、いまだこの社会では実現されていないということの暗示であろうか。他人との間に絆を築くことができず、自らの意識から外に出ることのできないこの男は、いわば、自意識という牢獄の囚人なのである。この老境に入った男は、何とかしてその牢獄を破り、現実と結び付きたいと願っているのだが、その方策を見つけることができない。しかし、彼は、一度だけ、思い切った行為に出るのである。第十一章「アーチ型の窓」という章は、その意味で興味深い章である。ここには、そうした精神的孤児が意識の牢獄を破り、世界に繋がろうとする意志が、コミカルに、しかし、その反面切ないほどの真面目さを伴って描かれているからだ。クリフォードが、ヘプジバやフィービーとともに屋敷のバルコニーの窓辺に立っている時、通りを大きな楽隊の行列が通る。その人間たちの持つ活気、みなぎる生命力、そうしたものを見ているうちにクリフォードは不思議な興奮にとらわれ、衝動的に窓から飛び出して、その行列に飛び込もうとするのである。それは、つまらぬ楽隊にすぎない。しかし、その人々の行列を別の視点から眺めれば、それは、全く別の様相を呈したものになりうるのだと語り手は言う。

その堂々とした様子を見るためには、広々とした平原の真ん中か、都市のもっとも壮麗な公衆広場をその長い行列がゆっくりと美々しく通り過ぎてゆくのを、どこか地の利を得た場所から眺めねばならない。なぜなら、そうした場合には、はるか遠くから眺める結果、それはその構成員であるちっぽけな人間どもをすべて、ひとつの大きな人間の塊——ひとつの大きな生命——大きな、同質の精神に生気を与えられているひとつの人類の集団に溶かし込んでしまうからだ。しかしながら、一方また、もし感受性の強い一個の人間が、こうした行列のすぐ側に一人ぼっちで立ちながら、それを、それぞれの構成員としてではなく、ひとつの集合体として——滔々たる水勢をたたえ、神秘の色を黒々とはらみ、その深い水底からその人間の中の同じように深い心の底に呼びかける巨大な生命の流れとして——ながめたとすれば、その時こそは、その近さがまさにその効果を倍加することになるに違いない。（Ⅱ－一六五）

結局、クリフォードはこの行列に飛び込むことはない。しかし、ここでこの老人は明らかに人間全体という大きな生命力の中に自らの個を埋没させて、断片のような自己を再生しようとする欲望にとらわれている。メルヴィルは、ホーソーンへの手紙の中で、この場面を『七破風の屋敷』の中で最も印象的な場面のひとつとして挙げている（Melville, *Letter* 一八六）。この作品の出た一八五一年はメルヴィルが『白鯨』を出版した年でもあるが、やはり大きな生命体の中に投じられる一人の人間が描かれていたことは思い出してよい。海という巨大な生命体の中に落ちて、恐怖にとらえられ、正気を失ってしまうピップがそれである。ただ、そのピップとは異なり、クリフォードは、まさに正気を取り戻すべくこの群衆の中に飛び込むことが必要と思うのである。大きな生命体の中に卑小な自己を解消せんとする欲求は、この時代のひとつの特徴であったかもしれない。我々は、大自然の中に溶け込みエピファニーを体験して透明な眼球と化してしまうエマソンの法悦をもここで思い出すことができるだろう。人間は存在の根には、そうした個性を滅却せんとする欲求があり、それは、精神が危機を迎えた時代に力を得てくるもののようだ。孤独の中に青年期を過ごしたホーソーンにおいては、とりわけそうした衝動は理解しうるものであったろう。この作家にとって、個人は一つの完結した単位ではありえず、それは常に意識の牢獄として認識されたのである。クリフォードは、この窓辺で行列に飛び込むことを思いとどまる。しかし、彼は言っている。「でも、もしもあの時飛び降りて死なないですんだら、私は別の人間に生まれ変わったことだろうに！」（Ⅱ－一六六）と。クリフォードは、群衆の中に飛び込むことによって、同胞たる人間のネットワークに組み込まれて、社会的に意味を獲得したいと思ったのである。それは、精神的孤児としての切実な願いであった。そして自らのうちに抱えた男性と女性という性的現実について言えば、クリフォードは、そうした性差の分裂を群衆の象徴する大きな生命体の中に解消したいと思ったのだと言っても過言ではあるまい。

確かにこの経験は無意味だったのではない。群衆に飛び込もうとしたクリフォードの熱狂は、彼の中に、ある認識をもたらすのである。表面的には、自分は、まったくの孤独な、見捨てられた存在に見えるかもしれない。だが、そうした表層的な現実の下には、より深い世界が存在しており、そこにおいては、自分もまた大きな世界に抱き留められうる存在なのではないかということを、この老人は一瞬のうちに感得するのである。右のクリフォードの言葉の後、語り手は次のように述べているのだ。

おそらく、ある意味においては、クリフォードは正しかったかもしれない。彼はショックを必要としていたのだ。あるいは、おそらく彼は人間の生という海の中に深く深く飛び込んで沈み込み、その深遠さに包まれて、そののち正気を取り戻し、活力に満ちて浮かび上がり、世界とそして自分自身とに帰っていく必要があったのだ。あるいは、また、彼は他ならぬ最後の偉大な救済策、つまり死を必要としていたのだ！　ほかの人間同胞との失われた兄弟愛を回復したいと思うのと同じような欲求が、時にもっと穏やかな形で現れることがある。そして、それは、かつて、ただの宗教よりもっと深いところにある宗教によって美しく実現されたことがあったのだ。今ここに描かれた出来事の中で、クリフォードには神の愛と配慮が自分に向けられているということを心から感じ取ることができた。それは、この哀れな、見捨てられた男に——打ち捨てられ、忘れられ、そして、どこかの悪魔がふざけていたずらに狂喜する時のなぐさみものにされていると自分のことを見做しても許されるような、そうした男に——向けられているのである。それは、日曜日の朝であった。天が、地上に、厳かな、いや厳かであると同じくらい甘美な、微笑みをまき散らしているように見える時の、神聖な雰囲気をたたえたあの明るく静かな安息日の一日であった。そんな安息日の朝には、もしも我々が純粋な媒介であることができたら、我々が地上のどこに立っていようと、地上の自然な祈りが私たちの肉体を通して昇っていくのを感じることができるのである。(Ⅱ - 一六六 - 一六七)

「ほかの人間同胞との失われた兄弟愛を回復したい」という思いを実現しうる手段として、ここに宗教が言及されていることはまことに興味深い。それは、ここまでに度々論じてきたような、人々の魂の要求を汲み上げることができなくなってしまった十九世紀アメリカの形骸化していく宗教ではない。現世的な形式を取るか取らないかはともかく、それよりももっと現実の深いところで脈打ち、人間の生活の深層にいつも神の愛と配慮があることを感じさせてくれるような信仰が、ここでは論じられているのである。『七破風の屋敷』は、ホーソーンのロマンスの中でも最も楽観的な雰囲気をたたえる作品であるが、そうした楽観的世界観を信じる根拠となっているのは、人間の側の努力や才覚であるよりも、このような作者の神に対する基本的信頼であるように思われる。それは、見失いがちではあるが、必ず人間とともにあるのだという信仰がここには感じられるだろう。ここでクリフォードは、一種の救いのヴィジョンを見ているのである。しかしながら、そうしたクリフォードの救いのヴィジョンを具体的な形に変えるまでにはいまだに距離があることは否定できない。こうした本来の宗教的感情に我が身を委ねることができれば、救いに至ることはできるのかもしれない。この人物の中の「母親的なもの」あるいは「女性的なもの」も、そうした宗教世界の中では、彼の男性と統合されたものになりうるのかもしれない。しかし、相変わらず、クリフォードと世界との間は断絶されたままなのである。この現世で、そうした分断を埋める方策がどうしても必要なのである。

本来であれば、ホーソーンは、ここでメルヴィルとともに認識の海に深く飛び込まなければならない。この現実の表面の殻を打ち破り、その深い淵を覗き込んでみれば、そこには、あるいは、この深い本物の宗教を現実に復元するためのすべがあるかもしれないのである。人間と人間とを新たな堅固な土台の上に結び付ける、あるいは、クリフォードやヘプジバという精神の孤児たちを抱き留め、クリフォードのうちに混在している男性と女性の言語の世界を和合させせうる宗教的世界というものが見出せるかも知れないのである。しかし、ホーソーンは、そういう方向は取らなかった。我々には、これまで、さんざんに批評家たちによって酷評されてきた結末があるだけである。ホールグレイヴとフィービーとの結婚によって、長年、このピンチョンの家系に暗い影を落としてきたモールとピンチョンとの確執が和解に至る。罪に彩られた貴族的家系の歴史が、新時代の民主主義的な世代へと受け継がれる。ホーソーンは、この結末で、そう言いたいのであろう。しかし、そうした表面的な和解の深層に、いま一つの亀裂が口をあけて残されているのを、この作家は誰よりも知っていたのではなかったか。新たな父性的権威が確立されない限りは、そして、その規律の下に堅固な精神世界が築かれない限りは、けっして精神の孤児たちは安定を得ることはできないのである。

ホーソーンは、『緋文字』においては、ヘスターという類まれなる強い個性の女性をぎりぎりまで追い詰め、この問題に深く切り込んでいた。そして、新しい父性的権威に関しても、ディムズデイルの最後の説教を通して、深い暗示を伴った結末を用意していたことを我々は前章で見た。しかし、『七破風の屋敷』の結末においては、ホーソーンは、その問題を中途半端な形で終わらせてしまった。それが、このニューイングランドの息吹を一杯に含んだ美しいロマンス、かつて、ストウ夫人(Harriet Beecher Stowe 一八一一‐一八九六)が、レンブラントの作品にも譬えた(一六二)芸術的完成度の高い作品の最大の欠点である。この作品において、救いの女神として想定されているのは、もちろんフィービーであり、それは、ホーソーン自身の妻ソファイアに対する思い入れを多分に反映したものであったろう。事実、ソファイアは、この作品の結末を最高に気に入っていたのである(Julian 三九一)。しかし、フィービーは、けっしてヘスターに取って代わることはできなかった。ホーソーンをそこまで深く現実の深層に横たわる亀裂と向き合わせることはできなかったのである。それゆえ、その亀裂を統合すべく、新しい秩序の形成者としての父親という問題は、ほとんど触れられることなく作品は終わりを迎えるのである。いや、実は、古い強権的ピンチョンの父親たちに代わる新たな父親の暗示はないわけではない。作品中に時折登場するユーモラスなヴェナー叔父さんというのがそれである。この屋敷のあるエルム通りでは最も古く、世間知を蓄えた哲学者というこの人物を、語り手は「家長」(patriarch)(Ⅱ‐六一)と呼ぶのだが、この老人もまた結末でこの家の人々と一緒に暮らすことになるのである。ヴェナーは、新たな父性そのものではなくても、将来の新たな父性の誕生を暗示する人物とも見えるかもしれない。しかし、この人物をどこまで評価すべきか、これはまことに難しい問題なのである。

第5章

詩的言語の理想郷
――『ブライズデイル・ロマンス』論Ⅰ――

1　ロマンス作家の心理的自伝

『七破風の屋敷』発表の翌年の一八五二年、ホーソーンは、『ブライズデイル・ロマンス』を発表する。前作と同様、十九世紀のニューイングランドを舞台にしたこのロマンスは、それまでと異なり、カヴァーデイルという一人称の語り手を採用し、物語や登場人物がより写実主義的に語られるという意味で新しいロマンスの傾向を見せている。そして、もう一つ特筆すべきことは、前作とは違い、ヘスターの姉妹ともいうべき黒髪の女性が作中に戻ってきていることであろう。言うまでもなく、ゼノビアである。トマス・ミッチェルが詳細に論じたように、ホーソーンのいわゆる黒髪の女には、この作家と実に謎めいた関係にあったマーガレット・フラーの面影が色濃く感じられるのであるが、この『ブライズデイル・ロマンス』には、フラーの名が実際に出てくる。これは実に興味深い事実である。単に作品が写実主義的であるというだけではない。自らの実体験も周到に細工を施し、デフォルメした形でしか作品中に取り入れることをしなかったこの作家が、ここでは、いつになく無防備に自身の経験世界が作中に侵入してくるのを許しているように見えるのだ。しかも、物語は、そして、そこの黒髪の女もまた、作者自身を強く暗示する語り手の視点から描き出されている。この作品が、これまでになく、ホーソーンという作家の問題を明確に垣間見せてくれるのではないかという期待を抱いたとしても無理がないであろう。そして、実際、このロマンスは、これまで隠されていた作家の「深奥の自己」(the inmost Me)(I－七)をかなりの程度見せてくれるのである。

『ブライズデイル・ロマンス』は、ロマンス作家ホーソーンの心理的自伝として読むことができる。一八四一年に自身が参加した実験農場ブルック・ファームでの経験に取材したこの作品は、従来、フーリエ主義的共同体、超絶主義、女性解放運動、また十九世紀ニューイングランドを特徴付ける社会改革との関連で読まれてきたと言ってよい。しかしながら、この作品には、こういった明白なテーマとともに、文学的創造の問題が、紛うことなき重要なサブ・テキストとして織り込まれている。すなわち、語り手である「二流詩人」マイルズ・カヴァーデイルを通して、ホーソーンは、自分が直面したロマンスを書くことのディレンマを他のどの作品よりも忠実に語っているのである。これまでも度々問題にしてきたところではあるが、それまで寓話的な短編作家として知られていたホーソーンは、一八五〇年から一八五二年の間に、ロマンスと呼ばれる新しい表現形式に手を染めることになった。『緋文字』『七破風の屋敷』、そして『ブライズデイル・ロマンス』といった傑作をたて続けに発表していったこともすでに見たとおりである。ただ、我々は、これを単なる新しい文学ジャンルの実験であったと見なすことはあっても、そこで起こっている内実の変化にあまり注目してこなかったのではないだろうか。だが、それは、ホーソーンの断固とした決意を反映した試みであった。ニーナ・ベイムも指摘しているように、ロマンスは初期の短編作品とは根本的に異なった文学だったのである（Baym 一四二 - 一四三）。『旧牧師館の苔』の序文エッセイ「旧牧師館」で、ホーソーンは、「私は、これまでずっと長い間、怠惰な物語の作者であったことを恥じている」と書いた。それまでの短編作品は、一応の評価をもたらしてはくれたものの満足には程遠いものであったというわけである。しかし、「どんなにつつましい形ではあろうと」とホーソーンは続けている。「私は、少なくとも、小説を書き上げようと決心したのだ。なんらかの深い教訓を含み、それ一冊で十分立てるだけの物質的実体を備えたものを」（X - 五）。この文章を書いたのは、一八四六年、『緋文字』の執筆を始める三年ほど前のことである。いかにもこの作家らしく謙遜めいた言い回しをしているが、それでも並々ならぬ決意の深さは感じられるであろう。それには裏付けがあった。具体的には、それは、一八四二年、ソファイアと結婚した後、三年余りを過ごすことになったコンコードの旧牧師館での生活である。自身の言葉によれば、それまで孤独の部屋に監禁され、「他の存在と交じり合うことの意味を知らない」実体のない影のごとき存在であったホーソーンは、ソファイアという伴侶を得て、現実という豊かな世界の意味を文字通り発見したのである（XV - 四九五：ソファイアへの手紙、一八四〇年十月四日）。そればかりではない。この時期はまた、エマソンをはじめとした超絶主義者との交流から、大きな思想上の影響を受け、世界と人間の深みに対する新たな洞察を得ていった時期であった。そうした経験を基盤として、この作家は、自らの内部に沸々と沸き起こる力を感じていたに違いない。それがロマンスという形式につながっていくのである。

新たなロマンスという形式に取り組むということは、ホーソーンの精神上の大きな賭けであった。単に、「それ一冊で十分立てるだけ」の長い作品ということではもちろんない。それは、既成の文学形式の中には収まりきれない、荒々しい情念に表現を与えようとする試みであったのである。ちょうど『ブライズデイル・ロマンス』

と同じ一八五二年に発表されたメルヴィルの『ピエール』(*Pierre : or, The Ambiguities*) で、主人公が謎めいた姉イザベルとともに魂の深みに飛び込み、それまでのお行儀のよい人気詩人として評価の定まった文学的地位を捨て去ったように、ホーソーンもまた、ロマンスを通じて因習的な文学形式を乗り越え、意識の深層に潜む、より深い自己と直接対峙しようとしたのである。ここには、おそらく偶然以上の結び付きがある。『緋文字』発表の一年後の一八五一年、ホーソーンとメルヴィルがバークシャーで出会い、深い親交を結ぶようになったことはよく知られた事実である。F・O・マシーセンの指摘するように、ホーソーンは、メルヴィルに初めて自分を理解してくれる読者の存在を意識し、メルヴィルもまたホーソーンの中に自分の志向する独創的なアメリカ文学の誕生を見たのである (一八八一-一八九)。そして、互いからの刺激が、彼らのロマンスをより深化させることになったのも間違いないところであろう。この二人の作家は、具体的に同じ思考を共有し合っていたものに違いない。それが、おそらくはロマンスを生み出す衝動であり、それは暗い無意識の情動から汲み上げたエネルギーを推進力とする急進的な言説に他ならなかった。『ブライズデイル・ロマンス』は、それ自体がそうした作品であったにとどまらず、作家がこの精神の深奥にある強力な表現の源泉と直面した様を忠実に記録した作品だったのである。

リチャード・チェイスが一九五七年、『アメリカ小説とその伝統』の中で論じて以来、ロマンスはアメリカの国民文学の最も正統的な文学形式であるかのように考えられてきた。しかし、一九八〇年代以降、ロマンスというジャンルは大幅な見直しをされることになる。具体的には、この文学ジャンルが本質的に持っている革新性に光が当てられることになったのである。例えば、マイケル・ベルは十九世紀初期におけるロマンスを時代のコンテキストの中に正確に位置付けながら、次のように述べている。「ロマンスの幻惑に耽溺することは、心理的、社会的秩序の基盤を破壊することであり、自己を『現実の生活における務め』から引き離すことであった」。なぜなら「ロマンスという用語は、少なくともその潜在的な意味からは、このように中立的なジャンルを示すレッテルではなく、革命的な、そして控えめに言っても反社会的な声明であった」からである（*Arts* 三七）。ベルはまた、ホーソーンが生きた時代には、ロマンスがその機能上、詩に似ていると見なされたことも指摘している。両者とも想像力と情念に基礎を置いて社会秩序を脅かす言説を生み出すものだからであり、このことは、ホーソーンもボードン大学時代に読んだヒュー・ブレアの有名な『純文学のレトリック』（一七八三）にも書かれている（*Development* 一二一—一三）。

こうしたロマンス観を念頭に置くと、これは、旧牧師館時代、大きく変貌を遂げるホーソーンにとって、まことにふさわしい形式であったように見える。周りの社会を見渡してみると、独立から半世紀以上を経て、次第に社会的因習が日常の生活をがんじがらめにしていくという現実がある。それは、世俗的な社会が、あるいは、その基盤を支える言語体系が、因習的な父性的権威に支配されていくということでもあった。ホーソーンのロマンスとは、この因習にとらわれた社会に、一種の風穴を開け、そこから垣間見える豊饒な生の世界の言説を提示することであったと言ってもいいだろう。最初のロマンスたる『緋文字』において、ホーソーンは見事にそれをやり遂げ、メルヴィルもまた、ボール紙のごとき世界の背後にある悪意に満ちた力に挑みかかろうとしたエイハブさながらに、その因習のかなたの闇と豊穣を志向したのであった。ただ、『ブライズデイル・ロマンス』では、そうした自己の文学的な営みを、一歩引いて、客観的に外側から見つめようという視点がより強調されているのである。一人称の語り手という工夫は、そうした作家の思いを反映した仕掛けであったにちがいない。こうした視点からこの作品を眺めてみると、『ブライズデイル・ロマンス』の語り手が「二流詩人」であり、なんとか偉大な詩的表現をものしたいと考えている事実がことさら興味深く思われる。何故なら、この語り手カヴァーデイルの芸術的野心こそが、ロマンス作家として生まれ変わることで従来の因習的な文学形式を打ち破り、過激でありながらも偉大な表現に達しようとしているホーソーンの置かれている立場を正確に映し出しているからである。それは、別の面から見れば、日常世界を宰領する父性的権威に対する挑戦者としての芸術家を描く試みであるとも言えるであろう。

本章の目的は、ブライズデイルにおけるカヴァーデイルの経験が、ホーソーン自身のこうした斬新な言説への志向をどれほど体現しているかを明らかにすることである。詩人としてのカヴァーデイルの視点から見ると、このロマンスが本質的に「二流詩人」の文学創造の源泉の模索、自己の内面への探求の旅を描いていることが見えてくる。その唯一の目的は、本当の詩というものがそういうものであるはずの豊かな、日常の言語空間を揺さぶる表現を生み出すことなのである。ブライズデイルの謎めいた登場人物たちが織りなす物語は、その意味からは、詩人カヴァーデイルの魂の現実を劇化したものに他ならない。彼のブライズデイルにおける経験とその詩的創造との関係を十分理解する上で、ジュリア・クリステヴァの提示する革命的詩的言語の理論は大きな手がかりとなる。主にラカンの精神分析にヒントを得た「ル・サンボリック」(le symbolique) と「ル・セミオティック」(le sémiotique) という独自の概念を使用しながら、このフェミニストの批評家は、詩的言語というものの革命性を説明している。その詩的言語観は、ホーソーンがロマンスで目指した斬新な言説の本質を考える上でも大変参考になる。何故なら、クリステヴァもまたホーソーンと同様に、革命的文学表現というものが、その基盤において女性の性的エネルギーと不可分の関係にあるという認識に立っているからである。クリステヴァの理論を踏まえれば、ブライズデイルという共同体が根本的に「セミオティック」を体現する芸術表現の理想郷であり、カヴァーデイルの目的は真のクリステヴァ的詩人として再生することであるという事実を我々は確認することになるだろう。

2　詩人カヴァーデイルの目的

『ブライズデイル・ロマンス』が、まず何よりも様々な社会改革を模索する実験的共同体を描いた物語であることは改めて言うまでもない。カヴァーデイルが指摘するように、この共同体の参加者たちは、「これまで人間社会が長い間その基盤としてきた偽りで残酷な原理とは違った原理によって治められる生活の例を人類に示すために、これまで達成したあらゆるものを捨て去ること」(Ⅲ－一九)を共通の理念とし、その上で自分なりの改革計画を実践しようとしてここに集まってきたのである。例えば、ゼノビアは女性の権利を改善すべく身を捧げようとするし、ホリングスワースは、罪人たちの更正に熱中するといった具合である。参加者たちはみな、因習的社会制度の中で人間を歪める「偽りで残酷な原理」を憎んでいるのだ。カヴァーデイルもその例外ではない。彼もまた、社会の非人間的な制度に関しては、それ相応の問題意識を抱えているのである。しかし、この語り手は、そうした原理が様々な形式の社会的歪みを引き起こすためというよりも、それらが何よりも言語そのものに暴力的な圧力を加えてくることのために、こうした原理の存在を問題視しているように見える。この点は看過すべきではないだろう。カヴァーデイルは、社会改革者というよりも、あくまでも詩人なのだ。もちろん、言語が社会の成り立ちの根本たる価値体系のシステムを代表するとすれば、当然、言語のあり方と社会制度とは無関係ではありえない。この詩人にそこまでの思いがあったかは定かではないが、厳格な因習的社会が「偽りで残酷な原理」から解放されて、言語もまたその本来の生命を取り戻せるような空間をブライズデイルの中に求めたいという思いが、その願いの中心にあったことは銘記しておかなければならない。

ブライズデイルに向かう途中、ボストンの通りを通り抜けていく中で、カヴァーデイルは「通りの両側の建物が、あまりにもびっしりと（自分を）圧迫し、それらに囲まれていると（自分の）力強い心臓が鼓動するのに十分な空間をほとんど見つけられない」（Ⅲ－一二）と感じる。古いボストンの街で快適な独身生活を営んでいたはずではあったが、その社会を離れるに当たり、「偽りで残酷な原理」がどんなに生活の上に強力な支配を及ぼしていたかを今更ながらに感じていることがここには暗示されているだろう。しかし、その強力な圧力は、カヴァーデイルの心臓ばかりでなく、その言葉をも窒息させようとするのである。古いボストンの街を出て、堅牢な社会制度から解放された自然の空間の中に入り込むと、そこには「自由な風」が吹いている、とこの詩人は感じる。そしてその風は「幾度も人に呼吸されたものではない空気」であり、「陰惨な都会の空気のように、人が話す中で虚偽と、形式と、誤りの言葉にされてしまったものとは違う空気」（Ⅲ－一二）なのである。ちょうど人間の心臓が自然と調和することで自由に鼓動を始めるように、言葉もまた自然の中で元来の純粋性を取り戻すことを、カヴァーデイルは示唆しているのである。これは、詩人カヴァーデイルには、殊のほか重要であった。何故なら、本当の詩的言語というものは、まず第一に、自然と調和した言語だという思いがあるからである。ブライズデイルに到着した後、この詩人は、ゼノビアに自分の詩人としての野心を語っている。

「僕は今それどころか本当に詩と呼ぶに値するものを創り出そうとしているのです。僕たちがここで営もうとしている生活のように真実で、力強く、自然で、甘美なもの。場合によっては、野生の小鳥のさえずりの調べ

を持ち、森を吹き抜ける風の歌のような旋律を奏でるものを！」（Ⅲ‐一四）

カヴァーデイルは、二流詩人としてぼんやりとくすんでしまった自分の詩的言語を再生する必要性を感じている。そして、自然のリズムに自分の詩の旋律を従わせることで、この目的を達成しようとしているのである。「歴史を遡っていくと、言葉はずっと絵画的なものとなり、ついにはそれがすべて詩である言葉の幼年時代に達する」とエマソンは述べている（*Nature* 三三）。言葉は、その源泉において、ひとつの絵であるとこの詩人思想家は言っているのだ。そこでは、それぞれの言葉が、自然の事物そのものを映し出すように豊かな形と色彩とを有しているというわけである。まさにエマソンのように、カヴァーデイルは自分の詩的表現を再生することで言語元来の絵画性を取り戻したいと考えていると言ってもいいだろう。そのためには、例えば、アレクサンダー・ポープ（Alexander Pope 一六八八‐一七四四）が述べたように、あらゆる詩人は「芸術の源泉であり、目的であり、また同時にそれを試すもの」でもある「誤謬なき自然」に従わなければならないのである（一八九）。

こうした詩的言語観自体は、ロマン派のみならず、ポープのような古典主義的な詩人によっても支持されてきた、いわば、伝統的な見方である。カヴァーデイルの言葉もまた、その伝統的な詩的言語と自然との緊密な結び付きに言及しているにすぎない。エマソンの詩的言語観は、その伝統的な見方をさらに推し進めたものであり、それは、この時代、セオドア・パーカーやブロンスン・オールコット、ローウェル、そしてホイットマンにも継承されてきた姿勢なのである（F.O. Matthiessen 三六‐三七）。しかしながら、この作品における自然の意味を探っていくと、そこには一筋縄ではいかない問題が潜んでいることが分かる。ここでの自然は、単に外部に存在する自然であるのみならず、芸術家の魂のうちに宿る複雑な芸術創造の源泉の象徴として描かれているからである。

したがって、その自然がいかなる特徴をもって描かれているかを明確にしないうちは、ホーソーンが詩的言語と自然のリズムとの結び付きに言及することで何を言おうとしているのかは具体的に理解できない。さらに、この作品における自然描写を詳細に検討することは、カヴァーデイルのみならず、ホーソーン自身の文学創造の秘密を解き明かすためにも重要であるということも付け加えておこう。

詩人カヴァーデイルの内面に宿る文学創造の源泉を体現するものとして自然の働きを考える上で、以下の二つの点に注目したい。一つは、ここでの自然はカヴァーデイルの詩的言語に関連してどのような機能を持って描かれているかという問題。もう一つは、自然の問題とは別に、ブライズデイル共同体の何が、あるいは誰が詩人カヴァーデイルの目を捉えているかという問題である。というのも、もしも、ここでの自然が比喩的にこの詩人の表現の内実を映し出すとすれば、この共同体で起こることもまた、自然描写とパラレルな関係で、詩人としてのカヴァーデイルにとって深い意味を持つ出来事であると考えられるからである。しばしば、カヴァーデイルは「信用できない語り手」とされ、ブライズデイルでの実際の出来事に関して彼が物語ることは必ずしも実態を表したものではないという言い方がされてきた。しかしながら、例えばジェイムズの『ねじの回転』(*The Turn of the Screw* 一八九八)の、やはり「信じられるか定かではない」語り手である家庭教師が、少なくとも自身の心理的真実を語ってはいると考えられるように、カヴァーデイルの語りもまたその詩人としての心理的現実を考える上では、その実態を正確に映し出しているのである。

まず、カヴァーデイルの内面、あるいはその詩的言語と緊密に結び付いた自然の描写を考える上で、カヴァーデイルの奇妙な森の隠れ家に注目したい。この不思議な領域が、この物語における自然の中心的なイメージを形成していることは否定の余地がないであろう。それは、森の中の「白松の中ほどの枝の間にあって、空中高く浮かんだ、一種の葉っぱのほら穴」である。その隠れ家をカヴァーデイルは次のように述べている。「それは、蔦の葉の間をしばしば通り抜ける風の交響曲に旋律を合わせながら詩を作ったり、自然の数々の言葉が神秘を語ったりするダイアル誌に載せる随筆を考えたりするには、すばらしい場所であった。」そして、その隠れ家は、彼の「個性を象徴」し、「その神聖さを冒さないように保つ」役目を負っているのだと言うのである（Ⅲ－九九）。このように、カヴァーデイルは、この空中の隠れ家と自分の詩との緊密な関係を強調するのだ。そして、さらにはこの自然の領域が、自己の内面とも深く結び付いていることも暗示しているのである。ここでの自然は、外面の自然というだけではない。それはむしろこの詩人の内面世界に属するものの象徴のようでもある。ホーソーンの作品においては、外側の世界と内面の世界の描写があまりにも重なり合うために、どこで両者を分ける線引きを行うべきか迷いを生じることが多い。この隠れ家なども、そのあいまいな特性をよく表している例であろう。

この隠れ家の描写をさらに追ってみよう。そこにはこの空間の持つ特異な性格が描き込まれている。

並外れた大きさで豊かな野生の葡萄蔓が、木に巻きつきからまり合って上に上っていた。そして、そのからみ合った巻きひげでほとんどすべての枝を巻き取ってしまうと、その隣にある二、三本の木をさえ抱え込み、完全に解けることのない多重婚の絆でその木立を婚姻の状態に至らせていた。……中空の部屋は、めったにありえないほど人目から隠されていたが、腐った何本かの松の木々が基盤になっていて、それを蔓がいとおしく息もできないほどに抱きとめ、葉っぱでできた空中の墓所の中に日の光を遮るようにして伸びていた。その空間の内部を押し広げ、緑の壁に抜け穴を作ることは、私にはほとんど造作もないことであった。（Ⅲ－九八）

フレデリック・クルーズが指摘したように、この隠れ家の描写は明らかに女性の子宮を想起させる（一九九）。ここでカヴァーデイルは、母親の胎内で育まれる胎児のように、外の世界のあらゆる危険から守られているというわけである。ここにこの詩人の母体回帰の願望が具現されていることは、注目してよい事実であろう。しかし、それだけではない。この描写は、性的な欲動をもみなぎらせている。語り手は、繰り返しからまり合った蔓に言及しながら、あたかも男女がしっかりと抱き合うかのようなイメージを強調している。さらには、野生の葡萄蔓が、「その隣にある二、三本の木をさえ抱え込み、完全に解けることのない多重婚の絆でその木立を婚姻の状態に至らせて」いるのを見れば、ここには禁じられてしかるべき性的な結合、もっと言えば近親相姦が強く暗示されてはいないだろうか。しかしまた、カヴァーデイルがゼノビア、プリシラ、ホリングスワース、そしてウェスターヴェルトといった人物と運命的に結び付けられていく様を見ると、この葡萄蔓が結び付ける「その隣にある二、三本の木」とはこの人物たちを指すとも考えられる。カヴァーデイルの内面深く潜む欲求とブライズデイルという外側の世界の出来事が密接に関係しているという事実が、この隠れ家の描写の多面的暗示からも察せられるだろう。しかし、ひとまずここではこの隠れ家という中心的自然の象徴が、生命を創造する女性の器官、しかも性的な欲動を激しくみなぎらせた子宮のイメージとして提示されていることを確認しておこう。このことを念頭に置くと、カヴァーデイルの詩的言語が、その再生のためにこうした性的なエネルギーの充溢した子宮的女性空間を志向していることが察せられるのである。

ブライズデイルにおけるカヴァーデイルの主要な関心もまた、もっぱら女性的なものに向けられている。その中心は、豊かな女性性を体現するゼノビアであり、カヴァーデイルの視線もまたつねに彼女に注がれているのである。ゼノビアは次のように言っている。「私は世に出てから二、三年の間、たくさんの視線にさらされてきたけれど、あなたがいつも私を見ているのと全く同じようには人から見られたことはないと思うわ。私はずいぶんとあなたの興味を引いているようね」（Ⅲ－四七）。カヴァーデイルは、まるでゼノビアの豊かな女性的魅力の秘密を探ろうとでもするかのように、彼女を見つめるのである。ゼノビアは、美しく、官能的で、謎めいた翳を持つ、言ってみれば典型的なホーソーン的なダーク・レディと言ってよい。カヴァーデイルは述べている。その「性が色あせ、何の意味も持たなくなる」他の女性たちとは違って、ゼノビアからは「ある感化力が立ち上り、それはまるで、神が女性の創造を終えたばかりで、アダムに対して『見よ！　ここに女性あり』と言った時のイヴから発しているかのようだ」（Ⅲ－一七）と。ここから分かるように、ゼノビアは、女性というものをその始源的性質において体現している。彼女は、何度も繰り返し述べているように、男性支配の社会体制下に抑圧されてきた女性の権利回復にその情熱の全てを注ぎ込む。それゆえ、彼女のブライズデイルにおける目的とは、女性たちがその長く抑圧されてきた自身の特質を自由に解放できるような「天国の体制」を作り上げることなのである。もちろん、この実験的共同体には、社会改革と称して様々な目的を持った人々が集まっている。しかしながら、詩人としてのカヴァーデイルの視点から見ると、このゼノビアのフェミニスト的な社会改革の試みこそが、自分が詩的表現の再生のためにこのブライズデイルにやって来た目的ときわめて近い位置にあるように見えたのではないであろうか。なぜなら、この二流詩人にとって、ブライズデイルとは第一義的に、このゼノビアの体現する豊かな女性美と生命とが充溢した空間に他ならないからである。カヴァーデイルの詩的表現の再生の試みとこの豊かな女性的な生命力に満たされた空間には、謎めいた、しかし強く緊密な結び付きがある。この「二流詩人」が、斬新な表現力を持った「一流詩人」へと脱皮することができるかどうかは、この女性的な生命エネルギーと自己の言語を結び付けられるかどうかにかかっているのである。

3 詩的言語と母体回帰

詩人としてのカヴァーデイルととりわけゼノビアに体現される女性の性的欲動との結び付きに関しては、これまで様々に論じられてきた。ミリセント・ベルは、ゼノビアがカヴァーデイルにとって重要なのは、彼女が「芸術家の禁じられた知識の魅惑と刑罰」を体現しているからだと述べている（一五九）。ゼノビアを芸術家にとっての創造の源泉と結び付けてはいるらしいものの、ベルの説明は多少抽象的で分かりにくい。詩と女性のエロスとの関係にもっと直接的に言及しつつ、ニーナ・ベイムは、「性的エネルギーと詩のエネルギーは、同じ欲動が異なった表れ方をしたものであり、性と芸術と自然をすべて自らのうちに引き受けて体現したゼノビアこそは、その欲動の象徴である」と論じている（"A Radical Reading" 五五二）。ベイムは、女性の性的欲動というものがカヴァーデイルの力強い詩的表現にとっていかに重要なものかを実に鋭く見抜いている。しかし、そこには両者の関連性が指摘されているのみで、さらなる説明は与えられていない。ロラン・バルトの概念を用いながら、ゼノビアを「恋する人間の言説を『眩惑する』女性」と見なしたのは、リーランド・パースンであった。それによれば、ゼノビアは「生きた芸術品」としてカヴァーデイルの想像力に挑戦し続ける。なぜなら、豊かな美しさ、生命力、そして自由な表現を体現するものとして、この女性は「カヴァーデイルの言語の領域にとどまることを拒絶する」からであるという（一四七－一四八）。別の言い方をすれば、ゼノビアの豊かな女性性は、あまりにも根源的な、そして深遠な内実を備えているために、日常的な言語の表現しうる範囲を逸脱しているのである。こういった批評家たちの見方は、それぞれカヴァーデイルの詩的言語とゼノビアとの関係を考える上で極めて示唆に富んでいる。ただ、そのどれもがゼノビアを芸術創造に不可欠な神秘的エネルギーを体現しているとの指摘にとどまり、さらに説得力を持った議論に進んではいかないうらみがあることも否定できないであろう。その上、この批評家たちは、ゼノビアのみならず、ブライズデイルの空間そのものが豊かで神秘的な女性的生命に満ちていることにはまったく注目していない。しかしながら、カヴァーデイルの詩的表現を考えるときに、ゼノビアはもちろんであるが、ブライズデイルのあらゆる出来事が重要な意味を担っているのである。

では、ゼノビアの豊かな女性的特質、またブライズデイルといういわば女性化された空間が、何故カヴァーデイルの詩にとって重要なのであろうか。その一つの答えになりうるのが、ブライズデイルがその機能において、ジュリア・クリステヴァの「ル・セミオティック」という概念に極めて近いという事実である。クリステヴァの理論は、何故、詩人としてのカヴァーデイルにとって豊かな女性的生命力が重要であるのかを極めて明晰に解き明かしてくれる。というのも、ここでのホーソーン同様、クリステヴァもまた詩というものが女性の性と密接に結び付いた革命的な言説であると考えているからである。詩的言語の革命的本質を説明する上で、この批評家は言語の意味生成過程を担う二つの概念として「ル・サンボリック」と「ル・セミオティック」をあげている。

前者は、男性中心社会の基盤となる「父の法」を構成する、日常的に確立された言語体制に依拠する日常的な言語表現の機能である。ある法則の秩序に従わない限り、我々は社会生活を送る上で意味のある言説を生み出すことはできない。「ル・サンボリック」とは、その法則に従うことを前提とした我々の日常の言語活動の基礎となる言語体系のことである。ラカンのいわゆる「象徴界」を基盤にしていることは明らかであろう。それに対して、「ル・セミオティック」とは、人間の感情や欲動が日常的な言語体系の下に組み入れられ、分節化されて意味を持つようになる以前の、いわば前言語形態と言ってもよい。クリステヴァは、それを、母親に抱かれた前エディプス期の幼子の身体に存在する本能的な欲動や情念に満ちた言語形態であるという。幼子の言語は、「ル・サンボリック」の秩序にまだ組み入れられていないので社会的な意味をまだ獲得していない。それと同じように、「ル・セミオティック」も不確かで未決定の状態にあり、思想、立場、統一、そして主体性を欠いている。しかしながら、まさにその理由のために、それは固定した「ル・サンボリック」の言語秩序に対して脅威を与え、破壊するものとも再生するものともなりうるのである。クリステヴァは、次のように述べている。「これら二つの言語様式は、言語を構成する意味生成過程において不可分のものであり、その両者の相克がそこにどんな言説（物語、メタ言語、理論、詩、など）を生み出すかを決定するのだ」と（*Revolution* 二四）。すなわち、より革命的な言説であればあるほど、言語はより「ル・セミオティック」に依存することになるというわけであり、その逆もまた正しいのである。

重要なのは、「ル・サンボリック」と「ル・セミオティック」が、それぞれ男性原理と女性原理に色濃く染められていることである。繰り返すが、「ル・サンボリック」は男性優位の社会における父の法に基盤を置いており、「ル・セミオティック」は母に抱かれた前エディプス期の幼子に宿る欲動や情念に基礎を置いているので、母親の肉体と強い関連を持っている。「ル・セミオティック」は、「ル・サンボリック」を再生する力を持ち、創造的な詩的言語を生み出す源泉ともなるとすれば、詩人が第一になすべきことは、母親に抱かれた前エディプス期の幼子の状態に帰還すること、言い換えれば、母親の肉体と近親相姦的な関係を結ぶことなのである。それゆえ、「詩的言語とは、『邪悪』と結び付いている」とクリステヴァは言う。それは、「いかなる言語や社会に対しても破壊者となり、再生者ともなりうる近親相姦の言説に他ならない」からである（*Desire* 一三七）。こういった観点から見る限り、詩人とは母親の肉体と近親相姦的な関係を持つことで「ル・サンボリック」の秩序、あるいは父の法を脅かすべく運命付けられた存在なのだ。日常の言語体系や既成の社会秩序を揺るがす存在として、詩人は常に「ル・サンボリック」と「ル・セミオティック」との境界、また父の領域と母の領域との境界を侵犯し続けるのである。もしも詩人が革新的な表現を生み出そうとするのであれば、この行為が常にその創造の根幹において不断に繰り返されなければならない。

クリステヴァの理論は抽象的に過ぎるようにも見えるが、それは単なるポスト・モダニストの弄ぶ批評理論ではない。これは、詩人たちが——とりわけロマン派の詩人たちが——伝統的に自分たちの創造行為の中に見出してきた本質的意味合いを理論化した考え方なのである。例えば、「詩人の心の成長」という副題を持つ自伝的長詩『序曲』（*The Prelude* 一八五〇）において、ワーズワースは、詩の創造に手を染めようとした若き頃から、自分は「赤子」であり、「母の心と沈黙の対話を営んできた」と述べている（二一三）。また、『ブライズデイル・ロマンス』の中にも登場するマーガレット・フラー（Margaret Fuller 一八一〇－一八五〇）は、その著『十九世紀の女性たち』（*Women in the Nineteenth Century* 一八四五）の中で「詩人や芸術家がその天才を自由に解き放とうとする時には、……とりわけ女性的な原理に与る必要がある」と言っている（三三二）。ホーソーンは、この本を熟知していた。フラーとの関係を考えれば、献呈本を送られた可能性さえある。また、この本の出版準備がなされていた時期は、ホーソーンとフラーは極めて親密だったからである（Mitchell 八四）。このようにクリステヴァの理論は前衛的に見えながら、その実、創造に携わる芸術家たちの間では極めてよく知られた事実を整理したものだったのである。このクリステヴァの詩的言語に関する理論を念頭に置くと、子宮のごとき隠れ家を持つブライズデイルの空間と「ル・セミオティック」的欲動の源泉である母親の肉体というものが極めて似通ったものに見えてくる。「ル・セミオティック」が「ル・サンボリック」的な言語の支配から逃れようとするように、ブライズデイルの空間もまた因習的な男性支配の社会の基盤たる「偽りで残酷な原理」から解放されることを志向した共同体なのである。ゼノビアこそが、このブライズデイル共同体における母親的人物であることは明白である。この魅惑的な女性は、この空間において「父の法」を払いのけ、自らの内面にある女性の声を解放して生きることのできる生活をほとんど実現しそうになる。そこではまたカヴァーデイルが、母親に抱かれた幼子のように母の肉体と近親相姦的な関係を再び結び、革新的な詩の言語を奏でようとする夢にふけるのである。カヴァーデイルのブライズデイルへの参加は、本質的にこのように母親の肉体に回帰しようとする試みであると見ることができるだろう。この「二流詩人」にとって、この共同体への旅は、クリステヴァ的な詩人が「ル・セミオティック」という詩の創造の源泉に自らの言葉を浸すことで、自らの詩的表現を再生しようとする試みに他ならないのである。

4　詩的言語・女性・共同体の崩壊

『ブライズデイル・ロマンス』は、芸術家、そしてとりわけロマンス作家としてのホーソーンの精神内部で起こったことを忠実に劇化した作品である。この作家は、作中のカヴァーデイルと同様に、このロマンスにおいて、抑圧された情念と感情に革新的な表現を与えるべく、自らの魂の中のブライズデイル空間に深く降りていったのである。かつて作家は次のように語ったことがあった。「自分の存在のあの領域から突き上げてくる感情や概念や連想の広大な潮の流れに比べれば、これまで自分のペンから流れ出てきた思想の流れは、なんと浅はかで貧しいものであったことだろう」と（X－三二）。ホーソーンは、常に自分の文学言語の限界に苛立ちを覚え、ロマンスという新たな文学形式においてその限界を乗り越え、「感情や概念や連想の広大な潮の流れ」に十分な表現を与えることを望んでいたのである。『ブライズデイル・ロマンス』において、この作家は、本当の詩的表現に至る斬新な詩的言語を獲得しようとした「二流詩人」カヴァーデイルを通して、自ら自身の芸術的実験を客観的に描いて見せたと言えるであろう。しかしながら、「ル・セミオティック」という神秘的言語領域がどんなに魅力的に見えようと、結局自分は因習的なニューイングランドに属しているのであり、その因習的言語体系の世界に帰還しなければならないことをホーソーンはよく知っていた。やがて成長して母の懐から離れていかなければならない赤子のように、作家もまたその理想的世界に留まることはできないのである。ブライズデイル共同体の崩壊には、その辺の心理的プロセスが、巧妙に描きこまれている。

ブライズデイルの崩壊もまた本質的に、ジェンダーの問題と強く結び付いている。ジフが見抜いたように、それは「その状況において社会主義が経済的に立ち行かなくなったからではなく、その参加者たちが、結局は、因習的社会の中で獲得した性別に基づいた役割をそぎ落とすことができなかったから」（一三八）崩壊したのである。皮肉なことに、ブライズデイルは、それが旧来の因習的社会の中に捨て去ってきたはずの男性中心的な権力構造を再生することになったのだ。このプロセスは、ホリングスワース、ゼノビア、そしてプリシラという、「カヴァーデイルの想像力にとって解決すべき問題を示す指標となる」（Ⅲ‐六九）三人の関係の変化に象徴的に描きこまれていることに注意したい。当初、この三人は、因習的社会の「偽りの残酷な原理」から解放されて、それぞれが自己の本来の生、あるいは社会改革の計画を追及したのであった。しかしながら、ホリングスワースが、本来の女性の領域とは男性の支配下にあると主張して、自らの博愛主義的社会改革を推し進めるに当り、新たな男性中心的な権力構造を作り出してしまうのである。確かに、その目的自体は高貴なものであった。しかし、ホーソーン作品の登場人物によく見られるように、ホリングスワースもまた、自らの理想に取りつかれるあまり、すべてのものを犠牲にしてまでもその思いを実現しようとする時に、一種の怪物と化するのである。そして、その怪物的な権力が、次第にブライズデイルの法そのものとなっていくのだ。ホリングスワース、ゼノビア、そしてプリシラとの間に一種の三角関係が生じると、彼の男性的支配力はこの二人の姉妹をますます拘束するようになり、因習的なジェンダー関係からは無縁であったはずのこの理想的空間に新たな男性支配の構図が生まれるのである。言い方を変えるなら、ホリングスワースを通じて、この理想郷の中に父性的権威の支配構造、あるいは「ル・サンボリック」の秩序が再生されるのである。

ゼノビアとプリシラは、はじめウェスターヴェルトが体現する厳格な「ル・サンボリック」の秩序の支配から逃れてきたわけだが、彼女たちの心は、皮肉なことに、ホリングスワースの男性的支配を求めたということになる。彼女たちは、愛のために、この男の影響下に進んで身を屈し、さらには、そのことが、ゼノビアとブライズデイルの共同体の崩壊へとつながっていくのである。この過程を描きつつ、ホーソーンが示唆しているのは、男性支配の社会秩序とはそれ自体忌まわしいものには違いないが、それは、結局のところ、人間の心から自然に出てきたものだということであろうか。あるいは、人間の心は、あまりにもその社会秩序に慣れすぎていて、男女間の新たな関係を構築するのは、そんなにたやすいことではないということであろうか。確かに私たちの心は、自由を、自然と調和し解放された生を、また、この社会からの飛翔を求める。しかし、それはまた同時に、規制と、安定と、束縛の具現のごとき社会をも求めるのである。なぜなら、心が存在するためには、確固たる現実の基盤が必要だからだ。同じことが、「ル・サンボリック」と「ル・セミオティック」にも言えるであろう。「ル・セミオティック」は、確かに詩的創造の豊かな源泉となりうるものかもしれない。しかし、クリステヴァの言うように、それは、「意味や、記号や、指し示された事物の必然的な属性である」「ル・サンボリック」なしには存在できない。なぜなら、「社会的交流の実践としての言語は、必然的にこれら二つの性質を前提としており、その二つが様々な結び付き方をすることによって、様々な形の言説や、様々な形の意味作用が生み出されるものだからである」(*Desire* 一三四)。「ル・セミオティック」を体現するブライズデイルの理想郷が、たとえどんなに詩人としてのカヴァーデイルに魅力的であったとしても、それは永遠にそのままであり続けることはできない。その安定のためには、どうしても「ル・サンボリック」という安定した基盤が必要なのである。この意味において、ゼノビアは、自らを表現するために、ホリングスワースが体現する「ル・サンボリック」がどうしても必要であったと言っても言い過ぎではないだろう。一人のフェミニストとしての彼女にとって、その選択は不幸なものではあったには違いないが。また、詩人カヴァーデイルにとっても言語における父性的権威の存在は、なくてはならないものと確認されたことをこの事実は物語っていよう。

それにしても、その選択の結末にはゼノビアという女性の悲しさが、余すところなく凝縮されている。戦闘的なフェミニストとしてのみ言及されることの多いこの女性ではあるが、その複雑な魂の深みをもホーソーンはきちんと描いていることに注目しなければならない。例えば、ホリングスワースとの恋に破れ、暗い川に身を投じて命を絶った時のゼノビアを描くカヴァーデイルの描写を見てみよう。それは、この女性もまた自らの魂の救いを願う弱い女性であり、しかしまたその一方でそうした自身の弱さに抗う激しさも兼ね備えた女性でもあったことを教えてくれる。

私はひとつ希望を感じた。そして、それはまた、半分恐れとも混じり合っていた。彼女はまるで祈りを捧げるかのように、ひざまずいていたのである。彼女の魂は、最後の窒息してしまいそうな意識の中で泡となって口から抜け出そうという時に、父なる神と和解し悔い改めた状態となって、その手に任せられたのであろう。だが彼女の腕はどうだったであろう。それはまるで果てしない敵意を持って神に抗っているような形で、体の前で曲がっていた。その手はどうだろうか！　それは、和らげられることのない反抗心を示すかのように固く握られていた。こんなおぞましい考えなど消えてしまえ！　ゼノビアが暗い水の中に沈んだ後、彼女が息絶え、その魂が口から出そうになった一瞬の時間は、神の無限の許しを得られるかどうかという点においては、この世の存在時間と同じほど長かったのだ。（Ⅲ－二三五）

生涯、男性中心主義社会を告発し、女性の権利を主張したゼノビアであったが、死体となった彼女にもちろん声はない。しかし、「まるで祈りを捧げるような」姿、そしてまた同時に最後まで神に抗おうとするかのようなこわばった腕は、言葉よりもずっと雄弁に彼女の魂の真実を物語っているだろう。カヴァーデイルは、女権拡張論者というマスクのとれたゼノビアの素顔の中に、彼女のむき出しの魂を見る思いがしたのだ。この語り手は、それが神と不幸な関係しか結べず、深い宗教的苦悩を抱えた魂であることを見抜くのである。

詩人カヴァーデイルの目から見れば、このゼノビアの運命は、「ル・セミオティック」が人間の現実世界においてとりうる一つの悲劇的姿を具現化したものに見えたであろうか。ゼノビアの人生は、確かに、一人の女性としての感情的、政治的、社会的、宗教的など様々な意味を有したものであるという当然の事実が、ここでは明らかにされている。しかし、彼女の不幸な恋愛をその基底で突き動かしていたものが、言語に内在する「ル・セミオティック」の欲動であったということも事実なのである。

このようにクリステヴァの理論を念頭に読んでみると、ホリングスワース、ゼノビア、そしてプリシラの織り成す運命は、ホーソーンのロマンスという革新的言説に対する態度を忠実に映し出していることがわかる。ゼノビアの豊かな女性的美しさにも比されるロマンスの魅惑的言説を生み出すことに強く惹かれつつも、最終的にホーソーンは、そうした革新的言語表現に完全に身を捧げることを躊躇したのだ。「ル・セミオティック」の欲動に満ちた空間の消滅とともに、ブライズデイルが詩人としての自分にとって意味を失うと、カヴァーデイルは、因習の支配するボストンに戻り、なおかつ詩を書くことも止めてしまうのである。そして、この詩人の語り手とともに、ホーソーン自身も因習的な言語システムと日常的な生活の場へと戻って行ったように思われる。詩人カヴァーデイルと同様、ホーソーン自身もこの作品以後しばらくはロマンス作品に手を染めることはできなかった。やっとの思いでなんとか『大理石の牧神』（一八六〇）を書き上げたのは、数年後、リバプール領事としてヨーロッパに滞在したのちのことである。ホーソーンは、完成したロマンスとしては最後の作品の序文で次のように述べている。「影もなく、古色ゆかしきものもなく、神秘も、絵画的なものも、陰鬱な悪もないような国、――それが幸福にも我が祖国の状況なのだが――その国についてのロマンスを書くことの困難さは、やってみないことにはどんな作家にも想像することはできない」と（Ⅳ-三）。アメリカの作家として、ホーソーンは、「ル・サンボリック」と「ル・セミオティック」とのダイナミックな相互作用が革新的な言説を生み出すロマンスという魔法の空間を創出することが、どんなに難しいことかをはっきりと知っていたのである。『ブライズデイル・ロマンス』が、ロマンス作家としてのホーソーンの文学的営為と実験との忠実な記録であった所以である。

第6章

ホーソーンと心霊主義
――『ブライズデイル・ロマンス』論Ⅱ――

1 社会改革と時代精神

『ブライズデイル・ロマンス』は、ロマンス作家としてのホーソーンの創作の問題を扱った心理的自伝であるというのが前章の観点であった。我々は、クリステヴァの理論に頼りつつ、言語にはいわば父性的権威によって宰領される側面と、母性的な欲動によって宰領される領域があることを確認し、ホーソーンがその二つの言語の領域といかにかかわりながらロマンスという文学を創造していったのかを検証したのである。それは、ゼノビアというかぐわしい花のように豊かな色彩を持つ女性といかに対処するかという問題であり、また、言語上、因習的な父性的権威とどう渡り合うかという問題でもあった。ホーソーンの父性的権威との対峙の仕方をこれまでいくつかの作品を通じて検証してきたわけであるが、特に、『緋文字』以降のロマンス作品において登場するのは、実に貪欲かつ暴力的で、いわば機械的ともいえる力に溢れた父親像が多い。それが、『ブライズデイル・ロマンス』で見たように、文学的言語の生成過程においても、言語を宰領する因習的な父親像となって現れていたのである。その因習的な父性的権威は、最初、因習的な社会を出て、自由を体現する自然の共同体の中に身を移すことで振り払おうとしても、またいつの間にか再生してしまう。そういう存在として描かれていたのである。

もちろん、ホーソーンは、そのような因習的な父親を求めたのではない。この作家の求めたのは、クリステヴァの用語に従えば、「ル・セミオティック」を抑圧する暴力的「ル・サンボリック」ではなく、その二つを詩的言語表現に調和させられることのできるような、そんな父性的権威なのである。しかし、そうした理想的な父性的権威に具体的な形を与えることは、なかなかできなかった。我々は、唯一、『緋文字』の最後で、死の直前にわずかの間だけパールの父親でありえたディムズデイルにのみ、その具現化を垣間見ることができたのである。こうした強力な因習的父親像は、これまで度々指摘しているように、叔父ロバート・マニングに負うところが大きかったであろう。これは、多くの批評家が指摘しているとおりである。しかし、その叔父は、ホーソーンがロマンスによって新しい文学的挑戦を行い始める前の一八四二年に死んでいるのである。ホーソーンはその葬儀にさえ出なかったことが伝えられている（Wineapple 一六九）。この叔父をなくしてはじめて、ホーソーンは父性的権威という問題を正面から見据えることができたと言えるのではないだろうか。しかし、そうした叔父の面影をなぞりつつ、厳格な父親像を描き出してみても、いざその父性がなくなった後、それに代わる理想的父親像をホーソーンはなかなか描き出すことができなかったのである。

『ブライズデイル・ロマンス』において、文学創造の問題に絡めてそうした理想的父親像を描くことができなかったことはすでに見た。しかし、この作品には、もうひとつ、どうしても論じておかなければならない側面がある。それは、この作品が、ホーソーンの同時代のアメリカ社会を冷静に観察した深い社会的批評の物語でもあったという側面である。焦点となるのは、心霊主義と社会改革という問題である。この二つは、一見何の関係もない。しかし、ホーソーンは、『ブライズデイル・ロマンス』という作品の中で、当時、社会を賑わしていたこの二つの風潮を絶妙な手法で結び付けることによって、その背後に社会の隠れた実相を炙り出そうとしたのである。そこではもちろん、この社会における、あるいは、十九世紀アメリカの時代精神における父親の問題が、改めて問題にされているのである。したがって我々は、今一度、ホーソーンの社会批評としての『ブライズデイル・ロマンス』を読み直してみなければならない。

2　心霊主義という視点

ホーソーンの『ブライズデイル・ロマンス』は、「ベールの婦人」という不思議な心霊ショーのエピソードで幕を開けている。語り手のカヴァーデイルは、ブライズデイル出発の前夜、この「新しい科学であり、昔からのペテンの復活でもある」（Ⅲ - 四〇）メスメリズム（催眠術）の系譜に属するショーに出かけ、果してブライズデイルの実験が成功するかどうかを霊媒に占ってもらうのだ。しかし、このエピソードはすぐに中断され、語り手がブライズデイル出立にともなう本筋の物語を始めると、まるで宙に消えたかのように忘れ去られてしまう。あとは、「ゼノビアの伝説」と題された一章と、物語のクライマックスでホリングスワースが、ベールの婦人たるプリシラを救い出す舞台としてわずかに言及されるに過ぎない。実験的社会主義の共同体を舞台にしたはずの小説が、何故、この雲をつかむようなエピソードで始まるのだろうか。女性の権利拡大や、罪人の更正を唱え、社会の残酷な不平等やゆがみを告発する改革者たちの物語が、どこでこの「肉体から離脱した精神」（Ⅲ - 四一）と称されるベールの婦人の心霊ショーと関連するというのだろう。そもそも、「ベールの婦人」のエピソードは、なにゆえにこの作品に存在しているのであろうか。

　こうした疑問を手がかりに、『ブライズデイル・ロマンス』と一八四〇年代から五〇年代にかけてアメリカで隆盛を極めた心霊主義（spiritualism）の接点を考察してみたい。ホーソーン作品と心霊主義の先触れとなったメスメリズムの関連は度々論じられ、最近でもサミュエル・コールがホーソーンのロマンスとメスメリズムのプロセスとの類似を論じている。しかし、アメリカ精神史上での心霊主義の重要性とホーソーン作品の関連については、これまでほとんど論じられていない。「ベールの婦人」は、後述するように心霊主義的色彩の濃いイメージであり、それを念頭に置かない限り『ブライズデイル・ロマンス』の解読そのものが不十分になるのである。ホーソーンは、心霊主義というこの時代のあだ花のごとき文化現象を作品に導入することで、十九世紀という「改革の時代」の本質を描き出そうとしたように見える。ホーソーンの友人ウィリアム・パイクは、この作品を読んだ後、手紙で次のような感想を述べている。君は、人間心理深く潜入し、人間を行動へと駆り立て、ある精神状態を形成する動機の源を探り当てた。多くの作家の中で、君のみが人間精神の底盤を打ち破り、奇妙な人間行動の源を説明している、と（J. Hawthorne 四四四）。これは、まことに正鵠を射た洞察であった。しかし、ホーソーンがこの作品で描いたものは、個人の精神の深淵のみではなかった。それは、改革者たちを行為に駆り立てた精神の源であると同時に、十九世紀半ばのアメリカ社会を突き動かしていた時代精神の胎動だったからである。その意味で、「ベールの婦人」の体現する心霊主義こそは格好の象徴であった。そして、一見、無関係ながら、心霊主義が社会改革の熱狂を形成した時代精神と通底することを、ホーソーンは見抜いていたのである。

3　「ベールの婦人」と心霊主義

「ベールの婦人」の原型は、一八四〇年代アメリカの歴史に求めることができる。この時代は、骨相学やスウェーデンボルグ主義といった「新しい科学」の流行と並んで、一八三六年、シャルル・ポワイエンという人物によってアメリカに伝えられたメスメリズムが人々の注目を集めるようになった。はじめは、もっぱら医学的治療に用いられたものが、女性を催眠状態に置き、霊界との交信をさせて見世物にするということが度々行われるようになる。旅回りの魔術師と無垢の少女がペアとなり、各地のフェスティバルなどを回るということがよく行われたようである。ホーソーンの『七破風の屋敷』に描かれたマシュー・モールのメスメリズムから『ブライズデイル・ロマンス』における「ベールの婦人」への移行は、この変化を正確に映し出していると言っていいだろう。密室での精神との交信が、やがて外に引きずり出されて社会現象と化し、一種の擬似宗教的装いを帯びるようになるのである。そして、この風潮は一八四七年のアンドリュー・ジャクソン・デイヴィスという人物の著作や、一八四八年ニューヨーク州のフォックス姉妹が火付け役となった心霊主義の大流行とともにより大掛かりなものとなっていく。一八四〇年代末には、プロの霊媒師が出現し、一八四九年にはロチェスター、また五〇年にはニューヨークでフォックス姉妹自身が舞台に立ってショーを行っている。コールによれば、クーパー（James Fenimore Cooper 一七八九－一八五一）やブライアント（William Cullen Bryant 一七九四－一八七八）などの文人、またブルック・ファームの設立者ジョージ・リプリー（George Ripley 一八〇二－八〇）もその舞台を見たという（一〇六）。こうした一連の状況が、「ベールの婦人」のイメージの源泉にあることを、まず確認しなければならない。

不思議なことに、『ブライズデイル・ロマンス』の批評史上、「ベールの婦人」が直接、心霊主義との関わりから論じられることはほとんどなかった。このイメージが背景としているのが心霊主義に他ならないことは、例えばD・H・ロレンスも見抜いていた通りなのだが（一一七）、それはまったく等閑視されてきたように見える。むしろ、近年フェミニズムやブルジョワ家庭の構築力学といったイデオロギー批評が力を持ってくると、この「ベールの婦人」もその理論に応じた読まれ方がされる傾向が強くなったのである。「ベールの婦人」のショーにおいて、ウェスターヴェルトという男性中心主義者の権化のごとき魔術師に支配されるはかない乙女、プリシラ――という構図は、まずフェミニストたちの格好の標的となった。例えばニーナ・ベイムは、プリシラを「社会的に与えられた役割によってゆがめられてきた歴史の中の女性像」と見なし、彼女こそは「肉体がなく、それゆえ精神的な女性の理想像」を具現化していると考える（*Blithedale* 五五二）。また、ジョエル・フィスターは、ベールが「女性を自然界から孤立させ、『肉体のない精神』として女性を賛美するドメスティック・イデオロギーと極めて似ている」と論じている（九二）。「ベールの婦人」が、十九世紀アメリカの「性の政治学」のパラダイムを投影していることは確かに否定できないであろう。その意味で、二人の洞察は正確である。しかし、彼らの解釈からは、例えば、何故「ベールの婦人」が、神秘的な千里眼的能力を持つのかという理由が少しも浮かび上がってはこない。「ベールの婦人」は、その心霊ショー的性格を正面から捉えない限り十分には理解できないのである。

その意味で、リチャード・ブロッドヘッドの見方は、新鮮であった。ブロッドヘッドは、当初「ベールの婦人」という言葉そのものが、作品タイトルの候補であったという事実に注目し、これこそが作品の中心的イメージだと考える。そして、この不思議な心霊ショーは、スウェーデンボルグ主義やユートピア社会主義、また骨相学やシルヴェスター・グラハムの食餌法改革同様、一八四〇年代のアメリカで流行し、世俗宗教と哲学の中間物のように見なされた新科学から出てきた現象であることを見抜いている（四九）。ただ、ここでもブロッドヘッドの議論は心霊主義の議論には向かわず、やはりフェミニストたち同様、この心霊ショーの背後に男性中心主義社会の女性抑圧の構図を読みこむことと、当時の女性作家たちの隆盛を含めたエンターテインメントの文化出現を読み取る方向に向かうのである。女性作家たちと競合しなければならなかったホーソーンの作品中に、彼女たちの影を見るというのは興味深い指摘であるが、「ベールの婦人」のショーという心霊体験の持つ神秘性や不可思議さは、やはり論じられぬままなのである。

「ベールの婦人」のショーは、まず何よりも宗教的儀式性を伴った催し物であることがわかるだろう。しかしまた同時に、それは、伝統的な宗教儀式とはまるで違った、世俗的な見せ物的性格を持っていることも事実である。立派な見せかけにもかかわらず、この世のペテンを一身に体現したかのような魔術師ウェスターヴェルトは、観客に対し、ベールに閉じ込めた少女を通して霊的世界と交信できることをほのめかし、「村のホール」の章で次のように語っている。

「目の前にご覧いただくのはベールの婦人です」髭面の教授は、舞台の端まで歩みを進めて言った。「私が今お話した作用によって、彼女は、今この瞬間、霊的世界と交信をしているのです。あの銀色のベールは、ある意味で魔法でして、私の魔術の力で、いわば、本来的に、液体のような心霊の媒体が染み込んでいるのです。それは、もろく希薄に見えますが、その襞（"folds"）の中に時間と空間の限定は存在しないのです。このホール、そしてこの狭い円形劇場で彼女を取り囲んでいる何百人もの人々は、雲の成分である空気のようなものやよりも

さらに希薄な物質なのです。彼女は絶対者を見ているのです。（Ⅲ－二〇一）

邪悪な魔術師がこの神秘的な見せ物の中で強調しているのは、自分の支配力に屈する女性としてのプリシラよりも、むしろ自分の支配力を易々と逃れる彼女の超自然的能力なのである。彼女は、時間的、空間的な地上的制限を超越して霊的世界と交信し、絶対者とさえ出会うのだ、とこの魔術師は言う。いかにも怪しげな神秘体験ではあるが、このショーが一種の宗教体験として成立し、人々の関心を捉えていることに注目したい。ベールの襞を表すのに使用されている"fold"という言葉は、「教会」や「宗派」という意味もあり、我々に宗教性を想起させる言葉である。ただ、繰り返すが、それは全く世俗化した、エンターテインメントとの境があやふやな擬似宗教にすぎない。しかし、それはこの時代の人々の宗教経験の現実を映し出すものでもあった。アン・ダグラスが「神学の喪失」と呼んだ十九世紀アメリカの伝統的宗教の失墜によって、宗教が教会から引きずり出され、世俗性を帯びていく様が、ここには象徴的に描かれているのである。

4　心霊主義の隆盛と社会改革

このショーが心霊主義と密接な関連があることの暗示は、カヴァーデイルの言葉に見て取ることができる。この語り手は、この物語の背景となった一八四〇年代初頭の時期、目に見えない力で「心霊がコツコツ音をたてる時代」（Ⅲ－一九八）は、まだ来ていなかったと述べている。フォックス姉妹に代表されるように、心霊が人々の問いかけに対し、テーブルなどをコツコツたたくような音で応えるのは心霊主義の特徴であり、この物語を書いていたホーソーンが、明らかに心霊主義を念頭に置いていたことが分かる。『ブライズデイル・ロマンス』を書き始めた前年の一八五〇年末、当時のレノックスのホーソーン家を訪れたソファイアの姉、エリザベス・ピーボディが、心霊主義に熱中していたことをメローのホーソーン伝は伝えている。彼女は、ソファイアに対し自分が最近ボストンの心霊主義の交霊会で体験したことを打ち明け、ホーソーン家の娘ユーナが霊媒となる才能があることをコツコツという音で応答する心霊に教えられたと語ったという。ホーソーンは、すでにユーナのこの世ならぬ性質に気づいていたこともあり、それを聞くと不快に思ったとメローは述べている（三六五－三六六）。また、『ブライズデイル・ロマンス』の執筆を開始する数カ月前、七月二四日付けのウィリアム・パイク宛の手紙で、ホーソーンが「次のロマンスを書くときは、（ブルック・ファームの）共同体を主題にする」と語ったのはよく知られているが、同じ手紙の中で心霊主義について興味を持って調べていることを述べてもいるのである（XVI－四六六）。このロマンスの下地として心霊主義を織り込もうとする意思は、ここにも察せられるだろう。後年ヨーロッパに渡った後、心霊主義はホーソーン家に直接影響を及ぼすことになる。子どもたちの家庭教師のエイダ・シェパードが霊媒となって、ソファイアが亡き母の霊と対話するということまで起こるのである。だが、ここでは、『ブライズデイル・ロマンス』執筆期の作家が心霊主義流行の只中にあり、しかもそれを調べ、熟知していたことを確認すれば十分であろう。「ベールの婦人」の直接的なモデルは、心霊主義とメスメリズムの中間に位置する見せ物かもしれない。しかし、このイメージを創造した時のホーソーンの心を占めていたのは、まさに擬似宗教と化して人々を捉えた心霊主義に他ならなかったのである。

心霊主義は、一八四〇年代から五〇年代にかけてアメリカ東部に大きな勢いで広がり、その時代の人々を捉えた宗教現象であった。人々があちこちで交霊会を開き、霊媒の役を務める人物（普通は女性）を通して霊界と対話を交わしてお告げを受け取るということが流行する。アメリカでは、十九世紀当初から第二次覚醒運動が人々を捉えていたが、基本的にこの時代の人々は、既製の宗教の基盤が揺らぐ中で、自分たちが安定した宗教的基盤から切り離されてしまったという宗教的不安感の中に生きていたのである。さらには、アイルランドなどからの移民の増大、急速に進展していく資本主義、一八三七年の経済恐慌、そうした社会不安が追い討ちをかける。混沌とした社会と精神状態の中で救いを求めたい、しかし、既成の宗教はそれに応えることができない——心霊主義は、そうした人々の不安感への反応のしかたの一つであった。彼らは、ニューヨーク、ボストン、フィラデルフィアといった各地で交霊会を開き、心霊との直接の交流を求めた。前述のデイヴィスは、スウェーデンボルグの霊と対話し、また交霊会では、建国の祖たるワシントンやジョン・アダムズ、それに参加者それぞれの先祖の霊が、霊媒を通して呼び出されるということがなされたのである。不安な時代を生きる人々が、過去の安定した社会の信頼しうる精神上の導き手に、生き方の忠告を求めた様が窺えるだろう。伝統宗教から見れば明らかに異端の宗教体験ながら、ヴィクトリア朝期のアメリカ人たちは、こうした心霊との直接の交流に慰めを見出したとアン・ローズは述べている（一七）。

興味深いのは、心霊主義者の中には、多くの社会改革者たちがいたことである。これは他でもない。心霊主義はフーリエの社会観から大きな影響を受けていたからである。キャロルによれば、両者に共通しているのは、個人観の見直しであったという。むき出しの個人主義の風潮の中、疎外感を深める魂を、両者は抱き留めようとした。個人は、共同体や宇宙的な精神世界という個人を越える実体の一部であると説いて、根無し草となった個人を集団の安定の中に取り戻そうとしたのである（一八）。両者の重なる例として、奴隷解放論者には心霊主義者が多く、ウィリアム・ロイド・ギャリソンが心霊のお告げを信じたことはよく知られている（Moore 四七四）。ホーソーンの周りを見まわしても、ブルック・ファームをよく訪ね、ホリングスワースのモデルかとも言われたオレスティーズ・ブラウンソンは、『自伝』と題して心霊主義者の小説を書いているし、牧師でなおかつ罪人の更正に熱心であったセオドア・パーカーは、自らは懐疑的であったものの、一八五六年に心霊主義はアメリカの宗教になるだろうと言っている（Moore 四五七）。社会改革運動と心霊主義は、思いのほか似通った精神基盤より出ていることは、このことによっても察せられるだろう。

「ベールの婦人」の心霊主義的なショーは、ブライズデイルの共同体の中には直接入り込まないものの、この共同体の描写には、数多くの心霊主義を暗示するイメージが織り込まれている。まず、ブライズデイルでの第一日目、そして第二日目を描いた数章には、「コツコツ」というノックの音が繰り返し言及されている。ホリングスワースが雪の中プリシラを連れて登場する場面は、彼のノックで始まるし、翌朝、病気のカヴァーデイルの部屋をノックするのもこの博愛主義者である。ゼノビアは、プリシラが自分を慕うことを称して、「この青白い少女が、自分の心を弱々しくコツコツ」とノックしたと言っている（Ⅲ - 三四）。さらには、一日目の夜、この四人の主要人物が話をしていると、傍らでサイラス・フォスターが長靴を修繕すべく、金槌とひざ石を使って「コツコツ」という音をたて、それは、その夜の間ずっと続いたとカヴァーデイルは語っている（Ⅲ - 三二）。何故、わざわざこんな描写をするのか。それは、まるで、この実験農場の共同体が、心霊の「コツコツ」という音で満たされていることを暗示するかのようである。

また、この小説全体には、「媒介」（medium）という言葉が多用されていることも看過できない。第七章「回復」の一章だけでも、ホリングスワースがプリシラをこの共同体に連れてくる媒介になった（Ⅲ - 四九）とか、カヴァーデイルが、自分が病気ゆえの弱々しい状態が、プリシラが自分に近づきやすい媒介になった（Ⅲ - 五一）

など、「媒介」という言葉を使う必要があるとは思われないところであえて使用されているのだ。medium は、もちろん霊媒の意味でもあり、絶えず我々に心霊主義を想起させる。その他、層（sphere）という、これまた作品中多用される言葉は、宇宙が七つの層（spheres）よりなると考える心霊主義者たちにはなじみ深い言葉である。また、十五章のタイトルにもなっている「危機」（crisis）という言葉も、霊媒の神がかり状態を表す心霊主義には大切な言葉で、ホーソーンがこの擬似宗教のことをよく知っていたことを示すものである。しかし、何と言ってもこの「回復」の章で注目すべきは、カヴァーデイルにマーガレット・フラーからの手紙を運んできたプリシラが、フラーとそっくりの表情を帯びるというエピソードであろう。プリシラは、霊媒として無形の器のごとき存在であり、作品中の言葉を使えば、フラーという強い個性に感応し、その層（sphere）を体現してしまうのである。プリシラは、この共同体でも霊媒の役目を果しているのだ。このようにこの社会改革者たちの共同体には、心霊主義への暗示が散りばめられているのである。

5　精神の物質化という問題

それでは、この社会改革者たちの共同体と心霊主義を結び付けるのは何なのであろうか。精神的に根無し草となった個人を集団の中に再統合しようという共通点は、指摘したとおりである。しかし、もっと重要な両者の接点は、精神あるいは魂に、ともかくも目に見える実体を性急に与えようとする一種の物質主義（materialism）なのである。崇高な理想に満ちているはずの改革者たちの共同体、ブライズデイルは、実際は、物質主義的思考で蔽われていることは、注意しなければならない。罪人を更正しようというホリングスワースは、生来、まるで女性のようなやさしさを持っている反面、その博愛主義の実現のために、逆に怪物のような男になり、ブライズデイルの土地とゼノビアの財産という「モノ」を手に入れようとすることは周知のとおりである。男性中心社会を告発し、女性の権利拡大を唱えてやまないゼノビアもまた、その物質主義的性向が繰り返し言及されている。カヴァーデイルは、ゼノビアの「女性らしさが受肉した」(Ⅲ‐四四)かのごとき肉体的な美しさに目を奪われるが、それは、あくまで肉体上の完璧さ (material perfection) であって、その精神は厳格な意味での洗練を欠いた雑草であると形容しているのだ(Ⅲ‐四四)。そして、何より、かつてリチャード・フォーグルが指摘したように、青白く、虚弱なプリシラを貧しい住環境とひどい食事の産物であると断じて、カヴァーデイルがこの少女に精神性を見ることをあざ笑うゼノビアは、物質主義的にしか精神を捉えられないことを示している(Ⅲ‐六三)。彼女とホリングスワースが、おそらくは結託して、プリシラを俗物性と物質主義の化身ともいうべきウェスターヴェルトに引き渡すことは、彼らの中の物質主義的性格を最も象徴的に示しているだろう。このように、彼らの崇高な精神や理想は、それとは対極的なはずの物質主義と背中合わせなのである。ホリングスワースは、自らの崇高な理想に目に見える形を与えることに性急である。もちろん、それが社会改革の本質に他ならないのだが、目には見えない理想を目に見える「モノ」の中に性急に実現しようとする時、崇高な魂は変容し、純粋な理念とは似ても似つかぬ醜悪なものに変わってしまう――ホーソーンがこの博愛主義者に暗示しているのは、そういう真実ではなかっただろうか。

一方、ウェスターヴェルトの支配する「ベールの婦人」のショー、あるいは心霊主義も、こうした物質主義を共有しているのである。心霊主義が物質主義的だとは、語義矛盾めいて聞こえるが、これは否定できない事実であった。この魔術師同様、心霊主義者たちが目指したのは、何よりも宗教体験の視覚化ということであった。時代の風潮と歩みをそろえる様に「科学的」であることを重視する彼らは、霊媒を通して霊の動きを目に見えるものにすることで交霊会の参加者や観客に「経験的に」訴えようとしたのである（Moore 四八一）。伝統的宗教の中にあってしっかりと神と結び付けられ固定されていたかに見える宗教的シンボルや儀式が解体された後、十九世紀のアメリカは、魂が神に接近する具体的な手がかりとなる宗教形式を失って浮遊し、目に見える「肉体」と切り離されてしまう。ジェフリー・スティールは、十九世紀半ばのアメリカは、自己が「精神のない肉体」と「肉体のない精神」に断片化された時代であると述べているが（二七）、これは実に興味深い指摘である。ホーソーン自身もまた、自分たちのプロテスタントの宗教が魂を表現する形式を欠いてしまい、魂の要求を満たさなくなったことを度々日記で嘆いている（XIV－五九－六〇）。

こうした肉体と精神の分断に象徴される時代精神にこそ、心霊主義の入り込む隙間が生まれたとも言えるのである。心霊主義者たちは、既成の宗教が地盤を喪失し、精神的混沌の中に放り出された後に、人々を安心させられる、見て、手で触れられる宗教を形成しようとしたのだ（Moore 四八四）。こうした心霊体験の「物質化」を重視する姿勢は、デイヴィスなど先駆的な心霊主義者からも批判されるようになり、ドイツの心理学者ヴィルヘルム・ヴントなどは、精神を物質に変えようとしているということで、心霊主義を「この時代の物質主義と野蛮性のしるし」と非難している（Moore 四八八）。このように、ウェスターヴェルトの「ベールの婦人」に代表されるように、精神や魂を性急に目に見える「モノ」に変えようとしてゆがめてしまうという点で、心霊主義はブライズデイルの参加者たちの「社会改革」と呼応するのである。

社会改革と心霊主義の接点として重要な意味を持つのが、「ベールの婦人」、プリシラに他ならない。何故なら、彼女こそは、両者によって性急な目に見える「モノ」に変えられる魂、また、この十九世紀アメリカで実体をなくした宗教から浮遊してしまった魂を髣髴とさせる存在だからである。ベールの婦人として「肉体から離脱した精神」(Ⅲ‐六)と呼ばれて絶対者を見るとされ、「フォーントルロイ」の章では「人間のこころ」(Ⅲ‐一八六)と結び付けて描かれる彼女は、常に宗教的精神を暗示しつつ登場する。プリシラは、おそらくはボストンの、貧民や旧世界から来た移民たちの住居地域にある植民地時代の総督の家(old colonial Governor)で生まれ育つ。しかし、そこを離れてウェスターヴェルトに支配されるようになる彼女は、まるで伝統的宗教という「古い神の家」、教会から引きずり出され、物質主義に蹂躙される宗教的精神そのもののような姿をしている。近所のアイルランド移民たちが、彼女を肉体を持たない幽霊のような子どもだと見なしたというエピソードは興味深い。目に見えるしっかりとした荘厳な形式と儀式を持ったカトリックに慣れ親しんだ移民たちにとって、彼女の体現するアメリカの宗教精神は、肉体を喪失したように見えたのではないだろうか。このプリシラが、ベールの婦人のショーの中で、そしてブライズデイルの改革者たちによってどんな扱いを受けるかを見れば、この『ブライズデイル・ロマンス』では、魂が物質主義によって蹂躙されるという十九世紀半ばのアメリカの精神状況が、心霊主義と社会改革者たちの物語の両方向から描かれているということが分かる。その試みは、もちろん失敗する運命にある。物質の法則と魂の法則とは、おのずから異なるからである。

社会改革と心霊主義、そして登場人物たちの一見ばらばらな試みを底流において統合し、作品に一貫した意味を与えているのがジョン・エリオット(John Eliot 一六〇四‐九〇)の影である。このロマンスには、エリオットの説教壇という岩が描かれ、登場人物たちがその岩を囲んで議論するなど、この共同体の精神的中枢を占める役割を負っている。これは、ホーソーンの参加したブルック・ファームに実在したもののようで、それがそのまま小説に持ちこまれているのだ。エリオットはもちろん聖書をインディアンの言葉に翻訳し、この異教徒たちをキリスト教徒にしようとした十七世紀の有名なピューリタンの使徒である。ところで『プライズデイル・ロマンス』出版の二年前の一八五〇年、ブルック・ファームのあったロクスベリーの地に、このエリオットの偉業をたたえる記念碑を設立する話が持ち上がった。一八二〇年から一八五〇年は、アメリカがインディアン政策に関する議論にゆれていた時期で、一八三八年のチェロキー族の強制移住に代表されるように、白人文明が先住民を駆逐し、領土を奪うということが広く行われた時期であった。エリオットの記念碑設立は、白人の中にも過去にインディアンに友愛の手を差し伸べた人物がいたことを記念し、それでも結局キリスト教化できなかった彼らが滅びたのはやむをえないと、白人優位の拡大主義を正当化するものであったとジョシュア・ベリンは述べている（三二）。しかしこれは、大いなる皮肉でもあった。というのも、一八四八年にはエリオットが改宗させようとしたナティック・インディアンの部族は、その末裔まで含めて消滅していたからである。

ここに見られるのも、実は、崇高な精神に目に見える形を与えようとしたことの顚末なのだ。エリオットは、その崇高な理念で、聖書をインディアンの言葉に翻訳したように、自分の理想をインディアンの改宗という偉業に「翻訳」しようとした人であった。しかし、その結末といえば、ベリンの語るように、崇高な精神がもたらしたものは他でもない。インディアン部族の壊滅だったのである（三〇）。『プライズデイル・ロマンス』においては、この「翻訳」という行為が大きなキー・ワードとなっている。考えてみれば、ベールの婦人のショーは、精神の「モノ」への翻訳であり、改革者たちの行為は、自身の理想を「翻訳」した結果としての社会改革なのである。ホリングスワース、ゼノビア、プリシラ、そしてカヴァーデイルは、このエリオットの説教壇の前で自分達の理想、あるいは「翻訳」の実現を語る。しかし、もしも、このエリオットこそが、崇高な「翻訳」の失敗者であり、この説教壇は、その記念碑であったということを念頭に置けば、これは、精神を形ある「モノ」に安易に

「翻訳」しようとする行為がいかに無謀なものかを示す、崇高な理念の持つ危険性の墓碑銘とも言えるだろう。このエリオットの説教壇の象徴する苦い真実を『ブライズデイル・ロマンス』は描き出しているのだ。この物語の語り手に、聖書を最初に英語に翻訳したマイルズ・カヴァーデイル（Miles Coverdale 一四八八－一五六九）の名前がつけられていることも、その意味で暗示的である。そして、心霊主義という擬似宗教を導入し、それを社会主義者の共同体の物語と並走させることで、ホーソーンは、社会改革というもの、また自分の生きた十九世紀半ばのアメリカの「翻訳」に取り憑かれた精神の実相を描き得たのである。

6　父性なき共同体の崩壊

これは、父性的権威の問題とも密接に関連する話である。『ブライズデイル・ロマンス』が暗示するのは、心霊主義を信奉するのであれ、社会改革に専心するのであれ、十九世紀半ばのアメリカ人たちは、父性的権威という精神的支柱を失った世界の住人だったということである。そして、彼らは、そうした足下の不確かな現実に生きることに深い不安を覚えている。精神的空虚が彼らの現実だったからである。その空虚を、なんとか、埋めようとした人々――それが、このブライズデイルに集った人物たちであったろう。一方で、この精神的空白を霊によって満たそうとする試みがあったかと思えば、他方では、社会そのものの基盤を組み替えることによって、父という存在をそもそも必要としないかのような理想社会を目指す、あるいは、新しい父親の性急な創造に向かうというのが、この人物たちの行おうとしたことだったからである。我々は、この二つの社会風潮の背後にエマソン的な超絶主義が暗示されていることを思わないわけにはいかない。『ブライズデイル・ロマンス』が超絶主義批判の小説だということではない。ただ、超絶主義こそは、明らかに空虚な現実を至高なる精神によって満たそうとした運動であり、あるいは父を殺し、あるいは極めて抽象的な父なる神をこの世界の中心に置こうとした運動であったからである。それは、あまりにもこのアメリカ十九世紀という時代の精神を象徴する動きであった。

これが、ホーソーンの見た十九世紀ニューイングランドの現実であった。そこには精神的な空虚は依然として手つかずのままに残っているのであり、こうした超絶主義的観念論に基盤を置く社会改革者たちの物語である『ブライズデイル・ロマンス』において、この作家はもちろん実験的共同体崩壊の物語を描かなければならなかったのである。この作品のあと、子供向けの物語や大統領選挙に打って出る友人のフランクリン・ピアスの伝記を書いたりはしているものの、ホーソーンはしばらくまとまった長編は書けなくなってしまう。それには様々な理由があろうが、彼自身、この新たなる父性的権威にまつわるヴィジョンを打ち立てられなかったことにも原因があろう。個人的にも、貧しい生活に家計が逼迫する中、ユーナ、ジュリアンという子供が生まれ、この『ブライズデイル・ロマンス』の執筆を始める直前の一八五一年五月二十日には、新たにローズが生まれている。ホーソーンは、自らが、この現実の中で確固たる父親になることを求められていたのである。父性として自らを確立する必要に迫られつつ、一方では自らが理想的な父性的権威というものを希求する。そうした状況の中に、ホーソーンはあったのだ。そして、やがてヨーロッパに渡って書くことになる『大理石の牧神』の中で、カトリックという大宗教の世界に身を置きながら、その葛藤の意味を考えつづけることになるのである。

第7章

カトリシズムの誘惑と救済

――『大理石の牧神』をめぐって――

1　カトリック世界とアメリカの孤児たち

『大理石の牧神』は、ホーソーンの完成されたロマンスとしては最後となる作品である。リバプール領事として一八五三年にイギリスに赴いて以来六年あまり、ホーソーンは『先祖の足跡』などイギリスを舞台にした小説を書こうとしたが果たせず、イタリアに背景を移しやっとのことでこの小説を書き上げた。一八六〇年、好意的な書評に気をよくして、その出版者であるウィリアム・ティクナーへの手紙に次のように書いている。「しかし、実際のところ、もしも私がこれまで何かうまく書けたとすれば、それはこのロマンスでしょう。というのも、私はこんなに深く考えたり感じたりしたことはないし、これほど苦労したこともないからです」（XVIII－二六二）。書き上げた直後は、妻ソファイアに対して、自信のなさをひとしきり嘆いたにもかかわらず（Mellow 五一八）、そして、現在では必ずしも評価が高いとは言えないにもかかわらず、ホーソーンはこの作品に並々ならぬ自負を持っていたことを感じさせる言葉である。そして、これは、ある面正当な評価でもあった。なぜなら『大理石の牧神』は、構成上の問題をはじめとして様々な難点を有しつつも、これまで論じてきた精神的孤児の問題に関する総決算的な見解を示す作品だからであり、古いヨーロッパの歴史と精神の粋たるローマという背景を得て、これまでにない広がりをもってこの問題に取り組むことができた作品だからである。

『大理石の牧神』は、まず何よりも精神的孤児たる二人のアメリカ人芸術家カップルが、古い歴史の陰影に彩られたローマという「他者」的世界とその精神的支柱たるカトリックの信仰世界に邂逅する物語である。この作品には、カトリシズムに対する多くの言及が散りばめられているのだが、奇妙なことに批評家たちは、ケニヨンとヒルダというピューリタンの末裔たちのカトリック体験を作品の中心と見なすことをほとんどしてこなかった。しかし、ヨーロッパの「他者」的世界を律するカトリック世界との対峙の中で、彼らの孤児意識はより研ぎ澄まされ、その影響下、精神は一種の根源的な変容を強いられる。それがこのロマンスの核心である。もちろん、従来の批評においても、カトリックの存在が無視されてきたわけではない。それは、ヒルダのマリア信仰との接近、あるいはカトリックの神父への告解を中心に度々問題にされてきた。近年では、ケニヨンとヒルダのカトリック教会に対する態度の中に、十九世紀アメリカで大きな問題となったカトリック移民に対する偏見の反映を読み取ろうとしたテレフセンのような批評家もいる。ただ、それは、あくまでも背景としてのカトリシズムに力点を置いたものであった。カトリック的ヨーロッパとそこに育まれる精神が、このアメリカ人芸術家二人の精神遍歴に及ぼす影響力を真正面から問題にすることは、これまで、ほとんどなされなかったのである。

この作品は、従来、「幸運な堕落」についてのアレゴリー、あるいは異国的情緒漂うイタリアを背景とした古いキリスト教的魂の劇を描いた作品と見なされてきた。別の言い方をするなら、このロマンスは、ドナテロが主人公の物語として読まれてきたのである。ミリアムとともに殺人の罪を犯すことで「堕落」するこのイタリアの若者は、その邪悪な行為によって苦悩に突き落とされながら、いわば逆説的に精神的成長を遂げる。その意味こそがこの物語の中心であると考えられてきたのだ。イギリス版でこの小説のタイトルを『変身』（*Transformation*）としたホーソーン自身もまた、そうした読まれ方を奨励してきた感もある。しかし、ドナテロは主人公ではありえない。この人物は、常に周りから解釈されるべき存在であり、自身の「変身」の中に意味を見いだせる存在ではないからである。「幸運な堕落」は、重要なテーマであることは間違いない。しかし、それは、ミリアム、そしてケニヨンとヒルダにとって重要なのであり、その「思想」自体も結局は、ケニヨンとヒルダというアメリカの精神的孤児によって乗り越えられるべき観念として存在しているのだ。

ヨーロッパの人間であるドナテロとミリアムは、もちろん重要な人物として描かれている。その人間的な豊かさと陰影、そして生き生きした魅力を考えれば、この二人はケニヨンやヒルダの健全ではあるがどことなく平板な人物造型よりもはるかに魅力的であることは否定できない。しかし、それは、この二人が、ヨーロッパの豊かな歴史や宗教によって育まれ彩られた、いわば「肉体」を持った人物として描かれているからである。それに比べれば、ケニヨン、そしてとりわけ精神そのもののごときヒルダの肉体の希薄さは一目瞭然であろう。ミリアムとドナテロは、ヨーロッパ的「他者」を体現している。もちろん、それは、彼らが単にカトリック教徒だからということではない。ミリアムは、ユダヤ人の血を母から受け継いでいることが示唆され、元来はカトリック教会の外側にいた人間であることが暗示されている。そして、その宗教の基盤たる父親的権威に対する挑戦者として現れる。本来は敬虔なカトリックであったドナテロでさえ、その彼女に同調してカプチン僧を殺すことにさえなる。彼らは、模範的なカトリック教徒を体現するとは言いがたい。しかし、そうした個人的な背景や罪の行為によって、この二人のヨーロッパ人は、彼らを取り囲んでいるカトリック的世界、あるいはヨーロッパ的魂とでもいうべきものの重層性を、逆に浮き彫りにしていくのだ。

ミリアムとドナテロの生き方の基盤になっているのは、一言で言って、この現世的生に対するあくなき希求であり、その地上的世界における果てしない闘争である。いたるところに古代からの歴史の堆積が顔を覗かせているローマという空間で、その汚辱と栄光を身に浴びながら、この二人は現実の世界と渡り合いつつ自らの生を形作っていく。その結果が、ミリアムの、そして彼らの罪につながっていったと言ってよい。そうした彼らの生の追求が、ケニヨンとヒルダに突きつけられるのである。ミリアムが、「幸運な堕落」という考え方を語る時、それは、彼らのこうした生き方を反映しているのだ。それは、ミリアムという女性の罪観念、あるいは自己認識のあり方を我々に垣間見せてくれる大きな鍵概念なのである。その延長線上で考えれば、「幸運な堕落」という考え方は、ミリアムという女性の謎、そして、さらには、カトリック世界の「他者性」を増幅して体現する概念にもなっていくのである。だからこそ、「幸運な堕落」という考え方は、ケニヨンとヒルダというアメリカの孤児たちの魂の探求において、彼らを取り巻くカトリック世界と対峙し、それを乗り越えていくための大きな挑戦として目の前に突きつけられる問題となっているである。まずはこの「幸運な堕落」がこの作品においてどんな意味を持ちうるのか。その検討から始め、その後、これら登場人物のローマでの精神遍歴を眺めてみることにしよう。

2 「幸運な堕落」とミリアムの悲しみ

このロマンスが、人間の堕落に関するアレゴリーであるということを最初に読者に印象付けるのは、ミリアムである。彼女は、物語の終わりに近いところで人間の堕落や罪について論じつつ、人間にとって堕落は、結局のところ、より純粋でより豊かな無垢をもたらしうるという興味深い考えを述べるのである。

人間の堕落の物語！　それが私たちのモンテ・ベニのロマンスの中でも繰り返されているのではないですか。その類似をもう少し押し進めて辿ってみてもいいでしょうか。まさにあの罪――アダムが自分自身とその種族全員をその中に突き落としたあの罪ですが――あれは、私たちが、苦難と悲しみの長い道を通り抜ける中で、私たちにはもう失われてしまった生得の幸福よりも、より高い、より輝かしい、そしてより深遠な幸福を達成するために運命付けられた手段だったのではないでしょうか。この考えこそが、他の理論では決して説明できない、罪の存在が許されている理由を説明するものなのではないでしょうか。（Ⅳ‐四三四‐四三五）

明らかに、ここに述べられているミリアムの考え方は、フェリックス・カルパ（*felix culpa*）、すなわち「幸運な堕落」という考え方に他ならない。長いキリスト教の歴史の中で、こうした異端的な考え方をする人々はいつの時代にもいたのであり、彼らは、アダムが罪を犯したのは（あるいは神がアダムに罪を犯させたのは）、その神に対する反逆によって、最終的にはアダムが恩恵を被り、より賢い存在になるためであったと信じてきたのである。しかし、それはまた、キリスト教の教えを根本から揺るがす危険な考え方でもあった。というのは言うまでもない。人間の犯す罪が、その精神的成長を引き起こすための避けがたい悪であったととらえられたのでは、キリスト教の罪を誡める教え全体が無に帰することになるからである。

ミリアムのこうした考え方に対し、ケニヨンが、「ミリアム、それは危険すぎるよ。僕はとても君についてははゆけない」（Ⅳ－四三五）と言ったのも無理のないことなのである。しかし、そう言いながらも、ケニヨンもまたこの考えに心揺らぐものがあったのだろう。彼自身が、のちにこの考えをヒルダに向かって述べることになるからだ。それは、ヨーロッパに長年暮らしてきたケニヨンの内に、ミリアムの思想に共鳴するものが現れ始めているからであろう。ローマという現世的、あるいは歴史的色彩の濃い世界にいて、彼はその世界に魅了され始めているとも言えるだろうか。もっとも、ヒルダは、その考えに震撼し、はっきりと拒絶している。彼女の信奉するピューリタン的道徳観にはミリアムの異端的理論は決して受け入れられないのである。

ミリアムは、「幸運な堕落」論を通して何を語ろうとしているのか、それをもう少し詳しく見ておくことにしよう。現代の我々から見れば、ミリアムのこの考え自体は、危険とはいっても、それなりの深い人間観察に根ざしたもののように見える。ミリアムはこうも言っている。自分たちの罪は、「一つの教育の手段であり、（ドナテロのような）素朴で、不完全な人格を、他のどんな鍛錬によっても決して到達できなかったようなレベルの感情や知性にまで引き上げてくれた」（Ⅳ－四三四）のだと。ドナテロの変貌を見る限り、これは否定できない事実であろう。この言葉は、ホーソーン自身が、『アメリカン・ノートブックス』に記した、人間の不幸が持つ教育的力についての観察を思い起こさせる。そこには「肉体的なものであれ、精神的なものであれ、何らかの不幸は、我々を教育し高める手段であるのかもしれない」（Ⅷ－二五五）と述べられているのだ。もちろん、これは、ホーソーンがミリアムの道徳観を、そのまま支持しているということではない。罪の概念に取り憑かれていたと言っていいこの作家が、「何らかの不幸」の持つ教育効果をいかに述べようとも、それがそのまま罪の許容ということにはならない。

ミリアムの「幸運な堕落」論の特徴的な点は、彼女が罪というものを個人の成長との関連の中でのみ規定しようとしていることである。確かに罪は、個人を知的、精神的に成長させる契機となりうるかもしれない。しかし、罪はまた個人の枠組みを越えた神に対する裏切りという側面も持つのであり、あるいは人間世界における他者との関係の中でも重要な意味と影響力を持ちうる過失のはずである。ミリアムは、そうした側面をあえて見ることをせず、ドナテロの「進歩」のみを称える。この点は重要である。なぜならそれは、彼女自身の罪深さをも「幸運な堕落」という成長の神話によって覆い隠そうという側面を持つからである。彼女は、自分に注がれる神の視線というものを見ようとはしない。というよりも、神の審判とのかかわりの中で自分を規定するというあり方を彼女はとらない。ミリアムは、いわば道徳上の個人主義者であり、自らの知性を唯一の拠り所として生きようとしているのだ。この謎めいた女性は、恐ろしい過去を背負い、そこから逃げ出してきたということになっている。彼女は、罪を個人の精神の成長の契機として一般化し、あるいは抽象化することによって、たえず自分の魂を苛む具体的な罪のおぞましい側面を無化し、自分の恐ろしい運命というものからかろうじて逃げてきたのである。

このミリアムの考え方は、実は、伝統的な「幸運な堕落」という考え方とは異なり、世俗化された考え方にすぎないことは確認しておく必要があるだろう。テレンス・マーチンが指摘するところによれば、「幸運な堕落」とは、アダムが堕落によってより高次の賢明さを獲得したから幸運であったというのではない。それは、元来、アダムの堕落が、最終的にキリストをこの世にもたらしたという理由で幸運だったということなのである（一七三）。ミリアムのいう「幸運な堕落」とは、それとは明らかに違っている。彼女は自身の罪を否定はしない。それは、そぎ落とそうとしても落とすことのできない魂の痕跡であることを彼女は知っているのだ。しかし、自分自身とドナテロとの、罪に汚れ希望を失った救いがたい魂の中に、何とかして積極的な意味を見出そうとする絶望的な奮闘から、彼女の「幸運な堕落」観念は生まれてくるのである。彼女は、「幸運な堕落」を信じることを、自分に強いているようにさえ見える。つまり、「幸運な堕落」とは、近代の個人主義者が、自己の罪深さを封印し、自らを支えるべく編み出した煙幕なのであり、「個人の成長」という近代の大義のもとに、神の処罰の恐ろしさから身を隠そうとする、一種、自己欺瞞的な神学なのである。

もちろん、ミリアムという人物は、単に自分の罪から目を背けるだけの人物ではない。この女性には、その強い人格の背後にいつも影のように彼女を包み込んでいる深い悲しみがある。我々は、その悲しみの深さを忘れるわけにはいかない。その悲しみとは何なのか、明確に説明されることはないが、彼女の暗く謎めいた過去に起因していることは確かである。そして、その罪深い自己を生きていくことを、もう一方の彼女は避けがたい運命として受け入れているようだ。ミリアムは何を犯したというのか。作品中、彼女が関与したことが明らかに示されている罪とは、ドナテロとのいわば共謀の果てに行われたモデルと称する人物の殺害である。ミリアムの目に無言の命令を読み取ったドナテロは、彼女に付きまとい、彼女を苦しめてきたこの男を崖から突き落として殺害する。これは、このロマンスの中で最も劇的な事件であり、物語の筋と四人の主要登場人物の運命を支配する事件でもある。しかし、その犯罪は、罪が罪を生むように、すでに彼女がそれ以前に犯していた罪の行為から派生したものだったことを忘れてはならないだろう。

ミリアムは、恐ろしい過去を背負った女であった。彼女は、その過去から逃れるように、名を変え、正体を隠しながら、ローマで新しい生活を送ろうとしていたのである。しかし、逃げ果すことはできない。聖カリクストゥス教会の地下墓地の暗い一画で彼女のいわば「原罪」の共謀者と思しき人物であるモデルと再会して以来、ミリアムの魂はこの謎めいた男の強い影響下に置かれてしまうのである。「これから私は、彼女の歩みに付きまとう影以外の何者でもない」とモデルはこの地下墓地で言っている。「私が彼女を求めたわけでもないのに、彼女が私のところにやってきたのだ。彼女が私を呼び出したのだから、私がこの世に再び姿を現したことの結末を彼女は受け入れなければならない。」（Ⅳ‐三一）とも。ミリアムは、恐ろしい過去の記憶から逃れようとしながら、また、逆にそれを呼び寄せようともした。このモデルの言葉はそれを物語っている。

ミリアムがこのモデルと地下墓地で出会うのは、極めて象徴的である。聖カリクストゥス教会の地下墓地は、地中深くに位置する古来の墓地であるが、ここでは心理学的な暗示を込めて描かれていることは明白であろう。昔日の人間たちがこの地下の暗い世界に埋葬されているように、人間のおぞましい過去の記憶もまた魂の、そして無意識の底知れぬ深い淵に封印されている。ミリアムは、魂の奥深くでモデルの姿を装った自らの恐ろしい過去の記憶に出会ったのである。ミリアムは、「この男の下、奴隷の状態に置かれることに屈したのである」と語り手は述べている。「鉄の鎖の大きな輪のいくつかが彼女の女性らしい腰周りにまきつき、その他の部分はこの男の容赦なき手に握られている」（Ⅳ‐九三）のである。この辺の描写は、アメリカの黒人奴隷の囚われの姿を髣髴とさせる。実際ここにアメリカ南部の奴隷制への暗示を読み取った批評家もいる（Tellefsen 四七二）。ミリアムもまたそうした奴隷さながらに、生涯抜け出ることのできない鎖によって囚われている。しかし、彼女の奴隷主は、その心の中に住んでいるのだ。モデルは、彼女の魂に宿り、常にその精神に支配を及ぼしている恐ろしい罪の記憶そのものに他ならない。したがって、このモデルの殺害は、ミリアムの過去への挑戦であり、自らの無意識と運命に対する挑戦という性格を持っているのである。

このモデルとミリアムとの間には、過去に何があったのか。「（ミリアムとモデルの）言葉には、あるいはそれを語る息の中には、罪の匂い、そして血の匂いがするように思われた」（Ⅳ‐九七）と語り手は述べている。この二人が、かつて何らかの血生臭い行為の共犯者であったということが、このように仄めかされてはいる。しかしながら、その罪がいかなる種類のものであったのかということについては、この物語中ついに最後まで明かされることはない。語り手は、罪そのものはこの物語にとって本質的に重要性ではないとして読者を煙幕に巻くばかりである。もちろん、批評家たちは、この罪を様々に類推しようとしてきた。例えば、十九世紀半ばのイタリアの歴史を背景に物語を解釈しようとしたロバート・レヴィンは、ミリアムの過去の罪は、一八四八年、イタリアで革命を起こす引き金となった教皇庁の首相殺害と関連があるという（二六）。これは十分考えられることではあろう。トマス・ミッチェルの指摘するように、イタリア革命に深く関与し、ミリアムという人物の造形についても大きな影響を与えたであろうマーガレット・フラーを思い出してみれば、この類推にはかなりの説得力がある（二三二）。しかし、この興味深い推理を確証するものは、この作品のどこを探しても見当たらないのである。

ただ、我々は、罪の正体が直接明かされないまでも、この物語の中に、その罪に関して様々な「関節的な」暗示があることにもっと注目できるのではないだろうか。物語の終わり近く、ミリアムは、その謎に満ちた自身の過去について、いくつかの事実を語っている。それによれば、彼女は、ユダヤの血筋であるイギリス人の母親とイタリア人の父親との間に生まれた娘であった。母親は、彼女がまだ子どもの時に死んでしまったが、自分は「父親にとってのよい子」にはなれなかったという。「すでにかなり幼い時期から」とミリアムは語っている。「彼女自身と、父親の家の分家に当たる家の後継者であるさる公爵との婚約が整っており、それは年齢のかけ離れた二人について家族が取り決めた約束であって、感情はまったく問題にされないものであった」（Ⅳ－四三〇）。イタリアの貴族階級の娘たちであれば、ほとんどはそのような結婚を受け入れるのであるが、ミリアムは断固としてそれを拒絶したのであった。

彼女とモデルとが、あの謎の罪を犯したのはそのすぐ後のことであり、そして彼女は父親の家から逃亡することになったのである。語り手は述べている。彼女の「自由な思想」そして「意志の力」があったために、その父親と事前に定められた結婚は拒絶されたのである、と。ミリアムの将来の夫とされた人物は、「実に邪悪で、実に不実で、実に不道徳な」人物でもあったことにもその理由はあろう。しかし、ここで注目すべきは、ミリアムが大胆に父親の権威に立ち向かいそれを否定しようとしていることであり、その後でおぞましい犯罪に手を染めることになるという事実である。彼女の罪は、その父親に対する強い拒絶の結果として引き起こされたという強い暗示がここにはあるのだ。

オーガスタス・コーリックは、ミリアムの中に流れるユダヤ人の血に着目しつつ、彼女の悲しみや不幸が、イタリアのカトリックに改宗させられたユダヤ人の悲劇である可能性を述べている（四三〇）。十九世紀半ばのイタリアには、カトリック教会がユダヤ人たちに改宗を強要する動きがあり、コーリックは、それと関連して、一八五八年実際にイタリアのユダヤ人家庭に起こった教皇庁による子供誘拐事件を引き合いに出しつつ、ミリアムの悲劇を論じている。ミリアムの父への謀反は、横暴なカトリック教会への挑戦だと言うのである。これもまた極めて興味深い説であり、十九世紀イタリアにおけるユダヤ人の微妙な地位、そしてカトリック教会の横暴というものに関して有益な背景説明を行ってくれる。しかし、レヴィンの説と同様に、この作品には、そこまで読み込むことを裏付けてくれるものはやはりないと言わなければならないだろう。クロード・シンプソンによれば、ミリアムの直接のモデルは、一八五六年、ホーソーンがロンドン市長宅での夕食会で出会ったユダヤ人女性であるという（Ⅳ-xxxviii）。しかしながら、仮にホーソーンが、その女性から知りえた事実をミリアムに投影したとしても、この作品におけるミリアムは、そうした現実のモデルとは別の、物語独自の論理を生きるべく存在に仕立て上げられているのである。

ミリアムの父親との間の葛藤を念頭に置けば、むしろ思い起こされるのは何よりも聖書に現れるミリアムであろう。彼女はモーゼの姉であり、エジプト王の手によって幼いモーゼが殺されようとする間際に、他の幼な子どもその手から救い出した女性であった。のちにこの女性は、名高い女預言者として知られるようになる。しかしながら、聖書のミリアムもまた、我が『大理石の牧神』のミリアム同様に罪を犯すことになる。モーゼがエチオピアの女性と結婚しようとする時、彼女はモーゼの兄アーロンとともにそれに反対するのである。これが神の怒りを引き起こすことになるのだ。モーゼは、神が定めたイスラエルの指導者であり、その彼に対立することは、そのまま神に対する大胆な反抗と見なされるのである。罰として、ミリアムは癩病に冒されることになるのだ。このように、旧約聖書のミリアムの運命は、我がヒロインの名前に暗い影を落としているのである。この二人のミリアムの関係を暗示することで、ホーソーンは、作品中のミリアムもまた神、あるいは父性的権威との間に軋轢を抱える存在であり、その重要性もまたこの点にあることを仄めかしているのである。

ミリアムのこうした父性的権威に対する反逆者としての側面には、作品中でもいくつかの言及がある。ひとつ興味深い例は、語り手が彼女の仕事場について語っている箇所であろう。「現実にどこかで目にすることができるものよりもずっと崇高で美しい存在や事物を覗かせてくれるもの、またそのスケッチ、あるいは半ば完成してそれらを暗示する作品などがある」(Ⅳ-四一) 彼女の部屋には、女性たちを描いた絵がいくつか置かれている。語り手が伝えるところによれば、それらは「(ミリアムが) 創造したものではなく、(彼女) に取り憑いているもの、そして (彼女の) 心から抜け出してきた醜い幻影」(Ⅳ-四五)、そうしたものを彼女が描こうとした努力の所産であった。

何度も何度も、男に対して復讐を果たそうとする者の役割を演ずる女性という観念が浮かんできた。それは本当に、非常に奇妙なことであったが、その芸術家の想像力は、どういうわけか女性がその手を赤い血のしみで染める流血の物語をいつも問題にした。そしてまた、この芸術家はどういうわけか、グロテスクな、あるいは仮借なく悲しい様式で、女性というものは自分を駆り立てる動機が何であれ、人間的な生に到達するためには、自分自身の心を打ち破らなければならないのだという教訓をかならず引き出そうとするのであった。（Ⅳ－四四）

ミリアムという芸術家に関するこの印象的な言及もまた、もちろん彼女の罪と過去がいかなるものであったかを明かしてくれるものではない。しかし、ここには彼女という人間を突き動かしているものが何であり、彼女の過去がこの人物をどういう人間に変えたのかということがはっきりと示されている。そして、語り手が述べているように、このロマンスを理解するためには、彼女の罪そのものはもちろんであるが、その過去がいかなる人格を作り上げたかということの方がより重要なのである。

ミリアムのスケッチの中には、旧約聖書に取材したヤエルがシセラのこめかみに釘を打ち込んでいる絵や、ホロフェルネスの胴体から切断された頭部がユデトの勝ち誇った顔を見つめている絵がある。ヤエルとユデトはともにユダヤの民を異教徒の手から救った女傑であり、それぞれカナン軍の長を殺害し、バビロニアの王であるネブカドネザル二世の将軍を殺害した人物である。したがって、この二人は、ユダヤ人の歴史の中でそれ相応の重要性を持つ一種の英雄的人物であったことは注意しておいてよいだろう。しかしながら、ミリアムのスケッチの中では、この二人の女傑は英雄的な神々しさを奪われ、ただ荒々しい殺戮者として描かれていたと語り手は語っている。すなわち、ミリアムは、この聖書中の女性たちを歴史の中で崇高な運命を演じた人物として芸術の対象としたのではなく、そのおぞましい行為を成し遂げた人物の代表例として関心を向けたのである。そして、それは言うまでもなく、彼女たちを父性的権威に対する挑戦者として、またはその破壊者としてとらえていたということに他ならない。ミリアムはこの人物たちを描くにあたって、芸術家の維持すべき、いわば対象に対する客観的な距離というものを忘れている。むしろ彼女は自らの内奥に渦巻く抑えがたい情念、男性に対する抑えがたい感情と憎しみに突き動かされるままにヤエルとユデトのスケッチを描いたのだと言ってもいいだろう。見方を変えれば、ミリアムは、自分自身の背負わなければならなかった暗い運命に対する思いをこれらのスケッチに注ぎ込んだということである。

しかしながら、こうした激しい女性のスケッチがミリアムの芸術のすべてではなかった。そうした作品以外に、彼女はまた赤ん坊の靴や平凡な生活のスケッチにも手を染めていたのである。例えば、その幼児の靴を描いたスケッチは、深みと力強さを兼ね備えたすばらしい作品であるが、語り手は、もしも彼女が自分の子どもに対して母親として抱く感情を経験したことがなければ、これをけっして成し遂げることはできなかったであろうと言っている。こうして、ミリアムが、過去に一人の母親として自分自身の子どもに愛情を注いだ人物であった可能性が暗示されるのである。さらにはまた、ミリアムの平凡な日常生活を描いた絵の中では、幸福そうな夫婦や恋人たちから、一人離れている人物がいつも描きこまれていたことを語り手は指摘している。その幸福な空間の中にはけっして入れず、外側からそこで暮らす人々を眺めている人物――明らかにこの孤独な人物こそは、ミリアムその人に他ならないであろう。彼女がそこに一人ぼっちで立ちつくさなければならないのは、何らかの理由で平凡な生活のもたらす幸福をあきらめなければならなかったからにちがいない。

ミリアムは、よくホーソーンのいわゆる「ダーク・レディ」の一人として、ヘスターやゼノビアなどと一括して論じられることが多いが、彼女は、例えば、ヘスターとは大変違っている。確かに、この二人は、フェミニスト的な性向を共有していることは否定できないであろう。しかし、ミリアムは、ヘスターの持っている自己信頼を欠いており、その心はいつも謎めいた悲しみに満ちている。彼女もまた、表面的には自己信頼に裏打ちされた強い個性に見えることもあるが、それは実際のところ、深い悲しみを覆い隠す仮面に過ぎない。むしろ、ミリアムには、けっして自己に充足できない弱ささえ感じられるのである。心のどこかで、自分は幸福になる可能性を奪い取られた悲しい、孤独な存在であるという思いがいつも働いているのだ。ミリアムを本当に理解しようとすれば、この彼女の悲しみを常に心に留めておかなければならないであろう。そして、その悲しみとは何であるのか――それを考えるときに、彼女が強い感情的絆を感じているグイド・レーニ作の「ベアトリーチェ・チェンチ」の絵は大きな手がかりになる。

3　父なき娘たち――ミリアムとヒルダ

一八五八年二月二十日、ホーソーンは妻とともにローマのバルベリーニ宮殿を訪れ、そこでグイド・レーニの手になると思われる「ベアトリーチェ・チェンチ」の肖像画を見ている。ベアトリーチェは、悲劇を生きた女性であった。十六世紀ローマの貴族、フランチェスコ・チェンチの娘として生まれた彼女は、野蛮で暴力的な父親の虐待に母や兄弟ともども苦しまなければならず、彼女は父から度重なる強姦さえ受けた。ベアトリーチェは父親の罪状を当局に訴えたりしたが、当局は貴族であるフランチェスコ・チェンチに手を下すことはせず、思い余った家族は共謀してこの父親を殺害したというのが、現在まで伝えられているところである。事件の後、ベアトリーチェは、教皇庁裁判所によって父親殺害の共謀者として処刑されることになった。しかし、本当のところ、彼女が実際に父親殺しに加担したかどうかは知られていない。「ベアトリーチェ・チェンチに関しては、私は何も言わない方がいいだろう。というのも、その魔力は説明しがたいからだ」とホーソーンは『イタリアン・ノートブックス』の中で述べている。「画家は、私の知っているどんなものよりも、魔法のようなやり方でその作品を仕上げたのだ」(XIV - 九二)。ホーソーンはこう言って、グイドの魔法のごとき技法に感銘を受けたことにまず言及するが、いざ、この絵の解釈となるとどうしても「チェンチ家の悲劇について我々が持っている知識」(XIV - 九三)が影響を与えてくると言ってもいる。そして、彼の目には、この絵は「これまで描かれた、あるいは考え出されたものの中で最も悲しい絵であり、その目の中には計り知れない深みと悲しみがある」(XIV - 九二)ように見えたと続けている。

ベアトリーチェについては何も語るまいという当初の決意にもかかわらず、ホーソーンは、この人物について語り続ける。この少女の悲しみ、「人間の領域から彼女を引き離してしまう悲しみ」(XIV - 九二)が、よほど心に触れるものを含んでいたのであろう。ホーソーンは、ベアトリーチェの中に、牢獄のように暗い意識の中に閉じ込められた孤独な魂を見て取ったのである。十九世紀の芸術家たちにとって、このベアトリーチェ・チェンチの肖像画は特別な意味を持っていたようだ。ホーソーンのみならず、メルヴィル、シェリー、ディケンズ、あるいはその他の作家たちもこの絵に関心を示している。ルイーズ・バーネットによれば、この肖像画がこうした作家たちを引き付けたのは、その絵画の芸術的な価値のためというより、ベアトリーチェというこの女性が、近親相姦ならびに父親殺しを象徴する存在であったからだという(一七二)。この時代、父親殺しがどんなに重い意味を持っていたか窺い知れるであろう。もっとも、繰り返すが、ベアトリーチェが本当に自ら父親殺しに加担したかは定かではない。ホーソーンの『イタリアン・ノートブックス』の記述を見ても、彼女の運命に対する同情は察せられる。ただ、ミリアムという人物の造型に当たって、父親との不幸な関係から孤独と悲しみの中に突き落とされたこのベアトリーチェのことがホーソーンの頭にあったことは否定しようがない。

この物語の中で、語り手は、ミリアムがまるでベアトリーチェの悲しみを具現化した人物であるとでも言うかのようにこの二人の類似性を強調している。ヒルダの模写したこのグイドの傑作作品を見ながら、ミリアムとヒルダは、はたしてベアトリーチェは罪を犯したのか、それとも無実なのかを議論するが、ミリアムは同情をこめて「ベアトリーチェの罪は、それほどたいしたものではなかったかもしれない。おそらくそれは罪なんてものじゃまったくなくて、その状況の下で行いうる最善の徳だったのよ」（Ⅳ-六六）と言っている。ミリアムは、ベアトリーチェの父殺しという罪を論じつつ、無意識のうちに自分の過去の罪、また自分と父親との不幸な関係をも語っているのであろう。ヒルダは、ベアトリーチェの罪を語るミリアムの顔を見ていて、「この友人の表情が、その肖像画の表情とほとんどまったく同じものになっていた」（Ⅳ-六七）ことに気づいて驚くのである。この瞬間、ミリアムは、精神的にベアトリーチェ・チェンチと一体化しているのだ。ミリアムはさらに続けてこう言っている。「かわいそうなベアトリーチェ！　だって、彼女の罪や悲しみがどんなものであろうと、彼女はね、ヒルダ、一人の女、私たちの姉妹だったのよ」（Ⅳ-六八）。ミリアムは、ベアトリーチェの悲しみをこの哀れな少女一人だけの悲しみとは見ていない。それは、すべての女の悲しみでもあるのだというミリアムの思いがここには暗示されている。ミリアム自身の運命もまた、それと重なり合うものを含んでいたからであろう。

ベアトリーチェ・チェンチの肖像画を手掛かりにしてミリアムの過去とその罪を読み解いていけば、ホーソーンがそこに、いかに父親殺しのイメージを濃厚に暗示し、その罪によって引き起こされる孤独と悲しみを描き出そうとしているかが見て取れるだろう。しかもそれは、精神的に追い込まれ、自らを救う最後の手段としてなされた父殺しなのである。神を含めた広義の父性的権力と根本的に折り合えないミリアムの孤児的魂の孤独は、このようにして生まれたのだ。そして、その悲しみは、他の登場人物たちにもまた共有されているのだ。何故なら、彼らもまた、それぞれ別の形ではあるが、父性的権力との幸福な関係を失った人間たちだからである。それぞれの登場人物は、精神的な孤児として、彼らの運命の中に埋め込まれた悲しみと孤独とに直面しなければならないのだ。ミリアムの運命は、そうした孤児的孤独を代表したものに他ならない。そして、とりわけ、その孤独は、ミリアムの対極にあると思われるヒルダの中にも流れ込む。ベアトリーチェ・チェンチの絵は、その二人の女性の魂をつなぐ役割も負っているのである。

ヒルダに目を転じてみよう。彼女が「近い親類もなく、わずかな遺産を持っただけの孤児」(IV-五五)とされていることは興味深い。ニューイングランドからやってきたこの「ピューリタンの娘」は、文字通り、父も母もいない。もちろん、それだけの理由で、ヒルダが精神的孤児なのではない。そもそも、彼女が、ドナテロとミリアムの犯罪を目撃する時点までは、彼女は、自分自身を父親のいない孤児であると考えてはいないのである。ミリアムとドナテロによるおぞましい行為を見たことによる苦悩を、サン・ピエトロ大聖堂の告解室で告白する時に、彼女は次のように語っている。「私は母のない子で、ここイタリアではよそ者です。私には、私を支えてくれる、そして私の一番の親友である神がいただけでした」と(IV-三三九)。ここで彼女が、自分に神が「いる」ではなく、「いた」と言っていることは注目に値する。ヒルダは、故国アメリカにいる時には、自分の心をいつも平和に保つ手助けをしてくれた天上の父なる神が、自らを見守ってくれていることを信じられたのだ。しかし、その神は、このイタリアではもはや自分を見守ってはくれないと感じているのである。罪の目撃がすべてを変えてしまったのだ。

どうしてミリアムの罪を目撃することが、ピューリタンの神を見失うことにつながるのか。このことは、考えてみなければならないだろう。アメリカでの彼女はちがっていた。母国でのヒルダは全能の神が彼女をどんな悩みからも救い出してくれると信じることができた。天上に神がいれば、地上では父親がいなくても、あるいは信頼できる父性の後ろ盾がなくても精神の平安を維持できたのである。これは、ヒルダという人物、あるいはピューリタンの末裔たちの精神を基本的に規定している姿勢であると言っていいだろう。プロテスタント的な魂のあり方と言ってもいいかもしれない。そこでは、神と人間という垂直の縦軸こそが重要であり、その基軸こそが人の精神、魂のあり方を決定している。その関係に揺らぎがない限り、人は自分を支えていけるのである。おそらく、アメリカに暮らしていた時のヒルダの本質的な現実は、世俗の現実にあったのではない。神と彼女の魂とのつながりこそが彼女の精神にとっての何よりも確固たる「現実」であり拠り所であった。それを推し進めていけば、この現世は実体を失い、まるでエマソンの透明な眼球が見るごとく、半ば透明になることさえ起こりかねない。それほど神と人間という縦軸のなす「現実」は、アメリカ人にとって強力な拘束力を持っているということである。

実際、彼女の地上の世俗的生活に根を張る生き方への拒絶、この現世の父性に依存することに対する断固とした拒絶は、以下のようなところに見て取れる。マルクス・アウレリウスの銅像を前に、ケニヨンが「人間の心は、どのような称号であれ本当の支配者を求めるものだよ。子どもが父親を求めるようにね」と言うと、ヒルダはそれに反対して「私は、現世の王から、そのような助力を求めるべきではないのよ」(Ⅳ−一六六)と答えているのだ。しかしながら、彼女のそうした見方は、すでにこのイタリアで効力を失いつつあるものになっている。この現世的色彩の強い、天上の父との対話もまた現世の教会組織を通じてしか認められないカトリック世界にあっては、世俗の現実を構成する豊穣な歴史や人間的記憶と自分とが確固たる関係を結ばない限り、精神は宙に浮いた根のない存在と化することになるからである。このイタリアにあっては、その世俗的現実の意味を無視し、あるいは「透明化」して生きられる特権的なピューリタンの娘に留まることはもはやできないのである。

友人ミリアムの犯罪という、生々しい現実の悪徳そのもののごとき行為を眼にし、その秘密を天使のような胸に抱え込まなければならなかったこの「ピューリタンの娘」は、まさに現世という現実世界に突き落とされたのであり、それを自分の現実として受け入れることを求められているのである。ミリアムの罪を目撃し、そのおぞましい記憶のために呻吟することになる物語後半のヒルダが本当に直面しているのは、こうした問題に他ならない。彼女は、友であるミリアムが苦しみの淵に沈んで助けを求めてきても、それに応えることができない。エミリー・シラーの指摘するように、彼女の冷酷さ、狭量さは現代の我々には許しがたく思われることは事実であろう(三七二)。しかし、それは、彼女が現実との間にどう関係を結んでいいかわからないためなのだ。こうした態度は、彼女の人格の欠点というよりも、彼女の世界観の延長線上に必然的にくるものなのである。

ヒルダのピューリタン的世界観は、一方で彼女の安定を支えながら、他方では、また、自分の目で現実世界とじかに対峙することの妨げにもなってきたとも言えるだろう。だが、その生き方を彼女は、このイタリアでも続けようとしているのである。ヒルダは、天使のごとく、地上の世界から引き離された高い塔の中で暮らしており、たえず天を志向している。それは、彼女が精神的に天上と地上との中間に位置した存在であることを映し出している。しかし、もっと大切なことは、この天上と地上との中間たる塔での生活は、ヒルダが神と自分という垂直的な関係にしか現実の基盤を見出しえないことを象徴しているということなのである。もちろん一人の人間として、彼女もまた地上の存在であることは当然である。しかし、彼女は、地上の他の人間と同じ現世という基盤に立ち、人々との関係の中に希望を見出して生きていくという生き方をけっしてすることはないのである。つまり、ヒルダは精神そのものと化して天上と繋がることを欲しているのであり、地上に生きる自己の肉体を忘れているのだ。

実際、現実の中で彼女はどうやって生きてきただろうか。ローマにやってきて以来、ヒルダは芸術家としてそれなりの才能を有しているのにもかかわらず、古典的な巨匠たちの絵画作品の模写を行って生きてきた。語り手によれば、彼女は、「偉大な巨匠が想像力の中では考え出すことはできても、それをカンバスの上に表現する時には完璧には成功しなかったもの」を成し遂げることができた。ヒルダは、「よりすばらしい道具であり、より精妙で効果的な機械なのであって、その手助けによって、過去の偉大な画家の精神が、数世紀の後、いまや初めてその理想を実現できたのであった」（Ⅳ－五九）。このヒルダ像は、ホーソーンの妻ソファイアの画家としての姿を投影したものだろうが、同時にピューリタンの芸術家のことも我々に想起させる。例えば、それは、自分をただの神の道具と見なし、その荘厳な音楽を奏でる楽器たることに徹したエドワード・テイラーのような詩人である。つまり、自らの表現を、神からの恩寵を示す媒介にすることに生の意味を見出した芸術家である。実際、ヒルダは、神に完全に帰依したように、過去の偉大な芸術家たちを前に、自分の芸術家としての独創性や名声を顧みずに自らを捧げる。彼女は、模写画家として世俗的な野心とは無縁であり、その献身は宗教的でさえある。何故なら、彼女の過去の巨匠たちへの態度は、神に対する敬虔な態度をそのまま踏襲したものだからである。語り手が、ヒルダは、こうした巨匠たちを「宗教的に」模写したと語っているのも当然であろう（Ⅳ－六〇）。

ミリアムは、こうしたヒルダとは明らかな好対照を成している。彼女はいわば、ヒルダの魂が何よりも重視した神と人間との絆という縦軸を欠いている。ミリアムは、はっきりと神を見失った精神的孤児であり、それゆえ、彼女ができることは、ローマのどこまでも茫洋と広がる過去の残骸の堆積のごとき現実という地平を、過去から逃れるようにあてどなく彷徨することだけなのである。それが父に謀反を起こした彼女が選んだ運命であった。ミリアムは、次のように言っている。「ヒルダ、宗教心の篤いヒルダ。あなたの神に対する信頼を一瞬でも手に入れることができたなら、私は自分の持っているもの、望むもの、ああ、私の人生だって惜しげもなく与えたっていいわ！　私がそれをどんなに必要としているか、あなたはほとんど想像できないでしょう。それじゃ、あなたは本当に神が私たちを見てくれて気にかけてくれていると思っているの」（Ⅳ－一六六）。この質問に対して、ヒルダはただ「ミリアム、あなたの話を聞いていると怖くなるわ」と答えるのである。神との縦軸の関係によって自らを規定する生き方と、現実との横軸の関係の中で自らの生を紡ぎ出す生き方――その二つがけっして交差することなくここに提示されているのだ。

しかし、注意しなければならないのは、この二人の女性は、その実、太い絆で結ばれているということなのである。我々は、この二人があまりにも対照的であることから、まったく互いに相容れない存在であると考えてしまいがちである。だが、ホーソーンはこの二人をそのように描いてはいない。この二人は、互いへの深い思いで繋がっている。例えば、ヒルダにとってミリアムは、このイタリアで誰よりも大事な友人であり、ミリアムもまたヒルダが自分をどう見るかに大きな意味を見いだしている。この二人の女性たちは、それぞれが互いの生を映す鏡のような存在であり、ある意味、同じコインの表と裏と言っていい関係にあるのだ。ミリアムは、天使のようなヒルダの影の部分、あるいは、その生きられることなく抑圧されている暗い反面を表していると言ってもいいだろうか。

ヒルダは、ミリアムとの関係を通じて耐え難い悲しみと孤独を知るようになる。それは、無垢な魂そのもののごときこのピューリタンの娘が、その友人の犯罪を目撃してしまったということが原因であったが、それは、重要な事件ではあるが契機に過ぎない。前述のように、より重要なのは、ミリアムの罪を知ることで、ヒルダが彼女を取り囲む現実世界との関係が根本的に変化してしまったということなのである。語り手は、次のように述べている。

同じように、日の光のように生まれながら快活な（ヒルダの）心は、いろいろな思いに耽るようになったが、慰めを得られるような思考には行き着かなかった。この若い、活気に満ちて行動的な人物は、これまで落胆した状態というものがどんなものなのかを知らなかった。彼女をそうしてしまったのは、世界が現実感を失ったせいであった。彼女の最も大切な友人の心こそ自分の所有するものの中で最も堅固で豊かなものだと思えていたのが、もはや彼女にとって存在しないものになってしまった。そして、ミリアムが消えてしまった後の侘しい空虚の中では、人生の実質、真実、高潔さ、努力の動機となるもの、成功の喜び、そんなものどもが彼女と一緒に消えてなくなってしまったのである。（Ⅳ－二〇五－二〇六）

これは、ヒルダの突き落とされた孤独の意味を考える上で、実に多くの示唆を与えてくれる文章である。ヒルダの魂の苦しみは、ただ単にミリアムの犯罪を目撃したということにあるのではなく、この最も大切な友人を失ってしまったことで、自分の魂がこの世の現実から完全に切り離されたということによるのだということが、ここではっきりと明示されている。ミリアムとは、彼女のような精神的ではかない存在にとっては、その豊穣な生命力によってこの現実にしっかりと自分を結び付けてくれる存在だったのである。「ヒルダの所有するものの中で最も堅固で豊かなもの」が永遠に失われてしまった今、彼女は「現実感を失った」世界と「侘しい空虚」に直面することになったのである。ミリアムとヒルダが、二人の独立した人物であるというよりも、同じ一人の人物の二つの相反する側面を表しているということも、ここでは強く示唆されている。天使のようなヒルダにとって、ミリアムとは現実との具体的な絆としての意味を持っていたのであり、彼女のみが彼女を現実に繋ぎとめる役割を果していたのである。

ある意味で、ミリアムは、ヒルダの肉体を象徴していると言ってもいいかもしれない。肉体が世俗的で物質的な領域に留まることで魂を地上に繋ぎとめているように、ミリアムは、ヒルダに現実とローマでの生活にどう対処したらいいかを教えてくれる最も信頼すべき導き手であったのである。この二つの世界に引き裂かれた二人を見ていると、我々は、再びジェフリー・スティールが指摘した十九世紀のアメリカに存在することになったという「肉体なき精神」と「精神なき肉体」のイメージを思い出さないわけにはいかない。すでに見たように、ミリアムは、地上の父性的権威とも、天上の神とも満足のいく関係を結ぶことができない精神的孤児であった。それに対して、ヒルダは、まだ自分が天上の神と安定した関係を持っていることを信じてはいるが、今や現実に対処する方策を見失ってしまっている。つまり、ミリアムは、罪に汚れつつ現実にどっぷりと漬かっていながらも自分の現実に精神的な意味を見いだせずにいるのに対し、ヒルダは、一見ピューリタンの神に対する揺るぎない信頼によって精神的に安定した基盤を持っているように見えながらも、実のところは、「この世の現実感のなさ」

や「侘しい空虚」に直面することによって、その宗教が現実に対する上で限界を持つことを次第に感じ始めているのである。ここには、もうひとつの「堕落」があることに我々は注意しなければならない。天上に棲みついていたはずのヒルダの魂は、今や地上に真っ逆さまに墜落し、その虚無と直面することになったのである。ここに至って、彼女もまた精神的孤児になったと言ってもいいのであろう。このローマという謎めいた現実を彼女はどう生きていいのかわからないのである。

一人の精神的孤児として、ヒルダはローマの街中を行くあてもなく歩き始める。もちろん、ミリアムとは違って、慣れ親しんできたピューリタンの神に対して変わりない信仰を持ってはいる。だが、自分のような迷い子に対して何の方向も指し示してはくれない神に対し、彼女は徐々にその神が本当に全能で完全な存在なのか疑いを持ち始めるのだ。そして、さらに重要なことは、神の全能に対する疑いが心の中に芽生えるのに伴い、ヒルダは、次第にカトリックの宗教に強く惹かれ始めることである。意識の上では、その信仰にあくまでも懐疑的ではありつつも、このヨーロッパ的なキリスト教の方が、現世の中で迷い子となってしまった自分に対して、慰めを与えてくれる力を持っているのではないかと考えるようになるのだ。

「(カトリック教の持つ) この計り知れない長所は」とヒルダは思った。「あるいは少なくともそのいくつかは、キリスト教そのものに属するものなのではないかしら。それらのものは、キリスト教の体系が人間に与えようとした祝福の一部なのではないかしら。わたしが、その中で生まれ、育てられてきた信仰は、本当に完全なものなのかしら。わたしのような弱い少女が大きな悩みに押しつぶされそうになりながら侘しくさ迷い歩いているというのに」。(Ⅳ-三五五)

ヒルダは、カトリックの長所を「キリスト教そのものに属するもの」ではないかと考えることで、自らの信仰になんとか重ねようとしている。そこには、父を見失った孤児の悲しみがあるだろう。ピューリタンの神を完全に信じられる限り、ヒルダは、実際は父親がいなくても、自らをただ「母のない子」とのみ見なすことができた。彼女の父親は、天上にいるのであり、地上においてはあえて父親を必要としなかったからである。しかしながら、今、彼女は、言い難い悲しみと孤独を抱えた自らの魂を導いてくれる地上の父親を探すことが必要であると明らかに考えている。つまり、この時点に至って、ヒルダは、この異国の「永遠の都」で自分が「母のない子」であるだけでなく、「父なし子」でもあることに気付くのである。

ここでのヒルダには、精神的孤児としての明らかな刻印がある。ミリアムは、カトリックの信仰の世界に生きながら、それとはけっして良好な関係を結べなかったことが示唆されている。父権に対する反逆を生きてこなければならなかった彼女は、宗教上の父たる神の視線が自分を守ってくれているとは信じられなかった。一方、ヒルダは、その苦しみに満ちた魂を、カトリックの宗教との出会いの中で解放し、平安にいたる道を模索しようとする。ヒルダのカトリックの宗教への接近は、十九世紀アメリカの精神的孤児たちのある典型であったとも言えるだろう。それは、前述のように、例えばオレスティーズ・ブラウンソンのカトリック改宗などと歩調を同じくするものである。コンラッド・シューメイカーによれば、一八三〇年代、あるいは一八四〇年代に、多くのアメリカ人たちが、自分たちの精神的救済者となるのは「アメリカの偉大さの根幹」としての高い道徳性を体現する女性であると信じたという。ホーソーンはそうした信仰を代表する女性としてヒルダを創造したというのだ（六六-六九）。女性が救済への道筋を照らす一条の光明となって描かれていることは、ヘスター・プリンを指摘するまでもなく、ホーソーンの読者にはなじみ深い光景であろう。しかし、興味深いことに、この作品では、その精神的救済者であるはずの「ピューリタンの娘」は、イタリアでカトリックの宗教に救いを見いだす方向に歩んでいくのである。

4　カトリックの信仰とヒルダの苦しみ

ホーソーンは、その生涯を通じてカトリックの宗教に関心を持っていた。第3章でふれたように、ホーソーンは、『緋文字』において、当初はディムズデイルにその罪をカトリックの神父に告白させるつもりだったとジェイムズ・ラッセル・ローウェルに語っている（ローウェルのジェーン・ノートンへの手紙、Levin 二一）。また、それがホーソーンの影響であったかは定かではないが、末娘のローズは後年改宗してカトリックの修道女になっている（妻ソファイアもまたカトリックには強く惹きつけられていた）。一家がイタリアに滞在していた一八五八年の日記には、カトリックとその宗教に対する考え方がかなりの数記載されている。サン・ピエトロ大聖堂を訪れては、そこにいる人々やそこで見かけた宗教儀礼を描いているのだ。とりわけ、告解の制度に関しては、強い興味を抱いたようだ。長い記述ながら。その中の一つを引用してみる。

サン・ピエトロ大聖堂は、すべての人類が礼拝を捧げ宗教的な慰めを得られる場所となっている。翼廊の一つには、懺悔室の列が並んでいた。そこでは、懺悔をする者が、フランス語であれ、ドイツ語であれ、ポーランド語であれ、英語であれ、何語であれ、自分の国の言葉で、罪を語るのである。もしも私が殺人か何か大きな罪を犯し、それが良心に負担になっていたとしたら、そこで跪き、その罪を秘密が安全に守られる懺悔室の中に吐露したいと思うだろう。それは、なんという制度であろう！　まるで、それが人間にとても必要なので、神がそれを定めたかのようだ。このカトリックの宗教は、確かに最も念入りにかつ慰めを与えるように、人間の様々な状況に応えてくれる。私は、我々の形式なき礼拝の中には何ものも見出すことのできない大勢の人々が、その宗教の中に、精神的な慰めを与えてくれるものを見出せると思わないわけにはいかない。農民や市民、そして兵士が、自分の聖書を持ってこの大聖堂にやってきて、ほんの数刻、あるいは何時間も跪き、その静かな祈りをその特別な聖堂に奉げ、神に直接近づくにはあまりにも控えめなため、神という無限の存在の側に立つ聖人の誰かに仲介となってもらうことを求めているのを見ると、それがすべてばからしい茶番だとは思われない。昨日、サン・パウロ教会で、若い男が聖堂の前に立ち、悲しみと悔恨の苦悩で、身もだえし、手を固く握って大きく振っているのを見た。もしもあの男がプロテスタントであったら、その苦しみをすべて胸にしまいこんで、それが自分の身を焦がすまで、そこで燃やすことになったであろう。（XIV－五六－六〇）

この記述に見られるように、ホーソーンは、カトリックの告解という制度が、人間の魂に対して持つ深いなぐさめの力に瞠目している。そして、その制度とともに生きるイタリアの人々の姿をある感銘を持って眺めている。ホーソーンは、そこに宗教のひとつの理想を見ているのではないか。『大理石の牧神』においても、ヒルダがその苦しみをカトリックの神父に告白する印象的な場面でこの告解の制度が再現されているが、そのこともホーソーンが、告解の持つ神秘的な力に対して大きな関心を寄せていたことを窺わせるものであろう。しかしながら、この日記の記述の中で最も注目すべきことは、ホーソーンが、この告解の制度を、カトリックの宗教と自分たちプロテスタントの「形式なき礼拝」との相違を最も決定的に浮き立たせる宗教儀礼として注目していることであろう。

告解の制度が典型的に物語るように、カトリックの宗教は現世に生きる人間の苦しみに手当てを施し、「精神的な慰めを与えてくれる」力を持っている。そのような「最も念入りにかつ慰めを与えるように、人間の様々な状況に応えてくれる」宗教こそが、人がこの世界で何よりも必要とするものではないか。ホーソーンは、サン・ピエトロ大聖堂にいて、このように感じていたに違いない。はっきりと目に見え、手で触れ、肌で感じられることのできる宗教的形式というものの持つ力を、ホーソーンは、カトリックの告解を目の前にして思い知らされたのだ。それは、いわば、肉体を持った宗教に対する憧憬であると言ってもいいだろう。

それに対して、アメリカのプロテスタントの宗教は、肉体を持たない宗教である。前日、サン・パウロ教会で見かけたという若い男の描写は、印象深い。「聖堂の前に立ち、悲しみと悔恨の苦悩で身もだえし、手を固く握って大きく振っている」その男は、もしもプロテスタントであったら、「その苦しみをすべて胸にしまいこんで、それが自分の身を焦がすまで、そこで燃やすことになったであろう」とホーソーンは書いている。「形式のない宗教」においては、人が神と魂の領域において向かい合うことしか許されていない。それは、いかに純粋な宗教ではあっても、この男の現世の苦しみに触れ、慰めをあたえる手段、心に触れてくる手のぬくもりを欠いているのである。

ここに述べられているアメリカのプロテスタントの宗教に関する見方は、ホーソーンの描く人間の孤独や精神的孤児の人物像を考える上で重要である。プロテスタントの宗教は、神と人間との間にあって宗教的な「形式」を構成する肉体的、制度的媒介物を可能な限り排除しようとしてきた。急速に世俗化してく十九世紀のアメリカにおいては、この傾向はさらに強められたと言ってよい。救いの手掛かりは、この現世にはない。それは、神からの神秘的な恩寵によってのみ可能となるからである。十九世紀は世俗的な時代といわれるが、その中でもこうした性格は基本的に変わっていない。エマソンがボストン第二教会を辞任するに当たって一八三二年に行われた「主の晩餐」という説教は、ユニテリアンの宗教の合理性をさらに強めながら、キリストの神性を否定し、かろうじてプロテスタントの教会の中でも維持されてきた主の晩餐の儀式まで廃止しようとしたものであった。信者のひとりは、「あなたは私の主をどこかに連れて行ってしまわれた」（生駒 五〇）と嘆いたという。この信徒にとって、「主の晩餐」は、主と触れ合うための大切な儀式だったのであろう。ここに典型的に見られるように、この時代の多くのアメリカ人たちは、神に至る具体的な手掛かりをますます見失うようになっていったのである。彼らが道を見失った精神的孤児となったゆえんである。

ホーソーンの登場人物たちが背負い込む孤独や苦悩もまた、このことと関係している。彼らは、こうした精神的状況に生きながら、自ら抱え込んだ胸の奥の苦悩を処理するすべを見失っていたのである。イタリアの人々の生活の中に息づいているカトリックの信仰が、ひときわ大きな魅力を伴ってホーソーンをとらえたのは故なきことではないのだ。「もしも私が殺人か何か大きな罪を犯し、それが良心に負担になっていたとしたら、そこで跪き、その罪を秘密が安全に守られる懺悔室の中に吐露したいと思うだろう」。このように語る言葉は、実感に裏付けられたものであったに違いない。

しかしながら、ホーソーンは、カトリックの宗教を完全に受け入れるまではいかなかった。例えば、日記には次のような記述もある。「その信仰がどんなに不純な装いをしていようとも、カトリックの信者たちは、魂の渇きを癒すためにその信仰を一口飲み干すのだ。そして私は、たとえそれがよりよい貯水池から、あるいはもとの源泉から持ってきたものほど純粋というわけにはいかないにしても、彼らにはきっと役に立つに違いないと思う」（XIV-九九）。こういう書き方を見ると、ホーソーンは確かに、カトリックの宗教の持つ大きな効力を認めてはいながらも、それを完全には受け入れていないことがわかるのではないだろうか。それは、「不純な装いをして」いる、あるいは、「純粋というわけにはいかない」信仰なのである。言うまでもなく、これは、十九世紀のアメリカ人たちがカトリックに対して持っていた否定的な見方を反映したものであろう。ホーソーンは、カトリックの信仰に強く惹きつけられながらも、その信仰を受け入れることに対するためらいがあるようだ。そして、それはまた同時に、自分たちアメリカ人のプロテスタントの宗教が魂に現実的な慰めをもたらさないことを嘆きつつも、どこかでその信仰の「純粋性」に信頼を置いていることをも示しているだろう。

しかし、カトリックの宗教に強く惹きつけられながらも、それを自分の救済の手段として容易に受け入れられない背景には、この作家独自の宗教観があることは確認しておいてよいだろう。宗教というものは、単に合理的判断で受け入れたり、棄て去ったりできるものではない。何故なら、それは人間存在の根と複雑に絡み合い、存在の根本を規定してくる価値体系だからだ、とホーソーンは考えていたようである。『フレンチ・アンド・イタリアンノートブックス』に、大聖堂の中での何気ない出来事を描いた記述がある。一人の父親が、よちよち歩きの二人の男の子たちに聖水を湛えた大理石の聖水盤に手を浸し、十字を切るように教えている。それを見て、ホーソーンは考える。「彼らが大人になった時、聖水には何の効力もないのだということを納得させるのは不可能であろう。そのためには、その宗教に対する信仰や感情をすべて一緒にその根っ子から引き抜いてしまわなければならないからだ」。さらに次のような言葉が続く。「一般的に言って、人々が自分の生まれながら持つことになった信仰を棄て去る時には、彼らのこころの最良の土壌がその宗教の根っ子にくっついて持っていかれてしまうと私は思う」（XIV-四六〇）。

ホーソーンは、カトリックの宗教に対して、一方では惹かれつつそれを受け入れることには慎重なのだが、自分の生まれながらに与えられた信仰に対しても、同様の複雑な思いがあるのであろう。現世的な苦悩に対して自分の宗教が大きな効力を持ち得ないと感じながらも、その宗教こそが自分のこころの「最良の土壌」であるのだという思いを、ここの文章は示唆している。こういう事実を念頭に置くと、『大理石の牧神』におけるカトリックの信仰の意味は、思いのほか複雑であることが分かる。それは、登場人物たちにとって、その信仰が、生来の信仰を棄てても受け入れるに値するほどの効力を持ちうるかどうかというだけの問題ではない。精神的孤児たちがこの異国の信仰に救いを求めるということは、自らの存在の根を根本的に否定し、まったく別の存在に変化することを自分の運命として選択するということを意味するのである。

ホーソーンは、人が生まれ持った宗教というものは、その魂を規定する根本的な条件であり、そのアイデンティティと切り離すことができないと考えている。それはまた、その人間の世界や他者との関係までも規定していく運命を持っているものでもあろう。こうした宗教観は、例えば、現代の文化人類学者であるクリフォード・ギアツが、やはり宗教を人間の人格形成に不可欠の文化体系と考えたことを思い出させる。ギアツは、宗教とは「聖なる象徴の体系」であり、それは、「ある民族の精神、つまり、彼らの生活のもつ調子、性格、質など、また、その道徳的あるいは美的な形式や雰囲気、彼らの現実全体にわたる物事の見取り図、そして彼らの最も包括的な秩序の観念を統合する機能を持っている」と述べている（Geertz 八九）。ギアツの言葉に倣えば、ホーソーンのいう「最良の土壌」とは、おそらく宗教を通じて人間の生活の中に埋め込まれる最も不可欠な「文化の様式」ということになるだろう。もしも、『大理石の牧神』の登場人物たちが、カトリックの信仰を受け入れることになれば、それはまったく異質な魂の生活と「文化の様式」を自らが選び取るということであり、仮にそれで現世的苦悩を和らげることができたとしても、すでにその時、彼らはもとの彼らではなくなってしまっているのである。

カトリックの信仰を受け入れるということはまた新たな父を選び取るということでもある。それは、父なる神ということだけではない。ジャック・ラカンは、我々の世界は基本的に象徴的父親というものによって支配されていると言っている。この思想家によれば、いかなる共同体においても、「父の名」というものが、文化的、社会的、言語的体系を統率しているのであり、その共同体における人間の自我は、その「父の名」というものと無関係ではありえない（Lee 六四－六五）。この見方に従えば、自らの信仰を棄ててカトリックの信仰を受け入れるということは、新たな文化的、社会的、言語的システムの中に自らを埋め込むことであり、いわば、新たな父の法則を受け入れることである。そして、それと同時に、彼らはもはや以前の自分自身ではありえないのである。この点において、ケニヨンとヒルダとは、実に大きな問題に直面しているということがわかるだろう。彼らは、後年、ヘンリー・ジェイムズが問題にしたようなアメリカ的自我の問題、母国とヨーロッパの伝統の間で引き裂かれた魂の先駆的存在なのである。それゆえ、この二人が見せるカトリック信仰の中の父性的権威というものに対する強い関心こそが、このロマンスの中心的問題なのである。

ところで、このカップルがきわめて緊密に結び付いて描かれており、時にこの二人がそれぞれ独立した人物と思えなくなるという事実には注意しておかなければならない。ちょうど、ヒルダとミリアムがそうだったような関係が、ここにもあるのだ。ケニヨンは、ヒルダを見つめる時には、自分自身の魂を見つめるように見つめるのであり、行方不明になったヒルダを探す時の彼は、まるで道に迷った自分の魂を探してでもいるように見える。『ホーソーンの経歴の形成』の中でニーナ・ベイムが指摘するように、ホーソーンの女性登場人物は独立した人物というよりも、男性登場人物の影に過ぎないということがよくある。それは例えば、ゼノビアがカヴァーデイルの情念を象徴的に体現していることなどに見られる（一九〇）。そして、このことは、ケニヨンとヒルダにもかなりの程度当てはまるのである。したがって、ヒルダの問題とは実は、ヒルダ個人の問題ではない。それは、ケニヨンにとっての問題でもあり、もっと広範囲には、異国の宗教の中に救いを見いだそうとした十九世紀アメリカの精神的孤児すべての問題なのである。ヒルダは、そういった役割を負っている。それを観察し、分析しようとするのがケニヨンである。ホーソーンは、この二人の人物、十九世紀アメリカの精神的孤児の魂としてのヒルダとその観察者であり分析者であるケニヨンを通じて、かなり意識的にアメリカのプロテスタントの宗教の限界とカトリックの宗教の持ちうる可能性を、この作品で考えようとしているのである。

ただヒルダは、ホーソーン作品に登場する他の精神的孤児たちと比較して、これまではかなり幸運な人物であった。親も親戚もないとはいえ、彼女が自身を精神的孤児と考えるようになったのは、イタリアにやってきてミリアムのモデルの殺害という犯罪を目撃してからのことであったからである。しかし、その後のヒルダの描き方の中には、ホーソーンが、この女性芸術家をアメリカの精神的孤児の魂の代表としてはっきりと造形しようとした様子が見て取れる。すでに見たように、ヒルダは、ピューリタン的絶対の神が世界の中心にいる揺るぎない世界の中に安心して暮らしていたのが、この犯罪との出会いによって現実とどんな風に結び付いたらよいかその手がかりを失ってしまったのであった。当然のことながら、彼女はそれまでいつも自分を導いてくれた神に頼ろうとする。しかし、その神は孤独と苦悩の中にいるこのピューリタンの娘になんの救いの手も伸べてはくれない。「ヒルダの状況は、自分の苦しみをすべて自分の意識の中に閉じ込めなければならない必要性のために、より無限に惨めなものになった」と語り手は述べている（Ⅳ-三二九）。このように彼女の苦しみを通じてプロテスタントの信仰というものの厳しさが示唆されるのである。プロテスタントは、「すべての苦悩を心の中に閉じ込め、それがわが身を焦がし、無頓着に変化するまでそこで燃やし続けるのだ」（Ⅳ－三四七）。この語り手の言葉の中には、ホーソーンが、プロテスタントの信仰の現世的救いの力の限界をはっきりと意識していたことが如実に示されているだろう。ヒルダもまた、その信仰にとどまって、苦悩に胸を焼かせたままにしておくことはできなかった。彼女は、その自身の信仰の領域からあえて飛び出し、苦悩の重荷を分かち合ってくれる存在を、カトリックの告解の制度とサン・ピエトロ大聖堂の教父に求めるのである。

ヒルダは、告解の制度を通して、それまでは否定してきた現世的な父性に苦悩からの解放を求めようとする。そして、自分が今、根を失った孤独な魂であることを自覚するのである。

「私は母のない子であり、このイタリアでは異邦人です。私には自分を守ってくれる、そして最も親密な友だちでもあった神様がいたのです。それが、今あなたにお話したような恐ろしい、恐ろしい犯罪が神と私の間に立ちはだかってしまったのです。それで私はいわば暗闇の中で神を探しましたが、見つかりませんでした。その暗闇の真ん中にあるのは、ただ恐ろしい孤独とこの犯罪だけだったのです」。（Ⅳ－三五九）

ヒルダは、母のない子であるだけではなく、父たる神も見失って文字通りの精神的孤児になってしまったと告白しているのである。自分の突き落とされた暗闇の中で神を探してみたものの、神はどこにも見つからなかった。だが、カトリックの神父に向かって告白している間に自身の魂が徐々に解放されて、不思議な平安も感じ始めるのである。

ヒルダが、この時点でどれほど自分の宗教に対して自覚的か、それはわからない。しかし、自身でも気づかないうちに、カトリックの神父との接触を通して、新しい宗教、新しい父性的権威を受け入れる方向に踏み出していることは否定の余地がないであろう。彼女の告解を聞く神父が、もともと彼女と同じニューイングランドから来たアメリカ人であるというのは興味深い事実である。この神父は、すでに敷居を越えてカトリックの世界に行ってしまった人物であり、ここでのヒルダもまたその敷居を踏み越える寸前まで来ているのである。もともと持っていたピューリタンの信仰とは違って、カトリックの宗教にははっきりと現世的で具体的な形式を持つ父性的権威が備わっている。それが今、苦悩からの解放ということに関して紛うことなき効力を示しうることをヒルダは実感しているのだ。だが、これはおそらく許される範囲内での逸脱ではない。もともとのピューリタンの伝統に立った信仰との関係で考えてみると、彼女は実に危険な地点まで踏み出していると言えるだろう。そして、さらに大きな問題は、ヒルダがそうした自身の状況にまったく無自覚に思えることである。

ヒルダは、最終的には正式にカトリックの信仰を受け入れるには至らない。しかし、彼女のカトリックの信仰との不明瞭な関係は、さらに詳しく見てみる必要があるだろう。プロテスタントでありつつカトリックの宗教からの恩恵も受け、さらにそこに何の呵責も感じないというのは、厳格な宗教的姿勢からは許容できないからである。いま少し、彼女の言葉を追ってみよう。上記の告解の場面のあと、ケニヨンもまた同様の疑問を持ったのであろう。「ヒルダ、君は君の天使のような清純さを、あの言語に絶する腐敗のかたまりであるローマ教会の中に投げ捨ててしまったのかい」(Ⅳ-三六六)。こうケニヨンは尋ねるのである。それに対して、ヒルダは、何故自分がカトリック教徒にならなかったのか、本当のところよくは分からないと答えている。

「本当のところ、私は自分が何なのかよくわからないの」とヒルダは答え、率直かつ素朴なまなざしで彼の目を見つめた。「私にはとても信仰心はあるの、そしてカトリックの宗教はいいものをたくさん持っているように思えるのよ。もしも、その宗教の中に私に必要なものがあり、他にはどこにも見つからないとしたら、何故、私はカトリック教徒になってはいけないのかしら。この信仰をよく見れば見るほど、私はその信仰が人間の弱さから出た要求に豊かに応えている様に感心するの。もしも、司祭たちがもう少しだけ人間的なものを越え、過ちも犯さず、不正もなく清らかであったなら、それは、なんてすばらしい宗教になるでしょう」。（Ⅳ－三六八）

ここで我々は、ヒルダがカトリックの宗教に対して、大変冷静な見方をしていることに驚かなければならない。カトリックの信仰に魅了され、危険なまでの接近を試みているとはいえ、このピューリタンの娘は、その宗教の持つといわれる暗い側面をもはっきりと認識しているからである。「僕は、君がカトリックの信仰に堕していくことを恐れる必要はないんだね」とケニヨンは言っている。「もしも、君が今述べた言葉の中にほのめかされている皮肉を少しでも認識しているならね」（Ⅳ－三六八）。この彫刻家が見て取ったように、ヒルダは明らかに十九世紀の典型的なアメリカ人が持っているカトリックに対する批判的態度を共有しており、カトリックの司祭たちが、あまりに「人間的」に過ぎ、時に道徳的堕落に陥る危険を持つという考えを持っている。しかし、彼女が、最終的にカトリックの信仰を受け入れないのは、本当にこのことが原因なのであろうか。

ヒルダが、カトリックの信仰に対して微妙かつ問題をはらんだ立場に立っているという事実は、その聖母崇拝にも見て取れる。ローマのある塔の住人になって以来、彼女は聖母を祀った聖堂の世話に手を染めるようになり、そこに灯された火を守る役目を果たすようになるのだ。その明かりは、「私にとって宗教的に重要なものなのです」とヒルダは言っている。「しかし、私は、カトリックではありません」(Ⅳ－一一二)。彼女は、こう続けている。サン・ピエトロ寺院の懺悔室における告解と同じように、彼女は聖母というカトリック信仰の中枢を占める偶像を前にしても、自分はカトリック信者ではないと主張するのである。物語の語り手もまた、「それはカトリック信者が偶像を祀った聖堂に跪いているのではなく、一人の子供が涙で濡れた顔を上げて母親からなぐさめを求めているのだ」(Ⅳ－三三二)とヒルダの立場を擁護するのだ。彼女が聖母像に近づくのは、信仰のためではなく、孤独な外国人の孤児が母親を求めてそうしているだけだというのであろう。

しかし、カトリック信者として聖母像を崇拝することと、一人のカトリック信者でない人間が聖母像の中に母親を恋い慕うことの間にどれほどの差があるというのだろう。ここには、否定しようのない事実が二つあるだろう。一つは、カトリックの信仰に対する自身の距離をいかに説明しようとも、ヒルダは、現実にすでに危険なほどカトリック教会に近いところまで来ているということ。もう一つは、彼女が自分はピューリタンの娘であるとどんなに主張したところで、先祖から受け継いできたプロテスタントの信仰はもはや彼女を救うことはできず、彼女が一番求めるものも与えることはできなくなっているということである。そして、おそらく彼女はそれに気づいているのである。

ヒルダを襲っている孤独感の源泉にあるのは、彼女の孤児意識である。彼女は、今ほど父と母のないことを悲しく思ったことはなかったのであり、なぐさめは、他でもない、カトリックの信仰の中にしか見いだせなかったのである。ピューリタンの信仰を保持しつつ、カトリックの信仰からも恩恵を受けるという彼女の姿勢には、一種の自己欺瞞があるだろう。ヒルダの意識がどうあろうと、彼女はカトリックの信仰と表面的に触れ合うだけではすまなくなってもいるのだ。もしも、ヒルダがケニヨンに語ったように、カトリックの信仰には聖なる側面と邪悪な側面があるというのなら、彼女はもはやその聖なる側面だけと接触しているのではなく、その邪悪な側面にも直面しなければならないほどこの宗教に深入りしてしまっているのである。

この点、物語の終わり近くで起こるカトリック神父たちによるヒルダ監禁事件は、その事実を象徴的に物語っているだろう。この事件は、カトリックの宗教とその組織が実際その深奥に邪悪な側面を隠し持っていること、そして、ヒルダはすでに、自らの意思とは別にその邪悪な側面に絡め取られるほどにこの宗教と抜き差しならない関係になっていることを如実に物語っているからである。しかしながら、サクレ・クール修道院に監禁されていたのを助け出された時にも、ヒルダは、もしも自分が「ピューリタンの娘」でなかったならば、そこにとどまっていられたでしょう、という冷静な分析を下すのである。つまり、自分はあくまでも先祖伝来のピューリタン信徒であるが、しかしまた、カトリックの信仰に対しても開かれている、というわけである。十七世紀以来、その狭隘かつ不寛容な信仰ゆえに、クエーカー迫害など数々の事件を引き起こしてきたピューリタン信仰の継承者であることを考えると、この十九世紀アメリカの「ピューリタンの娘」の寛容さは驚くほどである。ただ、こうしたことからヒルダが、ただの単純なカトリックに対する憧れによって動いているのでないことは分かるだろう。彼女は、この宗教の本質を実によくわきまえているのである。

ヒルダの中で、この二つの信仰が矛盾なく共存していることを我々はどう捉えたらよいのであろうか。彼女は、自分のことを「神がこの邪悪な世界の中に置いた、哀れで孤独な少女」であると考えている。しかし、神は彼女に「白い衣装だけを与えたのであり、その衣装を身に着けたときと同じように白いままで神のもとに着て戻るように命じられた」(Ⅳ－二〇八)と信じているのである。ヒルダには精神の清純さに対する強い執着があるのだ。それが彼女が「ピューリタンの娘」に留まろうとする理由であり、カトリックの信仰の中にはどこか邪悪な腐敗があると信じるがゆえに受け入れを拒むわけである。しかしながら、もう一人のヒルダが彼女の中にはいる。これまで繰り返し述べてきたように、そのヒルダは、自分のピューリタン的信仰がもはや自分の混乱した魂を救ってはくれないことを自覚しており、むしろ腐敗しているはずのカトリックの信仰の中に救いの可能性を見出しているのだ。ただ、『大理石の牧神』という物語の中で、ヒルダは、このもう一人の自分をけっして自覚的に認識することはないし、語り手自身がそのことを認識させることをどこかで忌避しているところがある。結局、我々の目前に提示されるのは、この二つの信仰が互いに矛盾なく統合された形でヒルダの中に共存しているという不思議な光景だけなのである。

5　ケニヨンのカトリック巡礼

アメリカの精神的孤児にとってのカトリックの信仰の意味を考える上で、ケニヨンという人物の重要性も見逃してはならないだろう。確かに、その信仰の持つ癒しの力を直接経験することになるのはヒルダであった。しかし、彼女のカトリックの信仰に対する姿勢は、十分意識的なものと言いきれるほどのものではなく、そこにはこの宗教に対する分析も、その癒しの力に対する客観的な観察もない。それに対して、ケニヨンは、直接その宗教と深く交わるという経験こそないものの、カトリックの宗教が精神的孤児の魂にとっていかなる意味を持ちうるかを、いわばその外側から理解しようとしている。プロテスタント的信仰に救いを見いだせず、カトリックの信仰に引き寄せられるヒルダを観察しているのはケニヨンに他ならず、その意味でヒルダは彼の意識という舞台の役者にすぎないと見なすこともできるからである。ニーナ・ベイムは、このロマンスにおける本当の主人公はケニヨンであると論じている。もっとも、この批評家は、『大理石の牧神』という作品をホーソーンのロマン主義的想像力に対する態度を反映した作品と見て、ケニヨンこそがその芸術観を体現する中心人物と見ているのだが（*Marble* 九九－一〇〇）、ベイムが論じているケニヨン主人公説は、このロマンスの宗教的側面に注目する読みについてもそのまま当てはまるであろう。

ケニヨンは、カトリックの信仰を直接引き受けることはない。しかし、この古い宗教を深く観察する機会を持つことができた。その信仰の世界を垣間見せてくれるのは、ドナテロなのである。ミリアムとともに罪を犯してしまった後、ローマを去り故郷の村に戻ってしまったこの青年をケニヨンは訪ねていく。ケニヨンの目論見は、ドナテロをローマに連れ戻し、ミリアムと再会させることなのである。しかし、彼はこの牧神のごときイタリア青年の生まれ故郷で、まさに生きたカトリック世界というものの豊かな世界を見ることになるのだ。この意味で、ドナテロは、単に自然と調和して生きる牧神のごとき存在として注目されるだけではない重要な役割を担っているのだ。カトリックの世界への導入者としてのドナテロの役割は、この作品の批評史上、不思議なことにまったく無視されてきたように思われる。これまで、人間と牧神の中間物のごとき存在として描かれるドナテロは、いわば一種の「高貴な野蛮人」として、もっぱら、その意味をまわりから解釈されるべき存在と考えられてきた。もちろん、そうした側面は無視できない。しかし、その視点は生活者としてのドナテロを無視している。そうした解釈の延長線上には、この青年が、その人間と動物性を併せ持っているという事実を拡大解釈し、アメリカ黒人奴隷を表象しているという近年の見方さえ出てくる（Tellefsen 四七二）。これはいかにも深読みのしすぎではあるまいか。しかし、ドナテロは、何よりも、イタリアの豊かな村の自然と信仰の中で育まれてきた人物なのである。その世界の豊穣さを無視してはならないだろう。四人の主要登場人物の中で、ドナテロこそはカトリックの信仰の最も忠実な実践者であり、イタリアのカトリック信仰の具体的な姿は、この牧神的人物を通してケニヨンに開示されるのである。

この素朴で無垢な人物は、生まれながらに与えられたカトリックの信仰に対する懐疑などまったく持ち合わせていないし、罪を犯したことによる人生の変転さえもその信仰には何の痕跡を残さなかった。ケニヨンは、この「牧神」のそうした側面に目を開かれ、ドナテロとともに彼の故郷からローマに向かって旅をしていく中で、いわばイタリアの生きたカトリック信仰の精髄にさらされるのである。旅の途中で目にする田舎の平凡な村々、古い礼拝堂、古い教会に飾られた絵、そんなものの中にケニヨンは、生きたカトリック信仰の具現、人々の生活が信仰と渾然一体となって溶け合っている様を見いだすのである。もちろん、ドナテロはその信仰の本質を言葉で「教え」たりすることはない。ドナテロにとって信仰は頭で解釈するものではなく、まさに自身の血肉となってその心や生活の中に溶け込んでいるものなのである。したがって、カトリックの信仰は、ドナテロの住む塔や家族の歴史、また殺人に手を染めることになってからの彼の苦しみの中にさえ、様々な形をとって現れるのである。

ドナテロの「高貴な野蛮人」としての自然人的性格は、その宗教を考える上でこそ大変重要なのである。確かにそれは、ロマン主義が賛美した自然と調和の取れた人間生活を暗示する特徴でもあるが、とりわけカトリックの信仰において、人間の自然状態とは重要な意味を有するからである。カトリック神学を完成した人物として知られる聖トマス・アクィナスによれば、人間の自然状態は、罪によって完全に堕落しきっているわけではなく、不完全な形ではあるが神の祝福をまだその内に宿しているのである。これは、後年のプロテスタントの信仰、とりわけカルヴィン流のピューリタン信仰が罪を犯した人間の自然状態（＝本性）を完全に堕落し腐敗したものと見る見方とはまったく対極的な人間理解である。トマスによれば、神は人間を創られた時に、自然の能力と超自然的な恩寵（*donum superadditum*）を与えられた。アダムの罪によって、人間は、この超自然的な恩寵を失ったのである。しかし、その自然的能力は、罪によって汚れているとはいっても、不完全ながらまだ神の恩寵の痕跡を残しているという。したがって、秘蹟を通じて神の恩寵が注入されることで、それは補うことができると言うのである（『キリスト教大辞典』七五七）。「恩寵は自然を破壊せずかえってこれを完成する」（*Gratia non tollit naturam, sed perficit*）というのが、その基本的な立場である。つまり、プロテスタントの立場とは違って、カトリックの宗教においては、人間を罪深いものと見ながらも、その自然状態に救いの種がすでに蒔かれていると考えるのである。

　この人間の本性に対するカトリック的見方を念頭に置くと、ドナテロの故郷の屋敷の場面は、様々な暗示に富んでいることがわかる。罪に手を染めてしまった後、深く鬱屈したドナテロは邪悪なローマの雰囲気を嫌い、故郷の村に引きこもってしまう。そこをケニヨンが訪れてみると、このかつて牧神のように素朴で喜びに満ちていた男は、暗い愁いを帯びた、しかし、以前よりも賢明な男へと変化を遂げているのである。ドナテロの精神的な変化、あるいは成長は、ミリアムのいう「幸運な堕落」をかなりの程度裏付けるものに違いない。しかし、重要なのは、そこではないのだ。現に、ドナテロ自身は、そのことには少しも気づかず、ただ伝統的なカトリックの信仰の色濃い環境にいて罪の苦悩から逃れることをひたすら願っているのである。それはまるで、そうした懺悔の生活を続けることが、自らの罪を次第に清めることにつながることを、さらに言えば、神から与えられた自らの本性の汚れを神が修復し、もとの恩寵を取り戻してくれることを信じているかのようである。

　ドナテロの住居である塔の中で、ケニヨンは次のように述べている。「君の塔は、多くの罪を負った魂たちの精神的経験と似た形をしているね。その人たちは、罪を負っていても上方を目指し、やがては天国の清い空気と光を目指そうとするかもしれないからね」(Ⅳ－二五三)。この言葉は的を射ている。この塔の頂にはカトリックの宗教的エンブレムが祀られているが、語り手は、このケニヨンの言葉を通して、この塔がドナテロの贖罪を目指す魂の象徴そのものとなっていることを示そうとしているのである。原罪によって、そして、さらにはミリアムと犯した罪によって、ドナテロの魂からは元来神の与えたもうた超自然的な恩恵(*donum superadditum*)はすでに奪われているかもしれない。しかし、自身の魂にかろうじて残された神の恩寵のかけらを、カトリック信仰の秘蹟を通じて与えられる神の恩寵によって補うことで罪の苦しみからの脱却を目指すのである。この塔は、まさにそうしたカトリック的贖罪を希求する魂そのものの姿をしているのだ。

ドナテロのカトリック的性向は、ケニヨンのいわばプロテスタント的ともいうべき性向と並べてみるとさらに明確になる。この二人が、塔から眺められる壮大な風景を前にして語り合う場面があるが、その大自然の景観、あるいは神の作品としての世界の意味に関してケニヨンが語る言葉は、まさしくプロテスタント的、あるいはピューリタン的と言ってもいいものである。ケニヨンのそうした見方に関して、ドナテロはただ当惑せざるを得ない。彼の育ってきたカトリックの信仰の中では、そうした見方は奇異に響くからである。

「この光景を再び見られたことを神に感謝したい」と彼なりに信心深いこの彫刻家は、恭しく帽子を取りつつ言った。「僕は、この風景をあらゆる観点から見てきたけれども、いつも決まって自分の心に感じられる限りの感謝の気持ちに満たされるのだ。神の摂理を信頼し、ふつうの地面よりもこんな風にちょっと上に登って、神が人類をどう扱われるかを少し広範囲に眺めると、あわれな人間の精神も心強い思いがする。神がなさることは、まったく正しい。神の意志が行われますよう。」……さらにケニヨンは言った。「いや、天の一ページと地の一ページが僕らの目の前に広く広がるのを前にして、僕は説教することはできない。ただ、それを読み始めればいいんだ。そうすれば、言葉の助けなど借りなくても、自然に解釈できるだろう。我々の考えたことを、たとえそれが最上のものであっても、人間の言葉に表すのは大きな間違いなんだ。我々が、感情と精神的な喜びの高い領域に昇る時、その気持ちは私たちを取り囲むこうした壮大な象形文字によってのみ表現することができるのだ」。（Ⅳ－二五八）

ケニヨンのこうした歓喜は、神の作品としての自然の風景が人間に対する神の意志を直接に映し出しており、それを人間は読むことができるというロマン主義化されたプロテスタント的自然観を基盤にしている。その見方の中には、神と人間とを仲介するものとして、教会も神父も入り込む余地はない。しかし、ドナテロには、ケニヨンのこの言葉の意味がまったく理解できないのである。それは、ひとつには、この彫刻家の神の意志を風景のうちに読み込むと言う行為が彼にとっては高踏的過ぎるということもあるが、もっと重要なのは、ケニヨンのプロテスタント的な、神の人間に対する意志を映し出す自然というとらえ方が、自分の慣れ親しんできたカトリックの信仰とはあまりにも異質だからに他ならない。ドナテロにとって、自然とはそんなものではない。神の声を直接その作品としての自然に聴き取るなどというのは、想像すらできないことなのである。

この壮大な自然の風景を前にしたケニヨンとドナテロの態度の違いにはまた、十九世紀アメリカの楽観的プロテスタント信仰と旧世界の伝統的カトリック信仰の神に対する意識の違いも見て取れる。この地上の壮大な風景を目の前にして、ケニヨンは「創造主が、新たな、まだ不完全な地球を手にして、それを形作っていた時の作業工程が、その風景には表れている」（Ⅳ－二六五）と考える。こうした視点には、いかにも芸術家的な世界に対する姿勢が感じられるだろう。ケニヨンは、神を一人の創造者と見立て、その創造行為の中に、無意識的に自分の芸術家としての創造行為を重ね合わせているのだ。このアメリカの彫刻家にとっては、神の世界創造はまだ続いているのであり、それと同時に、自分たち人間もまた、このまだ新しい世界に対して、そして自らの運命に対して、直接働きかけることができるとでもいうようなある楽観性が感じられないであろうか。一方、そのような大胆な世界観は、ドナテロのカトリック信仰の中にはけっして表れてはこない。ドナテロにとって、世界、そして自然は、数々の人間の記憶を堆積させた古い、動かしがたい現実なのである。それは、自らの手で何らかの変化を引き起こせるようなものではない。自分の犯した犯罪に苦しむドナテロは、カトリックの宗教的エンブレムの前で夜を徹した勤行を行うか、修道院にでも入りたいと言っている。彼にとっては、自分の救済はカトリックの信仰を通じた神の手助けによるしかないのであり、それに全霊を傾けて帰依することによってしか、罪に汚れた自身を解放する手段はないのである。

しかしながら、十九世紀アメリカの楽観的なプロテスタント信仰に培われたかに見えるケニヨンは、ドナテロの信仰を通じてカトリックの宗教の持つ重層性、またその豊かさに目を開かれることになるのである。ドナテロの故郷からローマへと旅する道すがら、ケニヨンはイタリアの村々で「現在の生活を特徴付ける事物のすぐとなりに、ずっと昔にあったが、脇に捨て置かれている生活の形見の品々が」(Ⅳ-二九二)共存してあることに目を奪われる。そこでは現在が過去と自然に溶け合って存在しているのである。この村々はケニヨンにとってもちろん異国の村であるが、そこには不思議な懐かしさが感じられる。彼の生まれ育ったニューイングランドの町では、人々は会話することといえば「政治的な選挙運動とか町民集会」の時くらいのものだったが、ここの村々では人々が絶え間なく意味のないおしゃべりを繰り広げ、まるで村全体がひとつの家族のように感じられるのだ。さらに、道端のあちらこちらに多くの十字架や聖母を祀った小さなお堂があり、そのひとつにドナテロは口づけをしたりしている。「ドナテロは、これらのお堂を前に熱心に、願いをこめてお祈りをした」と語り手は述べている。「それは、聖母の柔和なお顔が、やさしい母親として、この哀れな罪人と恐ろしい神の審判との間に入って仲裁してくれることを約束してくれたためであった」（Ⅳ－二九七）。この姿を見ながら、ケニヨンは、人々のカトリック信仰がいかに彼らの日々の生活の重要な一部を成しているかを思い知るのである。

ホーソーンが幼い頃より愛読してきたバニヤン（John Bunyan 一六二八－一六八八）の『天路歴程』（*The Pilgrim's Progress* 一六七八・一六八四）を持ち出すまでもなく、旅が人生を象徴するものだという考えは古今東西広く受け入れられてきた見方であろう。このケニヨンとドナテロのローマへの徒歩旅行もまた、人が人生を歩んでいく縮図としての意味を持っているに違いない。道端には、様々なお堂や十字架が置かれており、旅人の心を癒す役割を負っている。これは言うまでもなく、イタリアの人々がその長い人生の行路を歩んでいく上でカトリックの信仰を常にその傍らに意識し、そこから慰めを得ながら生きていることをそのまま映し出している。カトリックの宗教は、常に人間の現在の生活に寄り添っている。それは、人間のこの世における悲しみや苦しみ、そして、喜びというものを重視し、この世を通り抜けていく旅人を背後から支える。しかしまた同時に、旅人の目指すべき本来の世界はこの世ではなく、天上にあることを思い出させるのである。ケニヨンは、この旅を通じて、誰かがいつも自分たちの動きに注意を払い、自分たちを見守ってくれていることを感じる。そして、その人のかすかな歩みや衣服の立てる音が聞こえるような気がするのだ（Ⅳ－二九九）。それは、彼の生来の宗教体験の中では感じることができなかった感覚であり、カトリック信仰の中に身をおいてはじめて感じられたものなのだ。しかし、このようにカトリックの信仰に対して肯定的な思いを強めながらも、このアメリカの彫刻家は、ローマ教会を依然として「異端者の目」を持って眺めているのである。

教会の古びてくすんだ絵や色彩を帯びたステンドグラスの窓を眺めながら、ケニヨンはカトリックの宗教とキリスト教一般に関してそれまでは気づかなかった側面を発見する。こういった絵は、「カトリックの信仰を本当の宗教にしている生きた精神の象徴」（Ⅳ－三〇三）のように見えるのだが、それは教会の中から見るのと外から見るのではまるで違って見えるのである。

その彫刻家は思った。「これはみな、宗教的な真実やその聖なる物語が、暖かい信仰の内側から見るか、それとも冷たくわびしい外側から見るかによって違って見えるということをもっとも強く象徴しているのだ。キリスト教の信仰というものは、聖画を施した窓を持つ壮大な大聖堂なのだ。外側に立っている時には、栄光を見ることも、想像することもできない。しかし、その内側に立っていれば、光線が言葉に絶する輝きの調和を見せてくれるのだ」。（Ⅳ－三〇六）

旅の途中で目にした生きたカトリック信仰に惹きつけられながらも、ケニヨンは自分がその宗教の与えてくれる聖なる慰めをけっして手に入れられないことを知っている。彼は、その教会の外側に立つ異端者だからである。すでに見たように、ヒルダは、その信仰の「暖かい内部」に半ば入り込んでいると言ってもいいだろう。しかし、ケニヨンにとっては、カトリックの宗教によって自らの魂に安定をもたらすという選択はついに一度もその心をよぎることはない。不安の中に突き落とされたまま、神が目に見える救いの手を差し出してはくれないと知っていても、彼は幼い頃から自分を育んだ宗教、そして、その宗教に絡みついている自分の魂の「最良の土壌」にしがみつくのである。

6　孤児たちの帰還

しかしながら、カトリックの信仰に対して冷静な見方を貫くケニヨンではあるが、彼自身の中にもまた精神的孤児は潜んでいる。そしてまた、カトリックに帰依しようとしたことが一度もないとはいえ、この宗教を完全に否定することもできない。この彫刻家は、このローマで長い間暮らす中で、精神の方向性を失っていることも事実なのである。「幸運な堕落」というミリアムの語る考え方にも一度は反対しながら、彼は、物語の最後になって、その考え方をヒルダに向かって語り始める。前述のように、このことは、ローマに長年暮らして孤独感のみが募っていくケニヨンが、かなりの程度、その異端的思考をさえ自らを支える糧にしようと考えたことを意味している。それは、すぐさま、ヒルダの拒絶にあうわけだが、ケニヨンは、それを詫びるや今度は愛の告白めいた言葉を口にするのである。

「許しておくれよ、ヒルダ」とその彫刻家は叫んだ。彼女が動揺したことに驚いたのである。「僕は、そんなものはけっして信じてなんかいなかった。しかし、心が激しく遠くまでさ迷いだすのだ。孤独のうちに生き、仕事をしているとね、僕には自分を家庭のような憩える場所に導いてくれる天上の北極星もなければ、この地上にも小さな家の窓辺からもれる光もないような気がするのだ。君が、天使の衣服のように君を覆っている純白の叡智でもって、僕の導き手、相談相手、そして心の底からの友になってくれさえしたら、すべてうまく行

くだろうがね。ああ、ヒルダ、僕を家庭へと導いておくれ！」（Ⅳ－四六〇－六一）

ケニヨンは、ここで自分の心の中の苦しみを、ヒルダに対して率直に告白している。自分の「心が激しく遠くまでさ迷いだす」というのは、興味深い言葉である。彼もまたこの現実の中で根をなくしている。そして、その精神は空中に漂うかのように、どこまでも流されていってしまうようだと言うのである。表面上は、冷静な観察者の装いを保ちながらも、一人の不安におののく精神的孤児が、この彫刻家の中には棲みついているのである。

この文章を見る限り、ケニヨンは、十九世紀アメリカに広く流布した救い主としての女性崇拝の典型的な信奉者であることがよく分かるであろう。多くのホーソーンの作品においてと同様、「家庭」（home）という言葉はここでも重要な意味を持っている。「僕には自分を家庭のような憩える場所に導いてくれる天上の北極星もなければ、この地上にも小さな家の窓辺からもれる光もないような気がするのだ」とケニヨンは言う。明らかに、ここでの家庭は、彼にとって多くのものを意味している。それは、母国アメリカであり、彼の夢見る未来のヒルダとの結婚生活であり、もう自分の孤独な魂が不安を感じないですむような特別な場所のことだろう。しかし、それはまた同時に、ひとつの宗教的な空間でもあるに違いない。ケニヨンは、「自分を家庭のような憩える場所に導いてくれる天上の北極星」が見つけられないと言っている。宗教というものが、堅固な世界観と価値体系を与えてくれる指針となって魂に安定を与えてくれるものだとすれば、今、道に迷ったかのようなケニヨンの魂は、そうした確固とした精神基盤を称して「家庭」と呼んでみたのだと考えることもできる。

カトリックの宗教に後ろ髪を引かれながら、ケニヨンとヒルダは、自分たちの母国に、文化に、そして宗教に帰ることを決意する。イタリアに根を下ろすことが結局はできないと判断するわけである。カトリックの宗教との接触を通じて、とりわけヒルダは、この宗教が自身の不安な魂をしっかりと現実のうちに抱きとめてくれるという感触を持ったこともあった。しかし、それは、結局、自分たちの生と相容れない、異質なものを含んでいるのである。もちろん、母国アメリカに帰ったところで、事態は何も解決しない。彼らの孤独な魂は、元来自分たちの宗教であったものに抱きとめられ、癒されて、安定を獲得するというわけにはもはやいかないことを彼らは知っているのである。黒人奴隷解放の問題をめぐって、国はまさに沸き立っている。北部と南部の分裂が目前に迫った状況は、ホーソーンの魂を激しく揺さぶる問題であった。しかし、ケニヨンとヒルダにとっての現実は、結局のところ、そこにしかない。それがたとえどんなに空虚な現実であろうと、それは彼らの根を育てた土壌であり、その人格を形成した環境なのである。ホーソーンは、『大理石の牧神』の中で、カトリックの宗教がアメリカの精神的孤児にとって、精神的な慰めをもたらす安定した価値体系を提供するかもしれないという可能性を否定しているのではない。ただ、この作家にとって、新しい宗教とは、気軽に服を着替えるように簡単に受け入れられるものではなかった。もしかすれば、このイタリアに暮らし続け、カトリックの宗教にも深く帰依することができるようになれば、ケニヨンやヒルダの魂もそれなりの慰めを得られるようになるのかもしれない。しかし、その時、彼らはもはや、もともとのケニヨンやヒルダではなくなってしまうのである。

そして、今や人生にはたくさん期待できるものがあったので、ケニヨンとヒルダは、ついに自分たちの故国に帰る決意をした。というのも、外国でかなり多くの年月を過ごしたところで、それは結局一種の空虚な年月だからである。そのような場合、我々は人生の現実と向き合うのを、再び故国の空気を吸う未来の瞬間まで先延ばしにしているのだ。やがて、未来の瞬間はなくなる。あるいは、もしも実際に帰ってみたところで、故国の空気が活気をもたらす性質を失ってしまっていることに、そして、人生がその現実を我々がただ一時的な滞在者に過ぎないと思っていた場所に移してしまっていることに気づくのである。こうして、二つの国の間で、我々は不満を抱えた亡骸をついに横たえる場所がまったく無くなるか、あるいは、その国のどちらかにわずかな場所があるかのどちらかになるのである。だから、早いうちに戻るか、あるいは、決して戻らない方がいいのである。(Ⅳ－四六二)

この文章には、ホーソーン自身のヨーロッパで過ごした経験が明らかに投影されている。ケニヨンやヒルダの思いは、この作家のものでもあったのである。自分にとっての現実は、遠くアメリカに残されていて、それが自分の帰還を待っている。しかし、ヨーロッパの滞在が長くなればなるほど、それは、次第にぼんやりしたものになり、やがて消滅しかねないものになるという危惧がホーソーンにはあったのであろう。かつて「ウェークフィールド」(一八三五)を書いて、気まぐれから家を飛び出した結果、現実を失った男の物語を書いた作家の頭には、故国もまたそれほど確固とした地盤とは思えなかったに違いない。

語り手の言葉が、ケニヨンとヒルダの故国アメリカに帰るという決意に若々しい希望を見るよりも、どことなく悲しげな、ある種、憂愁をたたえた調子をおびていることももっともなことである。「今や人生にはたくさん期待できるものがあった」と言いつつも、彼らの未来が明るい光に満ちていると語り手は言い切れないのである。この語りの調子は、この登場人物たちが、そしてホーソーン自身がヨーロッパやカトリックに対して取った態度を考える上で、極めて重要である。彼らは、旧世界の文化やカトリックの宗教にはっきりと見切りをつけたわけではないのだ。誤解を恐れずにいえば、ケニヨンとヒルダは、まさに後ろ髪を惹かれるような思いでアメリカに帰るのであり、おそらくは、ホーソーン自身もまたそうであった。彼らを帰国の決意へと導いたのは、むしろ祖国への忠誠心であり、アメリカ人としての一種の道徳的義務感のごときものであると言っても過言ではないだろう。ホーソーンにしても、その代弁者としてのケニヨンにしても、アメリカにあるはずの自分の「現実」を信じており、その「現実」によって形作られる自己というものを捨て去ることができなかったのである。しかし、その一方で、彼らは、ローマやカトリックの宗教に依然として魅了されていた。ローマは人間の心の象徴のごとき場所であり、我々の生まれた場所よりもなじみ深く、心に親しい故郷である、と語り手は述べている。それは、ホーソーンの思いであり、ケニヨンやヒルダの思いでもあったろう。作家の中にあるこの相反する衝動とその分裂は、生涯、付きまとって離れなかったように見える。この語り手の言葉にある憂愁は、その事実に起因しているのである。

現実の問題として、ケニヨンとヒルダがイタリアに留まっている間、彼らの「故国の空気」は急速にその「活気をもたらす性質」を失い、彼らの人生の現実というものが「ただ一時的な滞在者に過ぎないと思っていた場所」に移ってしまっていることにこの二人の芸術家は気づいたのだ。同じように、カトリックの宗教もまた、彼らがピューリタニズムという「故国の空気」から長く離れている間に、彼らの現実の一部を形成し始めるのである。この二人が、アメリカに帰るという決意をしたのは、この静かな、しかし、根本的な存在の転換を強いるプロセスのさらなる進行を拒絶したことを意味するのだ。「外国でかなり多くの年月を過ごしたところで、それは結局一種の空虚な年月」にすぎないと語り手は述べ、「そのような場合、我々は人生の現実と向き合うのを、再び故国の空気を吸う未来の瞬間まで先延ばしにしているのだ」とも言っている。しかし、この二人のアメリカ人にとっては、このことは必ずしも当てはまらなかった。人は、新しい現実の中に精神的に信じ依存できるものを見つけられれば、そこを土台にして新しい生を築きうるのだということを、自らの経験を通して発見したからである。

とりわけ、ヒルダのカトリックの宗教に対する傾倒は、彼女をしてほとんど新しい現実の中に根を下ろす方向に踏み出させたといっても過言ではないだろう。一方、ケニヨンは新しい現実が自分を侵食してくることの方を恐れていたように見える。新たな現実を受け入れ、それにしたがって生きる時、人はもう以前とは同じではいられない。その時、人は自分であることをやめ、誰か他の人間に変わっていくのである。ケニヨンにとっては、イタリアでの生活は、古い自己が徐々に消されていくことであり、さりとて、その欠けていく部分を埋めるべく新しい現実を受け入れることも考えられなかった。ケニヨンは「僕には自分を家庭のような憩える場所に導いてくれる天上の北極星もなければ、この地上にも小さな家の窓辺からもれる光もないような気がするのだ」(Ⅳ - 四六〇)と言った。あくまでも古い自己に執着しようとするこの彫刻家は、イタリアという異国で方向を失ってしまうのである。この二人の芸術家の態度の違いを考える上で、ヒルダがイタリアに来てからは、以前のように独自の表現を追及する画家ではなく、巨匠たちの模写画家になったということが再び意味を持つだろう。ヒルダは、美術上の巨匠たちの表現を前に、自ら自分を消し去ることを選んだのであり、一方、ケニヨンは、最後まで自分に執着して自己の表現を追及し続けたのである。

多くの読者が、『大理石の牧神』の終わり方に対して不満を持ってきたことは改めて指摘するまでもない。それは、ホーソーンが結局、物語の中核をなすと思われるミリアムの過去の秘密やその正体を明かさなかったということにも理由があるだろう。しかし、より重要なのは、ホーソーンがこのロマンスでもまた――『七破風の屋敷』の場合と同じように――作品の中で提示された重要な問題の解決を避けて、ケニヨンとヒルダとの結婚というハッピー・エンドの中に逃げ込んでしまったという印象を読者に与えたことにある。登場人物たちのカトリックの宗教との対峙の仕方、アメリカの孤児の抱えた精神的危機感の行方、そうした問題が、作品中で重要な問題として浮かび上がったにもかかわらず、最後には、センチメンタルな結末の中に解消されてしまっているのだ。「ヒルダは彼女のいた古い塔から下りて来ようとしていた」と語り手は述べている。そして、「彼女の夫の炉辺の光の中で、家庭の聖人として祀られ、崇拝されることになるのだ」(Ⅳ－四六一)。すなわち、ケニヨンの結婚の申し込みを受け入れて、ヒルダは「家庭の天使」として生涯を生きる決心をするのである。すでに述べたように、メローの伝記によれば、ホーソーンとソファイアは結婚の幸福を讃えるコヴェントリー・パットモアの詩集『家庭の天使』を共に朗読することを好んだという(四三九)。ケニヨンとヒルダの結婚は、その現実を忠実に映し出している。それは、まさにヴィクトリア朝文化の感傷主義をそのまま映し出したような生活であることは否定できないであろう。結婚によって、すべての問題が解決しうるとでも言わんばかりの姿勢に、現代の読者は当惑せずにはいられない。しかし、それだけではない。そこには、もう少し深く考えてみなければならない問題が潜んでいるように見える。

ケニヨンとヒルダの結婚は、彼らの孤児意識との関連からすれば、どのような意味を持つことになるのだろうか。このアメリカ人の芸術家カップルは、故国に帰る決意をしたわけだが、彼らは結婚によってそこの現実に根を張ることにしたのである。しかしながら、繰り返すが、故国に帰ることは、そのまま以前の自分たちの存在を規定していた環境に再び安住できるということではない。ヒルダに関して言えば、彼女はそもそも現実に染まらない信仰と清純さの中でのみ暮らしてきたのである。イタリアにいても彼女は地上の世界から引き離された塔の中に住み、魂に何の汚れもない無垢なる存在として現実とは無縁の生活を続けてきたのである。だが、ケニヨンとの結婚によってヒルダは、現実の中に根を下ろすことを余儀なくされる。しかも、語り手が言うところに従えば、聖人のごとき性質を失うことなく、である。「ヒルダは彼女のいた古い塔から下りて来ようとしていた」そして、「彼女の夫の炉辺の光の中で、家庭の聖人として祀られ、崇拝されることになるのだ」(Ⅳ-四六一)という言葉の意味は、単に「家庭の天使」というだけではなく、宗教的な意味さえも帯びていることに注意しなければならないだろう。ヒルダは、「家庭の天使」であることを求められていると同時に、結婚生活の中で「聖母」としての精神的役割を求められているのである。彼女は、カトリック信者になることは拒絶したが、結婚という制度の中で一種カトリック的な存在となり、聖母マリアのような位置づけを獲得するのである。したがって、ケニヨンもまたある意味、その結婚生活において擬似的カトリック的世界に生きることを選んだともいえるだろう。この二人と、彼らがイタリアで出合ったカトリック信仰との結び付きは、思いのほか複雑である。それは、この二人がイタリアを離れ、故国の生活の中に戻っていくからといって、完全に解き放たれたものではなかったのである。もちろん、彼らはカトリック信徒になることはなかった。しかし、とりわけマリア信仰というカトリックの精神的枠組みは、彼らの結婚の中に忠実に再現されることになったのである。その結婚は、擬似的カトリック空間の創造であったと言っても過言ではないだろう。

しかしながらまた、ケニヨンとヒルダは、ピューリタン的精神文化によって育てられてきた自分たちの個性にも忠実であろうとしている。ホーソーンは『イタリアン・ノートブックス』の中で、「人々が自分の生まれながら持つことになった信仰を棄て去る時には、彼らのこころの最良の土壌がその宗教の根っ子にくっついて持っていかれてしまう」(XIV-四六〇)と述べた。その信仰を捨て去ってしまうことは、ケニヨンとヒルダが元来の自分たちとは別の人間になってしまうことを意味するのだ。この二人は、そのことをよくわきまえていた。彼らは、ホーソーンの他の多くの登場人物と同じように、十九世紀アメリカの宗教的混迷の中で精神的支柱となる父親像を見失った精神的孤児であった。しかし、この二人は、自分たちの結婚生活の中で、新たな父と母の像を生み出そうとしているように見える。

確固たる宗教体系の中に父親を求められる時代は、もはや、終わりつつあったのだ。この『大理石の牧神』から二十年もすれば、ニーチェが神の死を宣言し、もはや超越的な権威というものが人々の生に安定と調和をもたらすことができなくなったことを宣言する時代が来るのである。世俗が、そして現世的生活が新たな意味を持って立ちあがってくる時代の予兆が感じられたのだ。その意味で、イタリアで出合ったカトリックの信仰、とりわけマリア崇拝は、例えば、ヘンリー・アダムズ（Henry Adams 一八三八－一九一八）が見抜いたように実に大きな意味を持っていたのであり、彼らはその復権を希求したのである。彼らの結婚は、宗教的に重要な意味を帯びた決意だったのである。ホーソーンとソファイアがヨーロッパから持ち帰ったラファエロの聖母子像が現在もコンコードの旧牧師館に飾られていることを思い出してもいいだろう。ケニヨンとヒルダという我が物語の主人公たちが、アメリカに戻ったあと、芸術家として才能を開拓していったという記述はついにこの物語には述べられることはなかった。しかし、結婚という制度の中で、現実の生きた宗教を紡ぎだすことによって、彼らはその孤児意識を乗り越えようとしたのである。そうした聖なる母性の支配する世界に、かつての父なし子ホーソーンは、救いを見いだそうとしたように見える。

あとがき

本書は、十九世紀アメリカに生きた作家ホーソーンの文学を、その時代の精神史に照らして読み解こうとした試みである。もとより具体的な歴史的事実とは違って、精神は形を持っているわけではない。その把握は難しい。しかし、ひとつの視座として「父親を見失った精神的孤児」というイメージがあるのではないか。そう以前から考えていた。言うまでもなく、十九世紀の西洋文学は父親との軋轢が大きな問題となっている。ドストエフスキーの父親殺しのテーマやツルゲーネフの小説がすぐに想起されるが、ディケンズの小説などおびただしい孤児の物語が書かれたことを考えてみても、この時代は父親がもはや確固たる力を持ちえなくなった時代だったことが察せられる。ビクトリア朝と総称される時代、人々は、伝統的な父性的権威とその庇護を見失い、精神的孤児としてあてどなくさ迷うことになったのである。

アメリカン・ルネサンスの時代の作家たちは、この「父親」を自分たちの精神世界を宰領する象徴として認識し、作品中で追求した人々であった。というよりも、アメリカ的意識を創造する上で、父性的権威との対峙こそが最も核心的な問題だったのである。しかし、このことは意外にもこれまで十分論じられてこなかったように思われる。もちろん、父親、また父性的権威の問題は、かねてからホーソーンの文学においても重要な主題として扱われてきた。しかし、それは幼いころ父親を亡くしたこの作家の、主に個人史の枠組みの中で語られてきたのである。だが、本当にそれだけだろうか。ホーソーンの描いた人間存在の不安、また、世俗的な父親との軋轢を抱えた人物、こういう表象はみな個人的体験のみならず、父性的権威を見失った時代そのものから出てきたのではないか。それは、この作家が創造したというより、むしろ、時代精神がこの作家を通じて生み出したものではないか。そして、アメリカン・ルネサンスの作家たちとは、この「孤児の時代」にあって、父親という謎めいた存在と格闘することを運命づけられた人々ではなかったか。そういう妄想にとらわれてこの数年を暮らしてきた。本書はいわばその集大成である。

思えば、拙い論考とはいえ、仕上げるのにずいぶん時間がかかってしまった。孤児のテーマを考え始めたのは、一九九七年にケント州立大学に提出した博士論文執筆の折である。ただ、本書はほとんどその原型をとどめないものになってしまった。この十五年ほどの間に、世の中は大きく変化した。自分のこと、そして学生たちを見ていても、時代は精神的にどんどん混迷を深めていくようにも見える。「大きな物語」を失ったことはもちろん、精神的支柱も失くしてさ迷う我々こそが精神的孤児なのではないか。そう思うことも度々だった。さらに昨年は私たちの現実の質を変えてしまうような大震災と原発の事故もあった。肉親や家を失い、立ち退きを迫られる方々のことをテレビで見たり、新聞で読んだりして心が沈んだ。東北出身の自分には他人ごとではなかった。安定していたはずの世界から切り離される経験の過酷さを見せつけられるような思いであった。自分が「研究」と称して考える精神的孤児なぞ、ずいぶん甘い議論だと思い知らされたりもした。しかし、自分にできることはそれしかない。ホーソーンを通じて十九世紀のアメリカを考えることにかこつけて、今自分の住んでいる世界のことを考えるくらいがせいぜいのところであった。ともあれ、いたずらに時間ばかりが過ぎて行った。これまでの不振の生涯を顧みても、寄り道ばかりで何かをさっとやり遂げたためしはないのだから、精神的孤児というこの問題もきっと長い間関わっていくことになるだろうと思っていたが、その通りになってしまった。

ソローの『ウォールデン』の終わり近くに、クールーの芸術家の話がある。その芸術家は、完璧な杖を作ろうとして森に入り込み、ゆったりと腰を下ろしてまず素材となる木の選択を始める。「完璧な作品には、時間は入り込まない」のだから、それにふさわしい素材を探そうというのだ。そうしている間に、彼の時代は過ぎ、杖を削る頃には王朝は滅び去る。しかし、芸術家は老いることはなかった、何故なら、時間は彼を捉えられなかったから、というのである。超絶主義の寓話のごとき話である。この話を初めて読んだ時に強い印象を受けた。時間など何ほどのものか。自分もまた、どんな形かは知らないが、いつかこうした杖を作ることをはじめたいと、初心で夢想家の大学院生だった自分は思っていた。三十年余りのちに出来上がったこの本はもちろんその杖には比すべくもない。せいぜいがねじ曲った、奇形の、杖ともいえない作品である。おまけに時間もたっぷり入り込んで、父性的権威などにかかわるのはもう古いと言われそうである。しかし、これもまた自分という人間の運命であったのだろう。ただ自分にとっては、精神的孤児の問題は依然として重要な問題に思われる。だから、なんとか自分の考えるホーソーンの文学像を世に問いたい。そう思った末にできあがったのが本書である。

何とかこの本を書き上げられたのは、様々な方々に支えていただいたお蔭である。その方々に対する感謝を記しておきたい。まずは、立教大学における恩師である後藤昭次先生。立教にいた十年間、亀のごとき進歩の鈍い不肖の学生をいつも叱咤激励し、アメリカン・ルネサンス、そしてアメリカ文学の世界に導いてくれた。大学一年生の時に一緒に読んでいただいたエマソンの「自己信頼」、また大学院での『ウォールデン』など、自分には宝物のような経験であったと思う。ホーソーンは、専修大学から立教にいらしていた萩原力先生に手ほどきを受けた。大学三年の時、たった一人で先生から一年間ホーソーンを教えていただくという幸運を持った。先生は、こちらの愚かな疑問にも親切に応じて下さり、その後も長年にわたりご指導をいただいた。立教の福田光治先生からも特に大学院時代お世話になった。ホーソーンやエマソンの作品、F・O・マシーセンの『アメリカン・ルネサンス』講読など忘れられない。それから、立教では、残念ながら亡くなってしまったが、イギリス人の作家、ジョン・ヘイロック先生からも実に多くを教えていただいた。大きな、ゆったりとした、そして深いユーモアと優しさを湛えた先生であった。落ち込みがちな自分は、いろんな折に百戦錬磨の人生の達人のごとき先生から励ましていただき勇気をもらった。ブライトンのご自宅を訪ねてお礼を言えなかったことが悔やまれる。

その後、アメリカに四年半ばかり暮らした。そこでも多くの方々のお世話になった。まずはブラウン大学のバートン・L・セント・アーマンド先生。先生はフルブライトの交換教授として立教に来られ、その後もこちらがブラウンに押しかけて指導を仰いだ。暖かい、しかも、博覧強記かつ煌めくような洞察力の先生によって、自分の文学研究は決定的な影響を受けたと思っている。博士課程で移動したケント州立大学では、サンフォード・マロヴィッツ先生に指導教授を務めていただいた。メルヴィルを本格的に教わることができたことだけでなく、アメリカン・ルネサンス全般にわたる研究面、また人生についても多くを教えていただいた。遅々として進まないこちらの博士論文執筆をいつも励ましてもいただいた。あと、ケントではピューリタン研究のトマス・デイヴィス先生、リアリズム研究の伯谷嘉信先生からも多大なお世話をいただいた。イギリスロマン主義とラカンの精神分析の手ほどきを受けたマーク・ブラッカー先生も忘れられない。この他にもお名前は挙げきれないが、多くのアメリカの先生方また友人たちにお世話になった。

日本に戻って、専修大学で職を得てからは、日本ナサニエル・ホーソーン協会を中心にやはり多くの先生方のお世話になった。阿野文朗先生、丹羽隆昭先生、大杉博昭先生、伊藤詔子先生、入子文子先生、それに故斎藤忠利先生や竹村和子先生をはじめ、協会の先生方からは特に折につけて貴重なご助言をいただくことができた。その他、様々な学会のシンポジウムなどでご一緒させていただいた先生方、時々出かける海外の学会発表で知己を得た先生方、また一昨年、昨年と研究セミナーに呼んでいただいた九州の先生方にも感謝申し上げたい。この方々との議論から大いに学ばせていただいた。専修大学と英語の同僚の方々にも感謝申し上げたい。この方々のヒニクたっぷりの励まし（?）で自分はいろんな意味で鍛えられたと思っている。最後に、父母、そして、妻の恵や子供たち、早織と智哉にも感謝したい。自分の仕事にかまけて、時に家族にはなかなか十分につきあったりできないことも多かったが、彼らなりの応援とユーモアに励まされてここまでやってこられた。ずいぶん助けられた思いがしたことも多い。

この本は、自分の妄想追求の集大成だと記した。しかし、もちろん、第一義的には、一人のアメリカ文学の学徒として自分の考えるアメリカと文学を世の方々に正直に伝えたいという思いの産物である。自分としては、ホーソーンはこういう作家で、こういう問題を追及した人であったと思うとできる限り明確に提示したつもりであるが、こちらの誤解や必ずしも正しくはない解釈もあろうかと思われる。読んでいただいた方々の忌憚のないご意見をいただければこれに勝る喜びはない。本書の出版にあたっては、福原記念英米文学研究助成基金より出版助成（福原賞）を受けることができた。栄誉ある助成を受けたことを感謝するとともに、この研究が福原賞の名前を傷つけるものでないことを祈りたい。末筆ながら、出版事情の厳しい折、このような文学研究書の出版をこころよく引き受けてくれたミネルヴァ書房、また、本づくりについて何も知らないに等しい筆者をいろんな側面で助けてくれた編集部の河野菜穂さんにお礼を申し上げる。

二〇一二年七月　市川菅野にて

成田雅彦

《著者紹介》

成田雅彦（なりた・まさひこ）

1959年　秋田県生まれ。

1987年　立教大学大学院文学研究科博士課程単位取得退学。

1989年　米国ブラウン大学大学院修士課程修了。

1997年　米国ケント州立大学大学院博士課程修了。Ph. D.

現　在　専修大学経営学部・大学院文学研究科教授。日本ナサニエル・ホーソーン協会副会長。

主　著　『ホーソーンの軌跡――生誕200年記念論集』（共著，開文社出版，2005年）。

『緋文字の断層』（共著，開文社，2001年）。

『アメリカ文学の冒険――空間の想像力』（共著，彩流社，1998年）。

『文学と批評のポリティックス――アメリカを読む思想』（共著，大阪教育図書，1997年）。

『アメリカ文学の〈自然〉を読む』（共著，ミネルヴァ書房，1996年）。

「聖なる個人と奇蹟論争――エマソン的個人主義の源泉について」『アメリカ研究』第36号（アメリカ学会，2002年）。

ホーソーンと孤児の時代

――アメリカン・ルネサンスの精神史をめぐって――

2012年9月30日　初版第1刷発行　〈検印省略〉

定価はカバーに
表示しています

著　者　成田雅彦

発行者　杉田啓三

印刷者　林　初彦

発行所　株式会社　ミネルヴァ書房

607-8494　京都市山科区日ノ岡堤谷町1

電話代表　(075)581-5191

振替口座　01020-0-8076

太洋社・兼文堂

ISBN978-4-623-06439-7

Printed in Japan

人名索引

ア 行

カ 行

サ 行

タ　行

ナ　行

ハ　行

マ 行

ヤ 行

ラ 行

ワ 行

事項索引

ア 行

カ 行

ナ　行

ハ　行

マ　行

ヤ　行

ラ　行

ワ　行

参考文献

Abel, Darrel. "Hawthorne's Hester," *College English* 13(1952): 303-309.

Ahlstrom, Sydney E. *A Religious History of the American People*. New Haven and London: Yale University Press, 1972.

Alkana, Joseph. *The Social Self: Hawthorne, Howells, William James, and Nineteenth-Century Psychology*. Lexington: The University Press of Kentucky, 1997.

Anthony, David. "Class, Culture, and the Trouble With White Skin in Hawthorne's *The House of the Seven Gables*," *Yale Journal of Criticism* 12(1999): 249-268.

Baker, Emerson W. and James Kences. "Maine, Indian Land Speculation, and the Essex County Witchcraft Outbreak of 1692," Maine History. Vol.40(2001):159-189; http://www.hawthorneinsalem.org/ScholarsForum/MMD1705.html

Baker, Jean H. *Mary Todd Lincoln: A Biography*. New York: W. W. Norton & Company, 1987.

Barnett, Louise K. "American Novelists and the 'Portrait of Beatrice Cenci,'" *New England Quarterly* 53(1980): 168-183.

Baskett, Sam S. "The (Complete) Scarlet Letter," *College English* 22(1961): 321-328.

Baym, Nina. "The Blithedale Romance: A Radical Reading," *Journal of English and Germanic Philology* 67(1968): 545-569

——. "The Marble Faun: Hawthorne's Elegy for Art," *New England Quarterly* 44(1971): 99-114.

——. "Nathaniel Hawthorne and His Mother: A Biographical Speculation," *American Literature*. Vol.54, No.1 (March, 1982): 1-27.

——. "The Romantic *Malgré Lui*: Hawthorne in 'The Custom House,'" *ESQ: A Journal of the American Renaissance* 19(1973): 14-25.

——. *The Shape of Hawthorne's Career*. Ithaca, New York: Cornell University, 1976.

——. "The Significance of Plot in Hawthorne's Romances," *Ruined Eden of the Present: Hawthorne, Melville, and Poe*. West Lafayette, Indiana: Purdue University Press,

1981. 49–70

Bell, Michel Davitt. *The Development of American Romance: The Sacrifice of Relation.* Chicago: University of Chicago Press, 1980.

——. *Hawthorne and the Historical Romance of New England.* Princeton, NJ.: Princeton University Press, 1971.

——. "The Young Minister and the Puritan Fathers: A Note on History in 'The Scarlet Letter,'" *Nathaniel Hawthorne Journal* (1971): 159–167.

——. "Arts of Deception: Hawthorne, "Romance," and *The Scarlet Letter,*" *New Essays on The Scarlet Letter.* Ed. Michael J. Colarcurcio. New York: Cambridge University Press, 1985. 29–56.

Bell, Millicent. *Hawthorne's View of the Artist.* New York: State University of New York Press, 1962.

Bellin, Joshua David. "Apostle of Removal: John Eliot in the Nineteenth Century," *New England Quarterly*, 69 (1996): 3–32.

Bercovitch, Sacvan. *The Office of The Scarlet Letter.* Baltimore: Johns Hopkins University Press, 1991.

Boyer, Paul and Stephen Nissenbaum. *Salem Possessed: The Social Origins of Witchcraft.* Cambridge: Harvard University Press, 1974.

Brodhead, Richard H. *Cultures of Letters: Scenes of Reading and Writing in Nineteenth-Century America.* Chicago: University of Chicago Press, 1998.

Brooks, Van Wyck. *The Flowering of New England 1815–1865.* New York: Dutton and Company, 1936.

Buell, Lawrence. *New England Literary Culture: From Revolution through Renaissance.* Cambridge, Mass.: Harvard University Press, 1984.

——. "Hawthorne and the Problem of 'American' Fiction: The Example of *The Scarlet Letter,*" *Hawthorne and the Real: Bicentennial Essays.* Ed. Millicent Bell. Columbus: Ohio State University Press, 2005. 70–87.

Buitenhuis, Peter. *The House of the Seven Gables: Severing Family and Colonial Ties.* Twayne's Masterworks Studies. Boston: Twayne Publishers, 1991.

Carrol, Bret E. *Spiritualism in Antebellum America.* Bloomington: Indiana University Press, 1997.

Cayton, Mary Kupiec. *Emerson's Emergence: Self and Society in the Transformation of New England, 1800-1845.* Chapel Hill: The University of North Carolina Press, 1989.

Chase, Richard. *Herman Melville: A Critical Study.* New York: Macmillan, 1949.

——. *The American Novel and Its Tradition.* Baltimore and London: Johns Hopkins University Press, 1957.

Coale, Samuel Chase. *Mesmerism and Hawthorne: Mediums of American Romance.* Tuscaloosa: University of Alabama Press, 1998.

——. "Mysteries of Mesmerism: Hawthorne's Haunted House," *A Historical Guide to Nathaniel Hawthorne.* Ed. Larry J. Reynolds. New York: Oxford University Press, 2001. 49-77.

Colacurcio, Michael J. *The Province of Piety: Moral History in Hawthorne's Early Tales.* Cambridge, Mass.: Harvard University Press, 1984.

Crews, Frederick C. *The Sins of the Fathers: Hawthorne's Psychological Themes.* New York: Oxford University Press, 1966.

Curry, Richard O. and Karl K. Valois. "The Emergence of an Individualistic Ethos in American Society," *American Chameleon: Individualism in the Trans-National Context.* Eds. Richard O. Curry and Lawrence B. Goodheart. Kent, Ohio: The Kent State University Press, 1991. 20-43.

Deusen, Marshall Van. "Narrative Tone in 'The Custom House,'" *Nineteenth-Century Fiction* 21(1966): 61-77.

Douglas, Ann. *The Feminization of American Culture.* New York: Doubleday, 1988.

Easton, Alison. *The Making of the Hawthorne Subject.* Columbia and London: University of Missouri Press, 1996.

Edwards, Jonathan. "Personal Narrative," *Jonathan Edwards: Basic Writings.* New York: New American Library, 1966. 81-96.

Eliot, T. S. *Selected Prose of T.S. Eliot.* Ed. Frank Kermode. London and Boston: Faber and Faber, 1975.

Ellis, Charles Mayo. "An Essay on Transcendentalism," *The American Transcendentalists.* Ed. Perry Miller. Baltimore and London: The Johns Hopkins University Press, 1957. 21-35.

Emerson, Ralph Waldo. *The Heart of Emerson's Journals.* Ed. Bliss Perry. New York:

Dover Publications, 1937.

——. "Historic Notes of Life and Letters in New England," *The American Transcendentalists*. Ed. Perry Miller. Baltimore and London: The Johns Hopkins University Press, 1957. 5-20.

——. "Nature," *Selections from Ralph Waldo Emerson*. Ed. Stephen E. Whicher. Boston: Houghton Mifflin Company, 1957. 21-56.

——. "Self-Reliance," *Selections from Ralph Waldo Emerson*. 147-168.

——. "The Transcendentalist," *Selections from Ralph Waldo Emerson*. 192-206.

Emery, Allan. "Salem History and *The House of the Seven Gables*," *Critical Essays on Hawthorne's The House of the Seven Gables*. Ed. Bernard Rosenthal. New York: G.K. Hall & Co., 1995. 129-149.

Erlich, Gloria C. *Family Themes and Hawthorne's Fiction: The Tenacious Web*. New Brunswick, NJ.: Rutgers University Press, 1984.

Finney, Charles Grandison. "What a Revival of Religion Is," *The American Intellectual Tradition: A Source Book. Volume I: 1620-1865*. Eds. David A. Hollinger and Charles Capper. New York and Oxford: Oxford University Press, 1989. 194-203.

Fogle, Richard H. "Pricilla's Veil: A Study of Hawthorne's Veil Imagery in The Blithedale Romance," *The Nathaniel Hawthorne Journal* (1972): 59-65.

Franchot, Jenny. *Roads to Rome: The Antebellum Protestant Encounter with Catholicism*. Berkeley: University of California Press, 1994.

Fuller, Margaret. "Woman in the Nineteenth Century," *The American Transcendentalists*. Ed. Perry Miller. Baltimore and London: The Johns Hopkins University Press, 1957.

Geertz, Clifford. *The Interpretation of Cultures*. New York: Basic Books Inc., 1973.

Giles, Paul. *The Global Remapping of American Literature*. Princeton and Oxford: Princeton University Press, 2011.

Gura, Philip. *The Wisdom of Words: Language, Theology, and Literature in the New England Renaissance*. Middletown, Conn.: Wesleyan University Press, 1981.

Hawthorne, Julian. *Nathaniel Hawthorne and His Wife: A Biography*. Vol.I. New York: Archon Books, 1968.

Hawthorne, Nathaniel. *The Scarlet Letter*. Vol. I of The Centenary Edition of the Works of Nathaniel Hawthorne. Ed. William Charvat et al. Columbus: Ohio State University

Press, 1962.

——. *The House of the Seven Gables*. Vol. II of The Centenary Edition of the Works of Nathaniel Hawthorne. Ed. William Charvat et al. Columbus: Ohio State University Press, 1965.

——. *The Blithedale Romance and Fanshawe*. Vol. III of The Centenary Edition of the Works of NathanielHawthorne. Ed. William Charvat et al. Columbus: Ohio State University Press, 1964.

——. *The Marble Faun*. Vol. IV of The Centenary Edition of the Works of Nathaniel Hawthorne. Ed. William Charvat et al. Columbus: Ohio State University, 1968.

——. *The American Notebooks*. Vol. VIII of The Centenary Edition of the Works of Nathaniel Hawthorne. Ed. Claude M. Simpson. Columbus: Ohio State University, 1972.

——. *Twice-Told Tales*. Vol. IX of The Centenary Edition of the Works of Nathaniel Hawthorne. Ed. William Charvat et al. Columbus: Ohio State University, 1974.

——. *Mosses from an Old Manse*. Vol. X of The Centenary Edition of the Works of Nathaniel Hawthorne. Ed. William Charvat et al. Columbus: Ohio State University Press, 1974.

——. *The Snow-Image and Uncollected Tales*. Vol. XI of The Centenary Edition of the Works of Nathaniel Hawthorne Ed. William Charvat et al. Columbus: Ohio State University, 1974.

——. *The French and Italian Notebooks*. Vol. XIV of The Centenary Edition of the Works of Nathaniel Hawthorne. Ed. Thomas Woodson et al. Columbus: Ohio State University Press, 1980.

——. *The Letters, 1813-1843*. Vol. XV of The Centenary Edition of the Works of Nathaniel Hawthorne. Ed. Thomas Woodson et al. Columbus: Ohio State University Press, 1985.

——. *The Letters, 1843-53*. Vol. XVI of The Centenary Edition of the Works of Nathaniel Hawthorne. Ed. Thomas Woodson et al. Columbus: Ohio State University Press, 1985.

——. *The Letters, 1857-64*. Vol. XVIII of The Centenary Edition of the Works of Nathaniel Hawthorne. Ed. Thomas Woodson et al. Columbus: Ohio State University Press, 1987.

Heilman, Robert. "'The Birthmark': Science as Religion," *Literary Theories in Praxis*. Ed.

Shirley F. Stanton. Philadelphia: University of Pennsylvania Press, 35-42.

Higginson, Thomas Wentworth. *Henry Wadsworth Longfellow*. Boston and New York: Houghton, Mifflin and Company, 1902.

Hoffman, Daniel. *Form and Fable in American Fiction*. Charlottesville: University Press of Virginia, 1961.

Howe, Irving. "Hawthorne: Pastoral and Politics," *Politics and the Novel*. New York: Horizon Press, 1957.

Howells, W.D. *Literary Friends and Acquaintance: A Personal Retrospect of American Authorship*. New York: Harper & Brothers, 1900

Hutchinson, Thomas. "The History of Massachusetts," *The House of the Seven Gables*. A Norton Critical Edition. Ed. Seymour L. Gross. New York and London: W.W. Norton & Company, 1967. 328-329.

James, Henry. *Hawthorne*. Ithaca and London: Cornell University Press, 1977.

——. *The Turn of the Screw and The Aspern Papers*. New York: Penguin, 2003.

Kaul, A. N. *The American Vision: Actual and Ideal Society in Nineteenth-Century Fiction*. New Haven: Yale University Press, 1963.

Kolich, Augustus M. "Miriam and the Conversion of the Jews in Nathaniel Hawthorne's The Marble Faun," *Studies in the Novel*. Vol. 33, No. 4(Winter, 2001): 430-443.

Kristeva, Julia. *Desire in Language*. New York: Columbia University Press, 1980.

——. *Revolution in Poetic Language*. New York: Columbia University Press, 1984.

Lawrence, D.H. *Studies in Classic American Literature*. New York: Penguin Books, 1971.

Leavis, Q. D. "Hawthorne as Poet," *Sewanee Review* 59(1951): 179-205.

Lee, Jonathan Scott. *Jacques Lacan*. Boston: Twayne Publishers, 1990.

Levine, Robert S. "'Antebellum Rome' in The Marble Faun," *American Literary History* 2.1(1990): 19-38.

Magretta, Joan. "The Coverdale Translation: Blithedale and the Bible," *Nathaniel Hawthorne Journal*(1974):250-56.

Male, Roy R. *Hawthorne's Tragic Vision*. Austin, Texas: University of Texas Press, 1957.

Martin, Terrence. *Nathaniel Hawthorne*. New Haven: College & University Press, 1965.

Mandelker, Ira L. *Religion, Society, and Utopia in Nineteenth Century America*. Amherst: The University of Massachusetts Press, 1984.

Matthiessen, F. O. *American Renaissance: Art and Expression in the Age of Emerson and Whitman.* New York: Oxford University Press, 1941.

——. *The Achievement of T.S. Eliot: An Essay on the Nature of Poetry.* New York: Oxford University Press, 1947.

McIntosh, James, Ed. *Nathaniel Hawthorne's Tales.* A Norton Critical Edition. New York: W. W. Norton & Company, 1987.

Mellow, James R. *Nathaniel Hawthorne in His Times. Boston*: Houghton Mifflin Company, 1980.

Melville, Herman. *Moby-Dick.* A Norton Critical Edition. Eds. Harrison Hayford and Hershel Parker. New York and London: W. W. Norton & Company, 1967.

——. *Melville: Pierre, Israel Potter, The Piazza Tales, The Confidence-Man, Uncollected Prose, Billy Budd.* New York: Library of America, 1984.

——. "Hawthorne and His Mosses," *Moby-Dick.* 535-551.

——. "Letter to Hawthorne, April 16, 1851," *The Writings of Herman Melville, Vol.14.* Evanston: Northwestern University Press, 1993. 185-187.

Michaels, Walter Benn. "Romance and Real Estate," *The American Renaissance Reconsidered.* Eds. Walter Benn Michaels and Donald E. Pease. Baltimore: Johns Hopkins University Press, 1985. 156-182.

Millington, Richard H. *Practicing Romance: Narrative Form and Cultural Engagement in Hawthorne's Fiction.* Princeton: Princeton University Press, 1992.

Mitchell, Thomas R. *Hawthorne's Fuller Mystery.* Amherst: University of Massachusetts Press, 1998.

Moore, R. Lawrence. "Spiritualism and Science: Reflections on the First Decade of the Spirit Rappings," *American Quarterly* 24(1972): 474-500.

Moore, Margaret B. *The Salem World of Nathaniel Hawthorne.* Columbia and London: University of Missouri Press, 1998.

Norton, Mary Beth et al. *A People and A Nation: A History of the United States.* Boston: Houghton Mifflin Company, 1994.

Nye, Russel Blaine. *Society and Culture in America: 1830-1860.* New York: Harper & Row, 1974.

Person, Leland S., Jr. *Aesthetic Headaches: Women and a Masculine Poetics in Poe,*

Melville, and Hawthorne. Athens: University of Georgia Press, 1988.

Pfister, Joel. *The Production of Personal Life: Class, Gender, and Psychological in Hawthorne's Fiction.* Stanford: Stanford University Press, 1991.

Pope, Alexander. "Nature and Art," *A Book of English Poetry.* New York: Penguin Books, 1937.

Reynolds, Larry J. *Devils and Rebels: The Making of Hawthorne's Damned Politics.* Ann Arbor: University of Michigan Press, 2008.

Rose, Anne C. *Victorian America and the Civil War.* New York: Cambridge University Press, 1992.

Rowe, John Carlos. "Nathaniel Hawthorne and Transnationality," *Hawthorne and the Real: Bicentennial Essays.* Ed. Millicent Bell. Columbus: Ohio State University Press, 2005. 88–106.

Schiller, Emily Y. "The Choice of Innocence: Hilda in *The Marble Faun,*" *Studies in the Novel.* Vol. 26 (December, 1994): 372–391.

Schumaker, Conrad. "'A Daughter of the Puritans': History in Hawthorne's The Marble Faun," *New England Quarterly* 57 (1984): 65–83.

Shakespeare, William. "The Tragedy of Macbeth," *William Shakespeare: The Complete Works.* Ed. Stanley Wells et al. Oxford: Clarendon Press, 1986.

Steele, Jeffrey. *The Representation of the Self in the American Renaissance.* Chapel Hill: The University of North Carolina Press, 1987.

Stevens, Wallace. *The Collected Poems of Wallace Stevens.* New York: Knopf, 1964.

Stouck, David. "The Surveyor of 'The Custom House': A Narrator for The Scarlet Letter," *The Centennial Review* 15 (1971): 309–329.

Stowe, Harriet Beecher. *Sunny Memories of Foreign Lands*, Vol. II. Boston: Philips, Sampson, and Company, 1854.

Tellefsen, Blythe Ann. "'The Case with My Native Land': Nathaniel Hawthorne's Vision of America in The Marble Faun," *Nineteenth-Century Literature.* Vol. 54, No. 4 (March, 2000): 455–479.

Tocqueville, Alexis de. *Democracy in America.* Vol. II. Vintage Classics. Ed. Phillips Bradley. New York: Vintage Books, 1990.

Tolles, Frederick B. "Emerson and Quakerism," *American Literature.* Vol.10, No.2 (May,

1939): 142-165.

Van Deusen, Marshall. "Narrative Tone in 'The Custom House,'" *Nineteenth-Century Fiction* 21(1966): 61-77.

Waggoner, Hyatt H. *Hawthorne: A Critical Study*. Revised Edition. Cambridge, Mass.: The Belknap Press of Harvard University Press, 1963.

——. *The Presence of Hawthorne*. Baton Rouge: Louisiana State University Press, 1979.

Warren, Austin, Ed. "Introduction," *Nathaniel Hawthorne: Representative Selections*. Rinehart Editions. New York: Holt, Rinehart, and Winston, 1947.

Wineapple, Brenda. *Hawthorne: A Life*. New York: Random House, 2003.

Wordsworth, William. "Preface to The Lyrical Ballads," *Selected Poems and Prefaces by William Wordsworth*. Ed. Jack Stillinger. Boston: Houghton Mifflin Company, 1965. 445-464.

——. "The Prelude," *Selected Poems and Prefaces by William Wordsworth*.

Ziff, Larzer. *Literary Democracy: The Declaration of Cultural Independence in America*. New York: Penguin Books, 1982.

生駒幸運『エマソン・自然と人生——エマソンとその周辺』(旺史社，1982年)

大田俊寛『グノーシス主義の思想——“父”というフィクション』(春秋社，2009年)

バタイユ，ジョルジョ『宗教の理論』湯浅博雄訳　ちくま学芸文庫．(筑摩書房、2002年)

フーコー，ミシェル『狂気の歴史——古典主義時代における』田村俶訳（新潮社，1975年）

フロイト，ジグムント『ドストエフスキーと父親殺し・不気味なもの』中山元訳（光文社，2011年）

フロム，エーリッヒ『自由からの逃走』日高六郎訳（東京創元社，1983年）

ホーソーン，ナサニエル『完訳　緋文字』八木敏雄訳（岩波文庫，1992年）＊引用中の訳文の一部作成にあたって参照させていただいた。

三雲夏生『カトリシズムにおける人間』(春秋社，1994年)

湯浅泰雄『ユングとヨーロッパ精神』(人文書院，1979年)

『キリスト教大事典』キリスト教大事典編集委員会編（教文館，1985年）

＊　日本における邦文ホーソーン研究書・注釈書については，以下の本を特に参照させていただいた。

阿野文朗『ナサニエル・ホーソーンを読む 歴史のモザイクに潜む「詩」と「真実」』（研究社，2008年）

入子文子『ホーソーン・“緋文字”・タペストリー』（南雲堂，2005年）

川窪啓資編『ホーソーンの軌跡——生誕200年記念論文集』（開文社，2005年）

小山敏三郎『詳注緋文字』（南雲堂，1967年）

————『詳注ホーソーン短篇集 I』（南雲堂，1973年）

斎藤忠利編『緋文字の断層』（開文社，2001年）

丹羽隆昭『恐怖の自画像——ホーソーンと「許されざる罪」』（英宝社，2000年）

萩原力『ナサニエル・ホーソーン研究——神話の諸相・書誌』（旺史社，1981年）

山本雅『ホーソーンの社会進歩思想——神慮と進歩』（篠崎書林，1982年）

初出一覧

序　章　書きおろし。

第1章　「19世紀アメリカの「孤児」意識とホーソーン――3つの短篇をめぐって」『専修人文論集』第53号（専修大学学会，1994年2月）181-212。

第2章　「アメリカン・ロマンスという「空間」――ホーソーンの「税関」をめぐって」『アメリカ文学の冒険――空間の想像力』原川恭一編（彩流社，1998年）269-289。

第3章　「『緋文字』と父親の誕生」『緋文字の断層』斎藤忠利編（開文社，2001年）71-90。

第4章　「『七破風の屋敷』再訪――モールの呪い，アメリカ精神史，トランスアトランティシズム」『英語青年』第153号（研究社，2008年2月）672-677。

第5章　"The Semiotic Arcadia: Hawthorne's *The Blithedale Romance*"（英文）『アメリカ文学研究』28号（日本アメリカ文学会，1992年2月）1-18。

第6章　「ホーソーンと心霊主義――『ブライズデイル・ロマンス』をめぐって」『ホーソーンの軌跡』川窪啓資編（開文社，2005年）77-95。

第7章　書きおろし。

＊　なお各章は既出論文を基にしている場合でも、それぞれ大幅に加筆修正して書き直したものであることをお断りしておきたい。